트레샤 퓨전 판타지 장편소설
WISHBOOKS FUSION FANTASY STORY

마왕성
플레이어

 12

트레샤 퓨전 판타지 장편소설

초판 1쇄 찍은 날 | 2020년 3월 13일
초판 1쇄 펴낸 날 | 2020년 3월 20일

지은이 | 트레샤
펴낸이 | 예경원

기획 | 위시북스
편집책임 | 이은송
편집 | 위시북스

펴낸곳 | 예원북스
등록번호 | 제396-2012-000132호
등록일자 | 2012. 7. 25
KFN | 제1-521호

주소 | 경기도 고양시 일산동구 호수로 646-24 위너스21II빌딩 206A호 (우)10401
전화 | 031-819-9431 팩스 | 031-817-9432
E-mail | yewonbooks@naver.com

ISBN 979-11-365-2085-2 04810
        979-11-6424-172-9 (set)

Wish Books
트레샤 퓨전 판타지 장편소설
WISHBOOKS FUSION FANTASY STORY
마왕성 플레이어
12

파왕성 플레이어

CONTENTS

◀ 76장 ▶
질풍 용병대

"벌써 권좌가 둘이나 죽었어. 그것도 리미트리스 진영을 지탱하던 두 명이야."

"듣기론 아리엇 산맥 원정 도중 숨을 거두었다고 하던데."

"키키킥. 잘된 일 아니야? 우리만 더 이득이잖아."

그래플러 차소희, 마검사 김선일. 두 명의 희생은 리미트리스 진영의 붕괴를 의미했다.

비록 다른 진영에 비해 영향력이 적긴 해도 굳건히 악몽의 탑에서 자리를 지탱하던 자들이었지만 길드가 아예 통째로 풍비박산 나면서 기존에 유지하고 있던 층수는 금방 다른 대형 길드에게 뺏겨 버렸고, 그 틈을 놓치지 않고 무력행사를 시작한 다른 권좌들에 의해 리미트리스 진영은 갈 곳을 잃고 방황하게 됐다.

"뭐, 그렇긴 하지. 놈들이 개척한 신규 지역도 우리가 먼저 진입한 상태니까."

"어이, 어이. 그것뿐만 아니라고. 악몽의 탑에서도 우리가 더 높은 층을 차지했잖아. 덩달아 타이탄 길드까지 괴멸하면서 리오스 진영도 맥을 못 추고 있다고."

테이블에 앉아 있던 녹색 머릿결의 청년이 낄낄거리며 나머지 두 명에게 얼굴을 들이밀었다.

"어때? 아예 이참에 그 골칫덩어리이던 두 번째 지배자도 처리하자고."

악몽의 탑 41층에 존재하는 불의 귀인. 세상의 끝에서 태어났다는 두 번째 지배자는 27층을 지배하고 있던 팔람과는 달리 외부의 침입을 완벽히 차단하고 있었고, 플레이어든 마족이든 가리지 않고 처단하며 자신의 영역임을 드러낸 적이 있었다. 때문에 쿤다 진영의 정령 궁수로 알려진 제니카도 쉽게 대답하지 못하고 깊은 고민에 휩싸였다.

"다른 진영의 개입은?"

"걱정 마. 내게 다 계획이 있으니까. 벌써 잊은 거야? 지금 핫 플레이스는 바로 신규 지역이란 것을."

"보나 마나 뻔하겠군. 그렇다면 레이드를 지휘하는 것은 우리 둘이란 건가?"

"충분하지 않아? 그 고귀한 정령 궁수 제니카와 침묵의 기사로 소문 난 도노반이잖아. 난 언제나 너희 둘을 믿고 있다고."

대형 길드가 가지고 있는 전력만 해도 차고 넘친다. 거기다가 쿤다 진영의 기둥이라고 할 수 있는 권좌까지 두 명이 포함되어 있었다.

제아무리 A급 히어로 수준으로 알려진 지배자라고 하더라도 그들의 공세를 막아내긴 힘들 것이다. 게다가 두 진영의 영향력까지 줄어든 상황이지 않은가. 만약 이 시기를 놓친다면 더 이상은 기회가 오지 않을 수도 있었다.

"후. 좋아. 하지만 레이드를 한다 쳐도 권좌 둘의 화력만 믿고 지배자를 처리하긴 힘들어."

"내가 그런 것도 생각 안 했을까 봐? 킬킬킬. 이미 그놈들에게 의뢰서까지 전달한 상태야."

"그놈들?"

"아, 있잖아. 요새 쿤다 진영에서 한창 주가를 올리고 있는 질풍 용병대 말이야."

질풍 용병대. 용병단장인 백두산을 필두로 다섯 명의 부단장. 그리고 50여 명의 용병단원들이 함께하고 있는 최상위 용병 집단이었다.

특히 백두산과 다섯 명의 부단장은 이미 A급에 진입해 있었고, 나머지 용병 단원들도 전부 B급 상위권에 속해 엄청난 전력을 뽐내고 있었다.

"권좌 자리를 두고 경쟁할 뻔했던 놈들이었나. 길드를 그만 두고 용병대를 창설 했다지."

"실력은 이미 입증된 상태야. 다른 진영의 권좌들도 놈들은 쉽게 안 건드리잖아. 그러니까 우리가 높은 보수를 약속하면서 이용해 먹는 거지. 킬킬."

"의뢰는 받아들인 건가?"

"받아들였지. 물론 지금은 다른 일로 바빠서 못 온다지만."

"다른 일? 놈들은 악몽의 탑엔 크게 관심도 없는 것으로 아는데?"

"악몽의 탑이 아냐. 오히려 놈들은 의뢰를 받아서 마계로 향했어."

평온을 유지하던 도노반의 두 눈동자가 흠칫 떨려왔다. 누군가의 의뢰를 받아서 마계로 향한 것이라면 목적은 거의 둘 중 하나일 것이다.

"설마?"

"그래. 마왕 퇴치. 캬. 얼마나 멋있어. 거의 용사 수준이잖아. 안 그래?!"

"지금 좋아할 때가 아닌 것 같은데. 놈들에게 문제라도 생기면 우리 의뢰에 차질이 생길 수도 있어."

"문제? 에이, 그럴 리가. 질풍 용병대는 전에도 마왕 한 명의 목을 벤 적이 있다고."

외부엔 거의 알려지지 않은 사실이었지만 실제로 용병단장인 백두산은 42위 마왕을 홀로 쓰러트린 적이 있었다.

그때 당시만 해도 등급은 서로 비슷했고 용병대원들이 함정에 걸린 사이 마왕성의 주인을 깔끔히 격퇴하며 당당히 진영으로 돌아왔었다.

그런 사실을 빠르게 입수하고 있던 녹색 머리의 청년은 놀라워하고 있는 둘을 보며 피식 웃었다.

"이번에는 서열 10위권대 마왕의 목을 가져온다고 하던데. 결과가 궁금해지지 않아?"

[세 번째 특성 '비행'의 효과가 취소되었습니다. 멜버른의 줄기가 다시 연결됩니다. 바쿤이 있던 섬이 지상에 착지했습니다.]

A급 마력 코어를 원동력 삼아 공중으로 떠올랐던 섬.

가히 비행선처럼 목적지를 지정해 움직일 수 있게 된 바쿤은 멜버른 줄기를 수단 삼아 원할 때마다 지상에 착지할 수 있었다.

'움직이는 하늘성이라고 해야 되나.'

물론 장점들이 꽤나 존재했다.

우선 수성에 유리하단 것과 나머지 두 개의 특성을 이용해 외부의 적들을 쉽게 차단할 수 있는 점. 그리고 아예 바쿤의 총 전력을 쉽게 움직일 수 있단 장점까지. 처음엔 전혀 낯선 특성에 소란이 일어나기도 했지만 긍정적으로 보자면 활용할 수 있는 수단들이 상당히 많았다.

"와, 정말 커맨드 센터가 됐네."

"어라, 너도 스타 크래프트 했었어?"

"나 래더 상위권이었던 몸이야. 초짜들이랑은 비교가 불가능하다고."

진협을 앞에 두고 우쭐거리는 한성의 폼은 한심하기 그지없었다. 유독 게임 방면으로 큰 성과를 거두었던 대한민국. 그 때문인지 게임에 대한 한국 출신 플레이어들의 자존심은 무척 컸다.

하지만 그런 한성과 달리 게임에 별 관심이 없던 용찬은 오히려 바쿤에 들린 로저스를 떠올리며 생각을 정리했다.

'구속의 방울이 풀리기만 하면 곧바로 내전을 일으킬 생각이다.'

통치 국가 바이칼의 중심축이라고 볼 수 있는 샤들리 가문. 언제나 그 중심엔 가주인 로이스가 있었다.

가장 먼저 전쟁의 도화선에 불을 지핀 놈은 가문전의 피해를 국가의 재정으로 감당하기 시작했고, 얼마 되지 않아 앙숙이던 프로이스 가문에게 날을 들이밀며 국경선을 중심으로 치밀한 견제를 해오고 있었다.

그런 상황 속에서 카룻의 지배자가 내전을 일으킨다면 금방 반 로이스군이 창설될 터. 그동안 무리한 징병에 고통 받았던 마족들도 무수히 많았기 때문에 반란군이 일어날 가능성은 매우 컸다.

"유한성. 레어급 아티팩트 준비는 어떻게 되어가고 있지?"

"그 빌어먹을 마녀…… 아니, 스승님의 도움을 받는다면 1주, 2주 내로 완성시킬 수 있을 것 같습니다."

"약간 시간이 남아도는군."

기왕 서열 10위권에 오른 김에 좀 더 순위를 높여 둘 필요가 있었다.

'한 자릿수 순위에 진입하게 되면 가장 먼저 내가 선전포고를 해주마. 그때 다시 한번 네 실력을 확인하겠어.'

이미 로저스는 바쿤이 한 자릿수 순위에 진입할 거라 단정 짓고 있었다. 그 정도로 용찬에게 거는 기대감은 엄청났고, 가문전의 설욕을 푼다는 듯 당당히 도전해 왔다.

군이 놈의 장단에 맞춰줄 생각은 없었지만 서열 4위까지 한 번에 오를 수 있는 절호의 기회이기도 했다.

"페페페펭. 골드. 오늘도 골드."

그런 사정을 아는지 모르는지 주변을 지나다니는 병사들은 한가롭기 그지없었다.

"헉. 뽀루루다!"

"우왓. 진짜네?!"

"폐펭. 갑자기 무슨 소리냐?!"

이번에 전해 받은 더글라스의 고글 때문일까. 유독 한국에서 유명하던 캐릭터와 비슷해진 위르겐의 생김새에 두 명의 플레이어가 호들갑을 떨었다.

특히 뽀루루란 캐릭터에 애정을 갖고 있던 것인지 진협은 위르겐을 번쩍 들어 올리며 두 눈을 반짝거렸고, 중간에서 그 광경을 지켜보고 있던 용찬도 절로 고개를 끄덕거렸다.

"비슷하긴 하군."

"폐폐펭. 살려주십시오. 마왕님!"

"가만히 좀 있어봐!"

간만에 평화가 찾아온 바쿤의 일상이었다.

하지만.

펄럭! 펄럭!

멀리서 날아온 박쥐 한 마리가 전혀 예상치 못한 소식을 전해왔다.

"테오스 신입 길드원 코카콜입니다. 최근에 조사한 정보를 가져왔습니다."

"코카콜…… 음. 아무튼 잘했다."

"감사합니다. 마왕님!"

이번에 합류했다던 바하무트의 뱀파이어 중 한 명이었던 것인지 금방 박쥐로 변이해 돌아가기 시작했다. 그리고 그가 건네준 보고서를 꺼내든 용찬은 천천히 내용을 훑어봤고, 얼마 되지 않아 인상을 구기게 됐다.

'……'

어느새 싸늘한 두 눈동자가 먼 동쪽을 향하고 있었다.

콰아아앙!

격렬한 충돌 속에서 날렵한 손길이 목을 부여잡는다. 이것으로 벌써 세 번째 제압이다.

적절히 악마화와 데스 그랩을 섞어 상대의 목을 움켜쥔 용찬은 다시금 복부에 일점 격발을 꽂으며 일방적인 전투를 이어갔다.

"정말 짜증 나는 특성이로군."

"크흐흐흐. 흡수의 권능이 있는 한 어떤 기술도 내게 통하지 않는다고. 그만 포기하지 그래?"

"그렇다고 해서 네놈이 내게 이기는 것도 불가능한 일이지."

"맞는 말이야. 하지만 그전에 네 병사들이 전부 쓰러질 거다!"

서열 15위 마왕 파윈 그볼루. 총 여섯 개의 팔을 가진 기괴한 형태의 마족으로서, 온갖 기술의 피해를 흡수해 자신의 생명력으로 대체하는 권능을 가지고 있었다.

그 때문에 금방 끝날 것 같던 서열전은 더욱 길어지고 있었고 되려 놈은 자신의 용병 및 병사들을 믿으며 시간을 벌려 했다.

[록시가 마나 이터를 시전했습니다.]
[벤첸이 디스펠을 시전했습니다.]

상대 마법사들의 마력을 노리고 발동된 마나 이터가 취소된다. 주로 마력이 담긴 기술들을 무효화 시킬 수 있는 벤첸이란 용병의 디스펠 스킬이었다.

그저 가볍게 내뱉은 말은 아닌 것인지 예상 외로 상대 용병들의 기세는 거셌고, 진혈의 영역까지 선포한 헥토르조차 상대 방패병을 쉽게 때려눕히지 못하고 있었다.

"아니, 이것들이 체력들만 키웠나?!"

"페페펭. 진정해라. 저놈들을 보아하니 계속 시간을 벌면서 우리 체력을 떨어트릴 심산이야. 저렇게 버티기 식으로 나온다면 방법이 있지!"

"키에에엑?"

위르겐의 지시에 헥토르가 급히 뒤로 물러났다. 그리고 얼마 되지 않아 부름에 응답한 불한당의 칸. 마치 배트처럼 장궁을 두 손으로 움켜쥔 헥토르의 눈빛 속에서 금방 정면으로 포물선이 그려졌다.

"좋아, 간다!"

"키, 키엑?"

"이야아아아압!"

"키에에에엑?!"

가히 홈런(?)을 방불케 하는 깔끔한 스윙.

다행히 잭이 제작한 장비의 방어력 덕분에 부상은 입지 않았지만 역으로 칸은 장궁에 얻어맞아 적 진형 사이로 날아가게 됐다.

"뭐야. 이 고블린 자식은?"

"키에에엑!"

"자, 잠깐만. 이 수정은 뭐……."

쩌저저적!

수백 명의 마족들 위로 수정들이 쏟아진다.

[렌탈의 목걸이 효과가 발동됩니다. 범위 내의 적들을 일정 시

간 동안 수정화 상태로 만듭니다.]

보란 듯이 수정에 갇힌 적들의 모습에 블랙 야크 고블린들은 재빨리 불화살을 쏘아 보내고 있었고, 루시엔을 필두로 불한당 부대가 달라붙어 순식간에 진형을 붕괴시키고 있었다.

'일정 피해를 받을 시 발동되는 확률을 이용한 건가. 렌탈의 목걸이를 저런 식으로 활용할 줄이야.'

무식하기 그지없는 방법이긴 했지만 어떻게든 돌파는 성공했다.

그제야 루시엔, 쿨단, 록시, 칸, 켄, 딩크도 마음껏 적들 사이로 날뛰기 시작했고, 한 번 무너지기 시작한 병사들은 그대로 줄줄이 쓰러져 나가고 있었다.

"미, 미친. 자기 병사를 저런 식으로?!"

"가끔씩은 저런 방법도 괜찮겠지. 자, 그래서 어쩔 거냐. 계속 네 병사들이 죽어나가는 것을 지켜볼 생각은 아니겠지?"

"……."

용찬의 물음에 파원이 우물쭈물했다. 거의 승기를 잡았다고 생각하고 있었던 것일까. 매우 아쉬워하는 듯한 표정이 한눈에 들어왔다.

"하, 항복하마!"

하지만 차후를 위해서 전력 손실을 줄이기로 한 것인지 금방 손을 번쩍 들어 올렸다. 그렇게 15위 마왕과의 서열전은 바쿤의 승리로 끝이 났고, 이 소식은 금방 마계 전체로 퍼져 나갔다. 아마 프로이스 가문이 자리 잡은 혜임달은 거의 축제 분위기가 되었을 터.

가볍게 승자의 방을 거치며 대가를 받아낸 용찬은 모든 위원회의 절차를 밟은 후 바쿤으로 돌아왔고, 병사들의 피해 및 수행 과제 등을 확인하며 방에서 휴식을 취했다.

-벌써 서열 15위인 건가. 축하한다.

"감사합니다. 가주님."

-그리고 네가 말했던 제안은 무척 솔깃하더구나. 물론 처음엔 나이언 님께서 반대를 하시긴 했지만 네가 꺼낸 제안이라고 하니 금방 태도를 바꾸시더구나. 아마 며칠 내로 의견이 모일 것 같으니 기다리고 있거라.

"알겠습니다."

펠드릭도 로저스와의 거래를 긍정적으로 보고 있는 듯했다. 굳이 전쟁을 치르지 않고도 쉽게 로이스와 샤들리의 잔당들을 처리 할 수 있으니 그럴 만도 할 터.

패도의 본성을 지닌 나이언이 금방 태도를 바꾼 것은 전혀 예상외였지만 좋은 소식인 것은 분명했다.

'자, 그러면 남은 것은 이놈들인가.'

품속에 있던 종이를 꺼낸 용찬이 복잡한 표정으로 내용을 들여다봤다. 하지만 그것도 잠시. 불현듯 방 안으로 그레고리가 들이닥치며 다급히 소식을 전해왔다.

"마왕님. 마계 위원회에서 소집령이 내려졌습니다!"

"소집령?"

"아무래도 플레이어들이 19위 마왕 레오 다반서의 마왕성을 습격한 것 같습니다."

불안이 현실로 다가온 순간이었다.

선악의 기준은 없다. 마왕성을 침입하는 이유는 그저 막대한 부와 명성을 챙기려는 것뿐. 플레이어 입장에서 마족은 거의 앙숙이나 다름없는 관계이기 때문에 망설임 따윈 존재하지 않았다.

그리고 마계 위원회에서 소집령이 내려진 지 2시간. 길면 길고 짧으면 짧다고 할 수 있는 시간 속에서 동부의 자존심인 에이트가 무너져 내렸다.

[마왕성 에이트가 공략됐습니다. 서열 19위 마왕 레오 다반서가 사망했습니다.]

하멜의 시스템상 플레이어의 침입에 관여하는 것은 불가능했다. 애초에 마왕성 내부에 있었더라면 시스템에게 자격을 부여받아 도움을 줄 수 있었겠지만 그 누구도 이런 상황을 예상 못 했기 때문에 그저 에이트가 무너져 내리는 것을 지켜볼 수밖에 없었다.

"아아아아! 마왕성 에이트가!"

다반서 가문의 가주인 레언이 절망한다. 그 절망의 대상이 아들이 아니라는 것이 흠이긴 했지만 충격적인 일인 것은 분명했다.

"놈들은?"

"마력 반응이 없어. 벌써 귀환한 것은 같은데?"

"이런, 늦어도 너무 늦었군."

소집령에 해당된 서열 10위권대 마왕들이 아쉬운 표정을 드러냈다. 일부는 전부터 에이트를 눈에 가시처럼 여긴 것인지 폐허가 된 마왕성을 보며 비웃기도 했지만 대부분은 탄식을 머금고 있었다.

그리고 그런 분위기 속에서 홀로 묵묵히 자리를 지키고 있는 마왕. 서열 15위 반전의 마왕이 잔해 사이로 이글거리는 검은 불꽃에 안색을 굳혔다.

'설마설마했지만 그것을 얻은 건가? 놈과 충돌한 것은 시간상 4년 차가 되기 직전이었는데.'

백두산. 전생에서 광악과 함께 무투가 직업계에서 정상을 다투던 남자였다.

주로 발을 위주로 한 타격기를 중점으로 다루며 파괴력에 집중한 용찬과 달리 기술에 많은 투자를 하며 진영 내에서 상당한 위업을 세웠었다.

　"어이, 헨드릭. 넌 어쩔 거냐? 우린 남아서 주변을 탐색하려고 하는데."

　서열 11위 마왕 캔서 로발이 물어왔다. 이제 와서 추적을 해봤자 허사란 것은 누구나 알고 있는 사실이었지만 끝내 아쉬움을 지울 수 없던 것인지 몇몇은 미련을 가지고 있었다.

　"돌아간다."

　"뭐, 편할 대로."

　어깨를 으쓱거리는 놈을 뒤로 하고 등을 돌렸다. 만약 추적에 성공한다고 해도 그들은 승리하지 못 할 것이다. 아니, 승리는커녕 오히려 모조리 전멸 당할 지도.

　'설명해 줘도 알아들을 리 없겠지.'

　다른 마왕들의 생사야 알 바 아니었다.

　그렇게 용찬은 전생의 라이벌이자 동료였던 자의 흔적을 눈에 새겨두며 자리를 떠났다.

　"요새 플레이어 놈들이 서열 10위권대 마왕들을 성을 침입한다고 하던데?"

"그걸 이제 알았어? 벌써 동부의 지배자인 레오 다반서가 당했잖아."

"들어보니까 마계 위원회는 이 사건 때문에 아주 비상이 걸린 것 같다고 하던데. 괜찮을지 모르겠어. 이러다가 또 누가 플레이어들에게 당하기라도 하는 거 아냐?"

마계의 동부가 무너졌다는 소식은 빠르게 퍼져 나갔다.

레오의 목숨을 앗아간 플레이어들의 정체는 질풍 용병대란 진영 내 단체였고, 아직까지 그들의 의도는 명확히 드러난 게 없었다.

그 때문인지 마족들 사이에서 불안은 계속 증폭되어 갔고, 일부 가문들 또한 경계심을 키우며 혹시 모를 침입에 대비하고 있었다.

그리고.

'서열 17위 골리앗의 마왕성이 침범당했다!'

두 번째 피해자가 발생했다. 다시금 마계 위원회에서 소집령이 떨어지는 것은 당연했고, 귀환이 되기 직전 질풍 용병대를 급습하려 했지만 그 시도는 무산되고 말았다.

"쥐새끼 같은 녀석들! 이리 빠르게 귀환할 줄이야."

"이럴 게 아니라 차라리 서열 10위권대 마왕성에 미리 증원을 대기시켜 놓자고. 그래야 추가 피해를 막을 것 아니냐?!"

"그나저나 골리앗까지 놈들에게 당할 줄이야. 보니까 그렇게 만만한 놈들은 아닌 것 같아."

두 명의 마왕이 살해당하면서 바쿤의 서열은 두 번이나 껑충 뛰어올랐지만 마냥 좋아라 할 일도 아니었다.

그것은 다른 마왕들도 마찬가지였고, 다음 표적이 누가 될지 모르는 상황 속에서 애타게 대비책만 찾을 뿐이었다.

'19위 다음은 17위인 건가.'

-용병대의 의도를 잘 모르겠어. 처음엔 단순히 막대한 부를 챙기려고 마왕성을 침입한 줄로만 알고 있었는데 이제 보니 그것도 아닌 것 같아. 원한? 아니면 의뢰? 그것도 아니면 끝없는 욕심 때문에?

'그럴지도 모르지. 우선 마계 위원회가 어떻게 나오는지 지켜보자고.'

괜히 나서서 책임을 질 필요는 없었다. 그것은 진협도 동의하지 않고 있었고, 마계 위원회는 급한 대로 가문의 증원을 일시적으로 허가하며 침입을 대비하려 했다.

"언제든 필요하면 통신하거라. 너의 병사들은 항상 대기 중이니까."

"이번 건만큼은 저희 바쿤이 알아서 처리하겠습니다."

"딱 내가 원하던 대답이구나."

언제까지 프로이스 가문에게 기댈 순 없는 노릇이었다.

미궁 타르타로스에서 조우했던 길서드의 조언대로 차후를 위해선 바쿤만의 전력을 키울 필요가 있었고, 용찬은 신규 병사들의 훈련을 지속시키면서 네 개의 부대를 강화해 갔다.

그리고 간간히 고민에 빠진 병사들에게 조언을 해주기도 했는데.

"무엇을 그리 생각하는 거냐?"

"유이치란 녀석이 마지막에 보여준 기술이 머릿속에 그려지긴 하는데 따라 하기가 힘든 것 같아서요."

루시엔이 그 첫 번째 대상이었다.

'전생에서 서열 1위 마왕에게 치명적인 피해를 입혔던 구룡섬 기술을 말하는 건가.'

화려한 쾌속의 검술을 가능케 했던 아홉 마리의 용. 일시적으로 무적 상태가 되면서 지정된 대상의 급소만 노리는 최상위 기술이었지만 큰 피해를 주는 만큼 리스크도 컸다.

검사의 비호에 검날이 막혔을 때가 그 예시였다. 하지만 이도류 검사만 배울 수 있는 최상위 기술인만큼 적절히 빈틈만 잘 노린다면 적에게 치명적인 일격을 날릴 수도 있을 것이다.

"조만간 구룡섬을 깨우칠 기회가 찾아올 거다."

"네?"

"그렇게 알고 있어라."

이해할 수 없는 대답이었지만 굳이 더 따지고 들진 않았다. 최근 들어서 용찬이 묘한 기류를 풍기고 다니는 것은 바쿤의 병사들이라면 누구든 알고 있는 사실이었고, 괜히 벌집을 건드릴 생각이 없는 것은 루시엔 또한 마찬가지였기 때문에 그저 본래대로 훈련에 집중할 뿐이었다.

그리고 며칠이 지나지 않아 눈앞으로 적색 메시지가 나타났다.

[5일 후 질풍 용병대가 침입할 예정입니다.]

기다리고 있던 적들의 침입 예고였다.

"거참, 생전 안 해보던 일을 하니까 영 속이 안 좋네. 레이야. 우리 이거 독사과 처먹고 있는 거 아니냐?"

윤기가 좌르르 흐르던 근육들이 울룩불룩거린다. 후줄근한 티 한 장만 입고 자리에 앉아 있던 사내의 용모는 산전수전 다 겪은 노장처럼 날카롭기 그지없었다.

그리고 그런 자의 불안을 곁에 있던 청년, 아니, 레이 필스트가 맞받아쳤다.

"뭐, 어때요. 골드만 많이 주면 장땡이죠."

"나참. 아주 돈독이 올라가지고."

"맨 처음에 의뢰를 받은 게 누군데요. 수백만 골드에 좋다고 가장 먼저 달려들었으면서."

"쩝. 그렇게 말하니 할 말이 없네. 아, 됐고 다음 목표는 누구야. 프로필이나 좀 뽑아봐."

의뢰자의 의도는 알지 못한다. 하지만 이제 와서 그만둘 수도 없는 일이다. 그도 그렇게 벌써 세 번째 마왕을 노리고 있지 않은가.

이미 두 명째 보수까지 수령해 놓고 중간에 빠진다는 것은 용병대 체면상 있을 수 없는 일이었다.

"음. 지금은 서열 13위가 된 헨드릭 프로이스란 마왕이네요. 2년 전까지만 해도 서열 최하위였던 마왕이라고는 하는데 그 사이 정보들이 거의 사라져 있어서 확실치는 않네요."

"시궁창에서부터 올라온 건가. 대단하군그래."

"마계에선 반전의 마왕이란 호칭으로 불리는 것 같더라구요."

"권능은?"

"뇌전? 여기 정보 길드에서 가져온 서류에 의하면 뇌전의 속성력을 사용한다고 하네요."

"거, 쥐돌이구만."

"……쥐돌이요?"

"아, 거 있잖아. 막 쥐새끼가 번개 내뿜는 거."

"아아······."

서류를 정리하던 레이가 애써 미소를 띠었다. 아마 쥐새끼
는 한 애니메이션의 대표 캐릭터를 말하는 것일 터. 괜히 따지
고 들 필요가 없다고 느낀 그는 천천히 고개를 끄덕거리며 나
머지 서류를 테이블 위로 던졌다.

"참고하시려면 참고하시구요. 저희는 이미 따로 준비해 두었
으니까 편하게 보세요."

"필요 없어. 어떤 놈이든 그냥 맞붙으면 알거든."

"예, 예. 그러시겠죠."

건성으로 대답하긴 했지만 부정할 수 없는 사실이었다.

그만큼 자리에 앉아 있는 용병단장의 실력은 엄청났고, 자
신을 포함한 다섯 명의 부단장들까지 단숨에 뒤엎을 정도로
막강한 기술들을 가지고 있었다.

'불같은 성격 때문에 권좌들과 한바탕 싸움을 벌일 뻔도 했
지만.'

그래도 단원들을 아끼는 마음은 인정할 만했다. 항상 희생
을 줄이고자 가장 앞다퉈 선두에 나서곤 했으니까.

잠깐 예전 기억을 회상하던 레이는 살며시 입꼬리를 말아
올리며 테이블 위에 있던 서류를 도로 가져갔다.

그리고 본격적으로 다음 원정을 위한 준비가 시작되고 빠르
게 시간이 흘러갔다.

[마왕성 바쿤에 도전합니다. 임시 게이트가 생성됩니다.]

[목표: 헨드릭 프로이스 0/1 혹은 마왕성 함락 0/1]

인원은 이전 마왕성 공략과 마찬가지로 55명. 모든 정예 단원들이 집결한 가운데 용병 하우스 앞에 서 있던 사내. 아니, 백두산이 가장 먼저 발길을 내밀었다.

화르르륵.

검은 건틀렛 위로 불길이 차오른다. 공략에 앞서 끓어오르는 고양감을 느낀 것일까. 몇 개월 전에 획득했던 유니크 장비가 공명하듯 팔 위로 검은 불꽃을 만들어냈다.

"곧 박 터지게 싸울 거다. 재촉 하지마라. 이놈아."

"또 누구랑 대화를 하고 계신…… 뜨어어억!"

뒤따라 게이트에 들어온 부단장 강한태가 입을 떡 벌렸다.

"왜 그러는 거…… 엥?"

높다, 아니, 높은 것을 떠나서 왜 마왕성이 하늘에 떠 있단 말인가. 고개를 들어 바쿤의 정체를 확인한 백두산은 넋 나간 사람처럼 멍하니 하늘을 올려다만 보고 있었다.

하지만 그것도 잠시.

-올라와라.

멀리서 들려오는 목소리에 절로 정신이 차려졌다.

"레이야."

"예."

"지금 마왕 새끼가 우리 도발한 거 맞지?"

"으음. 그런 것 같은데요?"

"야, 가자."

그동안 맞붙었던 마왕들과는 다르다. 그런 느낌을 받은 백두산은 기다릴 것도 없이 지상에 뿌리박은 줄기를 향해 달려갔다.

[플레이어 백두산이 제이렛 1식을 시전합니다. 기력의 절반을 다리에 집중시킵니다. 마그나카르타가 공명합니다.]

"아예 마왕성을 떨어트려 주마!"

뜨겁게 달궈지는 두 다리. 손에 장착하고 있던 마그나카르타의 고유 효과까지 발동되자 기력이 순식간에 흑염으로 물들었다. 그리고 온 힘을 다해 줄기로 로우킥을 꽂아넣었다. 아니, 꽂아 넣으려 했다.

"뭐, 뭐야. 이거?!"

"미친. 마왕성이 움직인다!"

"저거 완전 하늘성 아니야?!"

쩌저적 땅이 갈라지더니 이내 섬과 연결되어 있던 줄기가 분리된다. 갑자기 자유롭게 비행을 시작한 마왕성의 모습에 단원들은 자신의 눈을 의심했다. 그리고 허공을 걷어차는 바람에 제 자리에서 휘청거리고 있던 백두산에게로 다시금 목소리가 들려왔다.

-서커스라도 하는 거냐?

"으드득. 이 새끼가 보자보자하니까."

팽팽하던 도화선에 불이 지펴지는 순간이었다.

'아, 거 새끼가. 더럽게 우기네. 임마. 무투가는 말여. 이 발이 생명이라니까!'

'마그나카르타가 네놈 손에 안 들어간 게 천만다행인 것 같군.'

'얼레? 이 새끼가 또 지난 일 들먹거리네. 안 되겠다. 너 오늘 좀 맞자.'

'과연 누가 맞을지는 해봐야 아는 일이겠지.'

녀석과의 인연은 길었다. 동일한 경쟁자로서 유니크 장비를 놓고 혈전을 벌이던 인연이 마계와의 전쟁까지 이어질 줄 누가 알았겠는가. 시도 때도 없이 손과 발 기술을 두고 놈과 입씨름을 하던 그때의 기억은 아직도 생생했다.

'그런 놈이 마그나카르타를 벌써 얻었다니. 대체 어떻게 된 일이지.'

용찬의 기억상 던전이 출현한 시기는 4년 차가 되기 직전이었다. 한데 백두산의 손에 마그나카르타가 장착되어 있단 것은 이미 질풍 용병대가 그 던전을 클리어했단 뜻.

'적어도 여기서 몇 놈은 사로잡아야 해.'

전생과 달라진 원인. 그 의문의 해답을 얻기 위해선 직접 단원들에게서 정보를 캐내야 할 것이다.

때문에 평소에 자주 하지도 않던 도발을 두 번이나 연달아 해놓은 상태였고, 마침 미끼를 덥석 문 사냥감이 허공으로 훌쩍 뛰어올랐다.

-이렇게 먼 거리에서 대체 무엇을 하려고?

"이런, 화가 단단히 차올랐군."

-뭐야. 무슨 일…… 갑자기 어딜 가는 거야?!

통신 수정구를 통해 진협이 다급히 물어왔지만 발걸음은 멈추지 않았다. 언제나 불같은 성격 때문에 여러 사람을 골치 아프게 만들었던 놈이었다. 그리고 그것은 적군들에게도 다르지 않았고, 영역으로 뛰쳐나온 용찬은 재빨리 새로 배운 기공술을 시전했다.

[플레이어 백두산이 융단 폭격을 시전합니다. 지정된 목표물을 향해 바위 파편을 투척합니다.]

강력한 발차기 한 방에 대지가 잘게 쪼개진다. 사방으로 비산하는 파편들 속에서 흉흉하게 비치는 안광. 한계를 뛰어넘는 근력으로 허공에서 자세를 유지시킨 백두산이 그대로 파편들을 걷어차기 시작했다.

-미친! 저기서 파편들을 여기까지 걷어차 올린다고?!

대체 얼마나 힘 수치가 높은 것일까.

도저히 믿기지 않는 광경에 진협은 넋이 나가 있었지만 아직 끝이 아니었다.

화르르륵!

섬광처럼 쏘아진 파편으로 맹렬한 흑염이 부여된다. 미리 기공술을 시전하고 있던 용찬은 예상보다 빠른 파편의 속도에 눈살을 찌푸렸다.

'마그나카르타뿐만 아니야. 비정상적으로 육체 능력치가 높아져 있어.'

기공술은 플레이어의 기력을 기반으로 방어에 특화된 손 기술을 구현하는 무투가 스킬이다. 비록 배운 지 얼마 되지 않은 탓에 숙련도가 낮긴 했지만 이런 장거리 기술을 막아내는 데엔 가장 특화되어 있었고, 그 예상대로 첫 번째 파편을 깔끔히 막아냈지만 두 번째 파편에 자세가 무너져 내렸다.

[파이오니아의 스킬인 '나이기스'를 발동합니다.]

뒤로 밀리던 신형 앞으로 형성되는 얼음 방패. 낭패어린 얼굴로 입가의 피를 닦아내고 있던 용찬은 나이기스에 가로막힌 나머지 파편들을 보며 거친 숨을 내쉬었다. 그리고 얼마 되지 않아 들려온 호탕한 목소리에 안색을 굳혔다.

"어떠냐. 마족 새끼들아! 한 방 먹었지?!"

어느새 중지 손가락을 올리고 있는 백두산이었다.

한 차례 역풍이 지나간 이후 질풍 용병대에 대한 평가가 달라졌다.

-저 정도면 힘 능력치가 거의 150은 넘어간다는 뜻이야. 최대한 직접적인 충돌은 피해야 해!

실제로 몇 백 미터는 될 법한 높이로 파편을 걷어차기도 했다. 이전에 살해됐던 두 명의 마왕도 이런 월등한 위력을 버티지 못 하고 끝내 쓰러졌을 터.

이런저런 진협의 주의가 붙긴 했지만 용찬이 파악한 놈의 실력은 그보다 더욱 높은 곳에 위치해 있었다.

물론.

[바쿤의 특성인 '중력'이 발동됩니다.]

그렇다고 해도 전투의 우위권은 바쿤이 쥐고 있었다.

-끄아아아. 개자식들아. 얼마나 힘들게 올라간 건데!

비행 마법인 플라이를 유지한 채 날아오르던 용병대가 단숨에 땅으로 꺼진다. 오직 마왕성 내부와 바깥 영역에만 적용되었던 바쿤의 세 가지 특성들.

하지만 그 세 가지 특성들을 적절히 조합하기 시작하자 이런 식으로 섬 아래의 공간에 중력을 적용 시킬 수도 있게 된 상태였다. 그렇게 역으로 놈들에게 한 방을 먹인 용찬은 지상에서 윽박을 내지르고 있는 백두산을 보며 입가를 말아 올렸다.

"쿨단. 놈들에게 도발을 시전해라."

-완료, 준비. 도발!

"아까 전에 놈이 했던 것을 그대로 돌려줘라."

오는 게 있으면 가는 것도 있는 법. 지시를 전해 받은 쿨단은 위풍당당하게 섬의 끝자락에 올라가 뼈만 남은 가운데 손가락을 치켜들었다.

-아니, 저 개새끼가 진짜?!

"불만스러우면 올라와라."

-기필코 거기 올라가서 네 면상 후려 팬다. 알겠냐?!

"흠. 과연?"

유치하기 그지없는 견제 속에서 서로의 디텍터들이 계속해서 시야를 확보한다. 이미 마법 및 원거리 기술의 사정거리에선 벗어난 상황. 적절히 일정 거리만을 유지한 채 도발을 하고 있으니 상대방으로서선 답답해할 수밖에 없었다.

그 때문일까. 일반적인 방법으론 택도 없단 것을 느낀 것인지 부단장으로 보이던 마법사가 상공으로 커다란 계단을 형성시켰다.

[플레이어 정미나가 마력 계단을 시전했습니다. 마력으로 이루어진 계단이 바쿤이 있던 섬과 연결됐습니다.]
[적용 대상 확보! 중력 혹은 탄력을 발동할 수 있습니다.]

'호오. 이런 마법도 가지고 있었나.'

정면 돌파를 선택한 것인지 백두산을 필두로 부단장들이 서둘러 계단을 오르기 시작했다. 좌우로 나란히 서 있는 방패병은 쿨단과 비슷하게 방어 기술에 최적화 되어 있던 것인지 오직 방패만을 들고 있었고, 뒤따라 이동형 방어막이 펼쳐지자 호탕한 웃음소리가 울려 퍼졌다.

"어디 한 번 막아볼 테면 막아봐라. 들어는 봤냐! 질풍 용병대의 우왕과 좌왕이다!"

"아, 씨. 그딴 별명으로 부르지 말라니까 그러네!"

"엿 같아서 방패병 노릇 못 해먹겠네. 진짜!"

우왕, 좌왕. 비록 본인들은 못마땅해 하는 듯했지만 실제로 전생에서 유명한 별칭이었다. 방패술로 시작해 수많은 방어 기술을 섭렵하면서 방패병의 한계를 뛰어넘었던 두 남자.

한때 마족과의 전쟁에서 서열 1위 마왕의 주력기를 막아내기도 했던 둘의 얼굴을 다시금 보게 되자 피식 웃음부터 나왔다.

'네이밍 센스도 아주 그대로군. 어이없는 별칭과 다르게 A급 방패병이긴 하지만……'

지금은 그다지 경계할 필요가 없었다.

"마왕님. 견제 사격 시작할까요?"

"아니, 그럴 필요도 없지."

헥토르의 물음과 동시에 놈들이 거의 섬에 다다른 게 확인이 됐다. 이대로 몇 계단만 더 올라온다면 본격적인 교전이 벌어질 터. 하지만 그렇게 놔둘 용찬이 아니었다.

[바쿤의 특성인 '탄력'이 발동됩니다. 마력 계단에 탄성이 부여됩니다.]

-이 십……

이 얼마나 잔혹한 광경이란 말인가. 하필 섬에 도달하기까지 얼마 남지 않은 거리 속에서 몸의 균형이 기울어진다니. 마치 탱탱볼처럼 통통 튕겨 나가는 상황에 놈들의 억장이 무너져 내렸다.

"마족보다 더 사악한 새끼야아아아-!"

처절히 울려 퍼지는 고함 소리에 입가로 사악한 미소가 맺혔다.

그리고.

"와, 이건 내가 봐도 악마다. 악마."

"저 새끼. 마족 아니라니까 그러네. 아주 마신이야. 마신."

지상을 내려다보던 한성과 레버튼이 질렸다는 듯 고개를 절레절레 거리고 있었다.

‡

질풍 용병대의 세 번째 타깃으로 지정된 바쿤.

두 명의 마왕에 이어 헨드릭 프로이스의 목숨까지 노리는 플레이어들의 소행에 마계는 발칵 뒤집어졌고, 일부에선 공략 저지 여부를 놓고 열렬한 토론을 벌이기도 했다.

그리고 다시금 마계 위원회에서 소집령이 내려진 지 어언 2시간.

"도대체 뭐가 어떻게 되어 가고 있는 거야. 시스템 제한 구역 때문에 직접 들어가 보지도 못하고. 이것 참."

바쿤을 중심으로 형성된 제한 결계 주위로 마왕들이 답답함을 표해냈다. 다른 마왕성으로 치면 벌써 결과가 나오고도 남을 시간 아니던가.

실제로 전에 살해당한 두 마왕도 그랬고 이번에도 그것은 다르지 않을 것이라 생각하고 있었다.

"질풍 용병대가 전멸하든 바쿤이 함락당하든 둘 중 하나인 것은 알고 있었는데…… 이 정도로 치열해질 줄이야. 그만큼 상대가 강하다는 뜻인가."

"어이, 헨드릭을 너무 과소평가하고 있던 것 아냐? 그래도 샤들리 가문을 상대로 승리까지 따냈던 유망주라고."

"확실히 최근 들어 큰 상승세를 보이고 있긴 하지. 하지만 이건 좀 너무한 것 아냐? 벌써 두 시간째라고."

"네 말대로 그만큼 치열해졌단 뜻이겠지."

일부 마왕들이 침을 꿀꺽 삼켰다.

만약 여기서 바쿤이 함락된다면 다음 타깃은 자신들이 될 수도 있었다. 답답한 상황 속에서도 묘한 긴장감이 흘러넘쳤고, 통신을 받고 찾아온 프로이스 가문도 심각한 표정으로 바쿤을 쳐다보고 있었다.

"A급에 도달한 헨드릭이 애를 먹고 있단 것은 용병대도 A급에 맞먹는 실력을 가지고 있단 뜻이겠군."

"우리가 플레이어를 너무 과소평가하고 있었어. 두 명의 마왕이 살해될 때 진작 수를 써두었어야 했는데 말이지. 에잉."

"바이칼의 견제 때문에 그럴 여유가 안 된다는 것은 아시지 않습니까."

"뭐, 말이 그렇다는 소리지."

원로 굴쉬가 노록치 않은 상황에 혀를 찼다. 가문의 일원이라면 누구든 모를 수가 없는 사정이었지만 심정만은 그렇지 않았다. 여기서 바쿤이 함락당한다면 프로이스 가문의 영향력은 대폭 줄어들 것이고, 덩달아 정식 후계자까지 잃게 되어 미래는 보장되지 않을 것이다.

"걱정하지 마십시오. 마왕님께선 승리하실 것입니다."

갈수록 애가 타들어 가는 것을 느낀 것일까. 곁을 보좌하고 있던 불의 기사단장 다가즈가 확신을 담아 말했다.

"우리가 알고 있는 헨드릭이라면 그럴 테지."

"암. 당연히 그래야지."

원로들도 동의하는 분위기였다. 물론 나이언은 입 한 마디 뻥끗하지 않았지만 뒤늦게 고개를 끄덕이며 믿음을 표했다.

이미 다가즈의 마력 봉쇄를 이용해 도주로는 차단해 놓은 상태. 설령 놈들이 공략을 포기하고 도망치려 한다 해도 귀환은 절대 불가능했다.

'혹여 놈들에게 살해당한다고 해도…….'

손 끝으로 백색 불길이 일었다. 아리샤에게 마력을 전해 받은 이후 자유자재로 불의 속성력을 제어할 수 있게 된 펠드릭은 강렬한 의지가 담긴 눈빛으로 제한 결계 안을 노려봤다.

그렇게 긴장 섞인 시간이 계속 흘러가고 있었을까.

[공략 시간이 예상보다 길어지고 있습니다. 관전 기능을 오픈합니다.]

검게 물들어 있던 제한 결계가 서서히 투명한 막으로 변하기 시작했다.

"어, 어. 보인다!"

"저기 저놈들이 플레이어들인가?"

"바쿤은 예상대로 공중에 떠올라 있군. 저건 매번 봐도 신기하단 말야."

마침내 드러난 내부 광경에 마왕들이 가지각색의 반응들을 보였다.

하지만 그런 반응들과 달리 눈빛만큼은 모두들 집요했고, 그동안 품고 있던 궁금증을 해소하기 위해 이리저리 눈동자를 굴렸다. 과연 우세는 누가 점하고 있는 것일까.

프로이스의 가주마저도 긴장한 기색이 여력한 가운데 전장으로 쩌렁쩌렁한 목소리가 울려 펴졌다.

"쫄았냐. 쫄았냐고. 자신 있으면 내려와. 이 마왕 새끼야!"

"네놈이 직접 올라와라."

"올라갈 수 있는 길을 만들어주던가!"

"설마 이 정도 높이도 못 올라와서 그렇게 징징거리고 있는 건 아니겠지?"

"이 개새끼야. 엿이나 처먹어!"

"쿨단."

서로를 향해 치열히 중지 손가락을 올리고 있는 스켈레톤과 용병단장이었다.

치열한 교전(?) 속에서 지쳐가는 것은 질풍 용병대였다. 지리적으로만 봐도 우위를 차지한 것은 바쿤이었기 때문에 어떤 수법을 시도해 와도 빠르게 대응할 수 있었고, 세 가지 특성을 이용해 지상에 고립시켜 두자 이젠 섬에 오르는 것도 반쯤 포기한 것인지 속 편히 캠핑을 취하기 시작했다.

-에라이, 더럽고 치사해서 안 올라간다. 누가 이기나 한번 해보자.

끝까지 물러서지 않는다는 백두산의 강렬한 의지였다.

"시간을 끌면 우리야 좋지. 한조 부대. 사격을 준비해라."

"예. 다들 들었지? 사격 준비!"

비록 상공에 높이 올라가 있는 탓에 명중률은 극히 낮아져 있었지만 위협 사격은 충분히 가능했다. 헥토르의 정밀 사격을 시작으로 화살비를 쏘아대는 한조 부대.

잠시 캠핑을 취한 채 한숨을 돌리고 있던 용병대는 비처럼 쏟아지는 화살에 급히 방어 태세를 갖추었다.

투두두둑!

한 시도 숨을 돌릴 틈을 주지 않겠다는 의도를 파악한 것일까. 부단장 미나가 홀로 광역 보호막을 시전하며 나머지 단원들에게 체력을 회복할 기회를 내주었다.

'홀로 희생하는 정신은 칭찬할 만하지만⋯⋯.'

그것을 가만히 지켜볼 생각은 전혀 없었다.

푸르던 하늘 위로 몰려오는 수많은 먹구름들. 그 속에서 용찬의 라이트닝 볼텍스가 지상으로 내리꽂히자 일정 내구도를 가지고 있던 광역 보호막에 서서히 금이 가기 시작했다.

-조, 좋아. 이대로 가면 저 마법사의 마력을 최대한 뺄 수 있을 거야.

"덩달아 심신도 지쳐가겠지. 이미 도발은 거의 먹혀들었으니 남은 것은 천천히 체력을 갉아먹는 것뿐."

-하지만 너무 과도해도 안 돼. 그랬다간 정말 공략을 포기하고 진영으로 돌아갈 수도 있어.

"그건 걱정 마라. 이미 불의 기사단장 다가즈가 마력 봉쇄를 시전해 둔 것 같으니까."

단순히 백두산의 분노를 이끌어내려고 시간을 번 것은 아니었다. 놈들은 전에도 두 마왕을 살해하고 금방 진영으로 귀환한 적이 있지 않던가.

때문에 공략이 성공하든 실패하든 최대한 시간을 벌어 도주로를 차단할 필요가 있었다. 그리고 계획대로 백두산은 도발에 먹혀들어 진영으로 돌아가지 않고 무리하게 지상에서 진을 치고 있는 상황이었다.

이제 남은 것은 용병대를 한계까지 몰아붙인 후 불리한 전투를 유도하는 것뿐.

'그렇게만 되면 최소 몇 명은 사로잡을 수 있겠지.'

전멸까진 바라지 않았다. 마그나카르타를 소유한 백두산과 지금 충돌하게 되면 되려 피해가 큰 것은 바쿤이었다. 그렇게 진협과 통신을 주고받으며 놈들의 체력을 갉아먹고 있었을까.

-바쿤. 죽을 때까지 기억하고 있을 거다. 언제든 긴장하고 있어라. 반드시 다시 찾아올 테니까!

지칠 대로 지친 놈들이 진영으로 돌아가려 했다.

여기까진 계획대로인 상황. 이대로 공략 포기를 선택한다면 주위에 쳐져 있던 제한 결계는 금방 사라지겠지만 아직 끝이 아니었다.

[다크 윙을 시전합니다.]

"어딜 갈 셈이지?"

검은 한 쌍의 날개가 펄럭거리자 상공으로 한 명의 마족이 날아오른다.

반전의 마왕과 백두산.

"으드득. 이 새끼가 밀당 오지게 잘하네."

"승부는 보고 가야지. 안 그래?"

마침내 전생의 라이벌과 대면하는 순간이었다.

[마그나카르타가 공명합니다.]

기본적으로 마그나카르타의 옵션은 총 3가지다.

첫째, 어둠의 속성력과 불의 속성력이 가미된 흑염 활성화. 둘째, 일시적으로 육체적인 능력치를 소폭 상승시켜 주는 흑룡왕의 진노. 셋째, 물리 방어력과 마법 저항력을 소폭 상승시켜 주는 보조 효과.

이런 뛰어난 성능을 가진 장비의 소유자와 정면충돌하는 것은 광군주의 반지를 가진 용찬이라고 해도 무리였다.

"요놈 새끼는 내가 맡는다. 나머진 너희들이 알아서 처리해라."

"자신감은 정말 알아줄 만하군."

"그럼. 내가 얼마나 힘들게 이 자리까지 올라왔는데."

도발해 준 보람이 있던 것인지 자연스럽게 일대일 구도가 형성됐다. 다섯 명의 부단장은 단원들과 함께 뒤따라온 병사들을 견제하기 시작했고, 용찬이 완벽히 무장을 끝내자 본격적인 전투가 벌어졌다.

[플레이어 백두산이 기체술을 시전했습니다.]

칸과 켄이 진화를 거듭하면서 배웠던 기체술이 눈앞에서 펼쳐진다. 시작은 백두산의 주특기인 사정거리를 뛰어넘는 강력한 발차기.

벡터의 효과로 충격의 일부를 흡수하긴 했지만 상당한 위력이 실린 탓에 신형이 저절로 밀려났다.

[파이렛 2식을 시전합니다.]
[제이렛 1식을 시전합니다.]

콰아아앙!

포성을 버금케 하는 엄청난 충격음. 그 속에서 한 차례 충돌한 용찬과 백두산은 서로를 노려봤다. 그리고 놈이 놀랐다는 듯한 눈빛으로 팔에 장착한 파이오니아를 쳐다봤다.

"오호라. 네놈 무투가였나?"

"제이렛 기술이라. 허접한 발차기를 사용하는 무투가였나 보군."

"뭐야?!"

"내 말이 틀리기라도 한 건가."

"이 쥐새끼가 뒤질려고!"

능수능란한 발차기가 속사포처럼 이어진다. 그에 질세라 백호신권이 더해진 방어술이 펼쳐졌지만 흑염까지 막아내는 것은 무리였다.

할 수 없이 두 정령을 건틀렛에 인챈트시킨 용찬은 좌측으로 몸을 회전시키며 하단으로 파고드는 발을 걷어냈다.

그리고 뒤따라 들어오는 연타를 카운터 치며 안면으로 일점타격을 꽂아 넣었다. 아니, 꽂아 넣으려 했다.

덥석!

"이런, 이런. 그러면 안 되지."

얼마나 다리가 유연한 것일까. 마치 뱀처럼 왼쪽 다리로 팔을 붙잡은 백두산이 하체에 힘을 실어 그대로 뼈를 아작 내려 했다.

'크윽. 이 자식이.'

제압기는 어느 정도 예상하고 있던 기술이었다. 하지만 그 위력이 예상을 넘어서자 절로 인상이 구겨졌다.

쩌저저적!

팔을 타고 흘러드는 끝없이 한기. 눈 깜짝할 사이에 놈의 왼쪽 발이 얼어붙자 자연스레 전류가 사방으로 방출됐다.

[플레이어 백두산의 레모르 발목 보호대 효과가 발동됩니다. 감전 불가! 일시적으로 상태 이상 효과에 면역됩니다.]

무력뿐만 아니라 장비도 나름 갖추고 있던 것인지 뇌전의 효과가 무용지물이 됐다. 하지만 용찬은 그 짧은 틈을 통해 제압기에서 벗어날 수 있었고, 얼얼한 오른팔을 부여잡으며 다시 자세를 잡았다.

"와, 정말 전기 쥐새끼잖아?"

"무식한 놈이 그런 것도 다 알고 있고. 아주 대단하군그래."

"크흐흐. 까고 있네. 아무튼 간만에 재밌어지는 상대야. 어디 이것도 한번 막아봐라. 흐읍!"

우렁찬 기합 소리와 동시에 팽창되는 근육.

발끝으로 힘을 집중시킨 놈의 눈빛이 반짝거리자 주변으로 풍압이 실려 왔다. 그런 숨 막히는 기세 속에서 왼쪽 발이 뜨겁게 달아오르자 이내 흑염이 맺힌 일격이 쏘아졌다.

마치 총알처럼 쇄도해 오는 신형.

전생에서도 경험했었던 그 기술(?)에 급히 환영 분신을 시전했지만, 흑염의 광역 피해는 그런 분신마저 쉽게 소멸시켜 버렸다.

[플레이어 백두산이 헥토파스칼 킥을 시전했습니다.]

[나이기스를 시전합니다.]

[기공술을 시전합니다.]

[스톤 아머를 시전합니다.]

무려 3번씩이나 중첩된 방어 기술 끝에 위력이 최소화 되기 시작한다.

콰아아아아-!

서서히 점멸하는 시야. 그 속에서 흑염이 주변 대지를 뒤덮자 두 남자를 중심으로 커다란 크레이터가 형성됐다.

그리고.

털썩!

만신창이가 된 용찬의 한쪽 무릎이 바닥에 닿고 있었다.

"하아, 하아."

숨이 거칠어진다. 온전히 대지 위에 서 있는 것은 질풍 용병단장 백두산. 하지만 헥토파스칼 킥의 패널티 때문인지 그도 만만치 않게 체력이 낭비된 상태였다.

-체력을 어느 정도 빼놓은 탓에 놈도 지치기 시작했어.

'슬슬 기력도 한계에 몰렸을 테지.'

-아마 그럴 거야. 하지만……

대체 저자의 정체는 무엇이란 말인가.

유태현에 이어 두 번째로 보게 된 괴물 같은 실력에 진협은 쉽사리 말이 나오질 않았다. 그리고 그것은 다른 병사들도 마찬가지였던 것인지 자세가 무너진 용찬의 모습에 두 눈이 휘둥그레져 있었다.

'마왕님이 압도당한다고?'

'동일한 무투가의 싸움에서 밀린다는 것은 역시 저놈이 더 강하단 뜻인가.'

'얼른 마왕님을 도와야 하는데!'

지원에 나서고 싶은 마음은 굴뚝같았지만 다섯 명의 부단장들도 만만치 않은 상대였다.

마치 강철 같은 방어력을 보이는 방패병 우왕과 좌왕, 생소한 마법 기술로 허점을 찔러오는 마법사 정미나, 아직까지 직접 전투에 참전하지 않고 있는 레오와 정체불명의 검사까지.

무려 다섯 명의 A급 플레이어를 상대하는 탓에 허점은커녕 쉴 틈조차 주어지지 않고 있었다.

그나마 3백여 마리의 병사들을 위주로 부대 단위의 진형을 갖추고 있긴 했지만 부단장들의 깔끔한 대처에 별다른 피해조차 주지 못한 상태였다.

"어차피 마왕 놈을 쓰러트리면 알아서 흐지부지될 놈들이니까 천천히 구경이나 하자고."

"그래야지. 미나야. 방어막 좀 다시 펼쳐봐. 편안히 체력 채우면서 단장님 싸움 구경이나 하게."

"으이그. 저 진상들."

여유롭기 그지없는 태도에 분노가 울컥 치솟았다.

한동안 잊고 있던 무력감이 다시금 병사들을 강타하자 가장 먼저 루시엔이 이를 으드득 갈며 광폭을 시전했다.

"그래. 우리를 끝까지 얕잡아 본다 이거지?"

"내가 길을 뚫어주마."

"좋아. 너희들도 다 따라와!"

록시가 선두를 자처하자 금방 칸, 켄, 헥토르, 쿨단도 그 뒤를 따랐다. 그리고 성질 변화의 권능을 통해 마력을 기력으로 바꾼 그녀의 팔이 방어막을 내리찍자 헥토르도 망설이지 않고 나선의 장창을 힘껏 던졌다.

"키에에엑!"

"키에엑!"

"얼레. 저 자식들. 미나의 방어막을 뚫을 생각인 것 같은데?"

"마력이 소진되긴 했어도 저놈들만으로는 무리일……."

쩌저저적!

말이 끝나기가 무섭게 켄이 휘두른 몽둥이에 금이 가기 시작한다. 서서히 균열이 가기 시작한 방어막으로 파고드는 두 자루의 검날. 아예 방어막 위에 자리 잡고 검술을 발현하는 루시엔의 모습에 당황한 단원들은 급히 대처에 나서기 시작했고, 마법사들과 궁수들이 원거리 기술을 시전하자 붉은 안광이 일렁거렸다.

[수호자 쿨단이 흡수력을 시전했습니다.]
[주변 플레이어들의 기술을 흡수합니다.]

한계를 생각지 않고 흡수력을 유지하는 쿨단. 금방 백골이 다양한 색상으로 물들었지만 끝까지 쿨단은 스킬을 취소시키지 않았다.

그리고.

쿠구구구궁!

마침내 반격을 알리는 광기가 전장을 뒤덮었다.

[폭주 모드가 발동됩니다. 일시적으로 육체 능력치가 대폭 상승합니다.]

아까 전까지만 해도 바닥에 무릎 꿇고 있던 마왕은 더 이상 없었다. 지금은 그저 광기에 물든 광군주가 자리를 대신하고 있을 뿐. 뒤늦게 흑염을 뚫고 용찬이 전진하기 시작하자 바쿤의 사기는 순식간에 상승했다.

쿵! 쿠웅!

줄기를 타고 하나둘씩 지상에 착지하는 식물형 몬스터들.

그리고.

[푸른 갈퀴 용병단의 반지 효과가 발동됩니다. 일정 시간동안 푸른 갈퀴 용병단원들이 전부 소환됩니다.]

질풍 용병대에 맞설 푸른 갈퀴 용병대가 망령이 되어 다시금 부름에 응답했다.

척! 척! 척!

망령들이 질서정연하게 진형을 갖추기 시작한다.

쿠웅!

마지막으로 커다란 눈사람이 백두산의 앞을 가로막았다.

"토벌."

광군주가 손을 번쩍 들어올리자 분위기가 뒤바뀌었다. 이로써 모든 준비는 끝난 셈이다. 그렇게 용찬은 군세의 중심이 되어 선언했다.

"개시."

'제가 직접 안내해 드리겠습니다. 일단 그전에 이것부터 받으

시죠.'

'이건 푸른 갈퀴 용병단의 반지?'

'전에 마저 못 끝냈던 강화를 드디어 끝냈습니다.'

암살왕의 머플러에 이어 두 번째로 강화에 성공한 푸른 갈퀴 용병단의 반지. 처음엔 단순히 용병단원 중 한 명을 일시적으로 소환하는 효과뿐이었지만, 지금은 모든 단원을 한자리에 소환시켜 대규모 지원을 받을 수 있는 효과로 성능이 업그레이드되어 있었다.

-저놈들이 아이리스를 건드렸다고?

-이거 죽어서도 싸우게 생겼네.

-그래도 간만에 이렇게 전부 다 모이니까 괜찮은데? 좋아. 몸이나 좀 풀어볼까.

원한 관계가 이상하게 성립되긴 했지만 목표는 오직 하나. 마왕성 바쿤을 노리는 침입자를 토벌하는 것.

부단장 필립을 중심으로 진형을 갖춘 망령들은 검은 증기를 뿜어내는 마왕을 따라서 앞으로 전진하기 시작했다.

"뭐야. 이놈들은? 평범한 놈은 아닌 줄 알고 있었지만 이젠 유령 새끼들까지 불러들이는 거여?"

짐짓 당황한 백두산의 표정이 보인다.

그것은 후방에 있던 질풍 용병단원들도 다르지 않았던 것인지 바쿤의 병사들을 상대하면서도 시선은 정면을 향해 있었다.

-들었어? 우리 보고 유령 새끼들이래.

-거참. 보아하니 저쪽도 용병대 같은데 누가 더 위인지 한 수 가르쳐 줘야겠네.

-흥분하지 말고 일단 뒤에 있는 놈들부터 족쳐.

백두산 못지않게 우락부락한 체형이던 라울이 거대한 배틀 액스를 집어 던졌다.

까앙!

"무슨 투척술 위력이?!"

-아직 시작도 안 했어. 자식들아!

비록 질풍 용병대의 부단장들보다 등급은 한 단계 낮았지만 부족한 부분을 매꿔주는 경험이 있었다. 망령이 되어서도 거울성을 지켜야만 했던 푸른 갈퀴 용병단.

수십, 아니, 수백 년간 전투를 치러오면서 쌓인 경험들이 빛을 발하자 순식간에 그들을 압도하기 시작했다.

라울, 네이스, 필립이 화살처럼 진형에 침투하자 나머지 망령들도 그들에 맞춰 차륜전을 펼치기 시작했고, 예상보다 강한 공세에 위협을 느낀 다섯 명의 부단장들은 서로 눈빛을 교환하다 이내 좌우로 흩어졌다.

"중간에 저 검사는 내가 맡지."

"그전에 내가 먼저야!"

"음!"

이전까지 구경만 하고 있던 정체불명의 부단장이 두 자루의 시미터를 뽑아든다. 목표는 망령들의 중심인 필립. 하지만 그전에 앞서 다크 엘프 루시엔이 달려들자 금방 고개가 돌아갔다.

"제이슨…… 큭?"

"키에엑!"

"키엑!"

뒤따라 기체술을 발동한 칸과 켄이 레오를 둘러싸자 나머지 병사들도 각자 부단장을 한 명씩 맡기 시작했다.

암살 기사 제이슨과 댄싱 기사 루시엔, 몽크 레오와 블랙 야크 고블린 칸과 켄, 마법사 정미나와 마법사 록시, 방패병 우왕, 주왕과 수호자 쿨단, 진혈왕 헥토르까지.

비록 등급 차이는 났지만 푸른 갈퀴 용병단의 지원이 있었기 때문에 전력 차이는 크게 벌어지지 않았다.

그리고.

콰앙!

백두산의 신형이 볼썽사납게 땅에 처박히자 질풍 용병단원들의 두 눈이 휘둥그레졌다.

푸쉬이이이이-!

형용할 수 없는 살기 속에서 드러나는 붉은 안광.

이성의 끈을 놓아버린 한 마리의 야수가 전장에 풀어지자 그 누구도 감히 입을 열지 못했다.

"……저게 바쿤의 마왕?"

누군가가 중얼거린 한 마디에 플레이어들은 전율했다. 그리고 뒤늦게 후회했다.

픽! 퍼억! 픽!

건드리지 말아야 할 괴물을 깨웠다는 것을.

덥석!

처음엔 그저 당황했었다. 아까 전까지만 해도 기술, 위력, 능력치 등등 모든 방면에서 자신이 우위를 점하고 있었지 않은가. 한데 한순간에 이렇게 압도당할 줄이야.

"그만해. 시부럴 것아."

백두산은 정녕 이게 현실인가 싶었다. 때문에 이 상황을 부정하며 반격에 나섰지만 놈은 좀처럼 쓰러지지 않았다.

콰직!

마치 기계처럼.

화르르륵!

아니, 이성을 놓아버린 괴물처럼.

"이 미친놈이 진짜!"

놈은 일어서고 또 일어섰다. 이미 몸의 절반은 마그나카르타의 흑염에 활활 타오르고 있는데도 불구하고 말이다.

정녕 고통을 느끼지 못하는 것일까.

'아니지. 그딴 새끼가 존재할 리가……'

몇 차례나 로우킥으로 다리를 가격해 봐도 쓰러지긴커녕 오히려 더 광적으로 달려들고 있었다. 그리고 이런 건 일상이라는 듯 자연스럽게 반격을 시도하고 있으니 속이 터질 지경이었다.

"쓰러져!"

"……"

"쓰러지라고. 개자식아!"

한 번도 느껴보지 못한 무언가가 온몸을 엄습한다.

공포, 두려움.

부정하고 또 부정해도 감정들은 절대 사라지지 않았다.

'이, 이 새끼. 웃고 있잖아?'

온몸을 타고 흐르는 전율 속에서 식은땀이 흘러내린다. 거대하다. 어느새 놈의 덩치가 자신의 몇 배 이상으로 거대해져 있었다. 두려움 때문에 생긴 환상인 것일까.

서서히 숨이 거칠어지는 가운데 평소에도 하지 않던 실수가 벌어졌다.

그리고 그 한 번의 실수가 백두산의 생명을 위협했다.

타앙!

"컥!"

시야가 흐릿해지고 놈의 무자비한 주먹이 안면을 줄기차게 강타한다. 발목 보호대의 효과를 이용해 발끝으로 스며드는 한기는 떨쳐낼 수 있었지만, 괴물 그 자체를 막아낼 순 없었다.

[플레이어 백두산이 위기일발을 발동했습니다. 한 차례 제압 상태에서 벗어납니다.]

마치 낙법을 하듯 자연스럽게 몸이 뒤로 굴러진다. 만약 놈의 손속에서 벗어나지 못했다면 자신은 그대로 머리통이 터져버렸을 것이다.

거친 숨을 몰아쉬던 백두산은 인정했다. 아니, 인정할 수밖에 없었다.

'서열 10위권 대에 이런 괴물이 있을 줄이야. 자칫 잘못하면 여기서 비명횡사할 수도 있겠어.'

헨드릭 프로이스. 놈은 이 서열대에 있을 마왕이 아니었다. 그것을 인지한 백두산은 좀 더 신중히 전투에 임하려 했다.

하지만 그것도 잠시. 견제용으로 내민 발 끝으로 놈의 신형이 투명하게 물들었다.

'허상?!'

무투가가 이런 분신술까지 배웠던 것일까. 예상치 못 한 회피 기술에 빠르게 사라진 놈을 눈으로 쫓았지만 주변으로 기척조차 느껴지지 않았다.

그리고.

파지지직!

뒤늦게 등 뒤로 강렬한 뇌전이 파동치자 세상이 반전됐다.

콰직!

'내 그림자로 이동했다고?'

비참하게 땅에 머리를 박은 백두산은 믿지 않는다는 눈빛으로 자신의 그림자를 쳐다봤다. 범상치 않다고 느끼긴 했지만 이건 완전히 무투가의 영역을 벗어나는 기술들이었다.

순전히 마그나카르타의 능력만을 믿고 달려들었던 자신이 한심하게 보일 지경.

오히려 놈은 처음부터 자신의 머리 꼭대기 위에 올라 서 있던 것이나 마찬가지였다.

'우라질. 이것까진 안 쓰려고 했는데.'

애초에 선택권은 없었다. 그저 살아남기 위해 모든 수단을 동원하는 것뿐.

[마그나카르타가 공명합니다. 흑염 활성화! 흑룡왕의 진노 활성화!]

착용자의 생명까지 갉아 먹는다는 흑룡왕의 불길이 온몸을 뒤덮자 괴물 같던 놈의 신형이 튕겨져 나갔다.

"이 개 같은 새끼. 이참에 아주 끝을 보자!"

남은 기력을 모조리 끌어모은다. 최후의 최후를 장식할 두 번째 헥토파스칼 킥. 제아무리 고통을 느끼지 못하는 괴물이라고 하더라도 이 정도의 흑염과 기력이면 충분히 놈을 제압할 수 있었다.

한데 왜일까.

주변을 장악하는 강렬한 기세에도 놈은 물러설 기색조차 보이지 않았다.

'설마 이것도 막아내겠……'

쿠구구구궁!

어깨를 짓누르는 압박감. 철근 같이 무거워진 신형에 절로 인상이 구겨진다.

그리고.

"아, 말하는 것을 잊었군. 여기도 엄연히 바쿤의 영역이라서 말이지."

질풍 용병대를 덮친 중력의 힘 속에서 정신이 돌아온 용찬이 물었다.

"설마 너 혼자 살겠다고 단원들을 포기할 생각은 아니겠지?"

뒤늦게 전멸 위기에 놓인 단원들이 보이자 눈앞이 깜깜해졌다.

'위험할 뻔했어. 만약 이대로 두 번째 헥토파스칼 킥에 맞았더라면 나도 목숨은 보장할 수 없었을 거야.'

아직 폭주 모드의 숙련도가 그리 높지 않았다.

때문에 차후에 찾아올 부작용을 걱정하고 있었는데, 다행히 두 번째 헥토파스칼 킥이 시전되기 직전에 중력의 재사용대기 시간이 끝난 상태였다.

"단장님. 저희는 괜찮습니다. 그러니까……."

"입 다물어!"

역시 전생 때와 마찬가지로 백두산은 단원들을 무척이나 아꼈다. 이렇게 플레이어 용병들을 제외한 최대한의 전력으로 나머지 단원들을 몰아붙이고 있으니 고민이 될 법도 할 터.

물론 아직까지 다섯 명의 부단장들은 건재했지만 다른 일반 단원들은 아니었다.

"하아, 시부럴. 엿 됐네."

"자, 어떡할 거지?"

"크흐흐흐. 어떻하긴 뭘 어떡해. 잽싸게 튀어야……."

"미리 말하지만 이 근방의 마력은 전부 봉쇄됐어. 보아하니 저 마법사를 이용해 빠르게 진영으로 귀환한 것 같은데…….

과연 공략을 포기해도 모두 다 살아서 돌아갈 수 있을까?"

굳이 거짓말은 덧붙이지 않는다. 한참 교전을 치르고 있던 정미나가 바깥의 마법진을 눈치챈 것인지 뒤늦게 굳은 안색으로 고개를 끄덕이고 있었으니까.

모두를 데려갈 순 없다. 살아서 돌아갈 수 있는 자는 오로지 일부뿐. 마력의 영향이 없는 귀환 주문서를 사용한다고 해도 누군가는 최대한 시간을 벌어줘야 했다.

'물론 그렇게 시간을 벌어준다고 해도 단원들 중 몇 명은 사로잡히겠지만.'

용찬 입장에서도 전부를 사로잡거나 전멸시키는 것은 욕심이었다.

그럴 만도 한게 아무리 다가즈가 마력 봉쇄를 펼치고 있어도 부단장과 백두산 정도의 실력자는 충분히 시간을 벌어 귀환하는 게 가능했다.

때문에 욕심을 버리고 최대한의 이득을 취하기 위해 제안을 꺼냈다.

"거래를 하도록 하지."

"뭐?"

"살아서 돌아가게 해주마. 대신 내게 그 건틀렛을 건네라."

"……하. 이 새끼가 명품은 또 잘 알아보네. 근데 내가 그것을 어떻게 믿지?"

"불리한 것은 너일 텐데?"

"불리한 것을 떠나서 신용이 안 가거든. 특히 너 같은 마족 새끼들한테는 말야."

항상 거래에선 믿음과 신뢰가 중요시 된다.

그것을 모르지 않았기 때문에 피식 웃은 용찬이 손을 번쩍 들어 올렸다. 그리고 클라우드 토템을 땅에 박으며 외부 시야를 차단했다.

"……."

일시적으로 중단된 교전. 묘한 침묵이 전장을 휩싸는 가운데 짙은 안개 속에서 계약서 한 장이 꺼내졌다.

"설마 이것도 모르진 않겠지?"

"……너 마족 맞냐?"

"굳이 편견을 가질 필요는 없지. 마족도 플레이어와 거래를 틀 수도 있는 것 아니겠어?"

"뭐, 그렇긴 한데……. 영 찜찜하네. 이 새끼. 대체 속셈이 뭐야."

속셈? 굳이 있다면 용병단의 과거 정보. 그리고 놈의 손에 장착되어 있는 마그나카르타 정도였다.

'슬슬 불의 속성력의 숙련도가 한계에 달한 것도 있고. 마그나카르타를 돌파구로 사용한다면 충분히 세 번째 정령도 불러들일 수 있겠지.'

이 정도만 해도 손해는 아니었다. 그렇게 판단을 내린 용찬은 조건을 제시하기 전에 한 가지를 캐물었다.

"침입한 것들. 전부 의뢰 때문에 그런 것이겠지?"

"잘 알고 있네. 용병단이 의뢰로 먹고 살지. 그럼 무엇으로 먹고 살까."

"의뢰자에 대한 정보는?"

"나도 몰라. 그냥 돈 많이 준다길래 덥석 받았던 거니까."

"좋아. 그러면 내 조건을 총 세 가지야."

첫째, 마왕성 침입 의뢰를 포기할 것. 둘째, 마그나카르타의 소유권을 넘겨줄 것. 셋째, 마그나카르타를 얻게 된 과정 및 그곳에 대한 정보들을 가르쳐 줄 것.

그렇게 총 세 가지 조건을 제시하자 백두산이 마지막 조건에서 눈살을 찌푸렸다.

"우리 과거는 알아서 뭐 하게?"

"그런 장비가 있는 던전이면 충분히 호기심이 생길 만도 하지. 안 그래?"

"뭐, 그렇긴 한데……."

절로 시선이 손에 장착된 마그나카르타를 향한다. 등급은 유니크지만 성능만큼은 그보다 더욱 높은 수준의 장비였다. 아무리 소중한 용병대라고 하더라도 마그나카르타 정도면 고민이 될 법도 했다.

하지만.

"에이 쌍. 알 게 뭐야. 이딴 것 없어도 돼!"

백두산은 끝내 인간의 정을 택했다.

"야! 너 때문에 보수 못 받을 거 같으니까 그것도 네가 내나."

"지금 이 상황에서 귀환 정도면 최대의 제안 아니었나?"

"의뢰 포기하라며. 우리도 먹고 살아야지. 샌님 같은 새끼야."

물론 의뢰 보수를 대신 내주는 것은 덤이었다.

그렇게 계약이 마무리가 되자 백두산의 팔에 장착되어 있던 마그나카르타는 자연스레 용찬의 팔로 전이됐고, 놈은 꼴도 보기 싫다는 듯한 눈빛으로 정보를 실토한 뒤 용병대와 함께 귀환 주문서를 찢었다.

[질풍 용병대가 공략을 포기했습니다. 제한 결계가 사라집니다.]

바쿤의 영역 안으로 몰려드는 프로이스 가의 부대들.

간발의 차로 귀환에 성공한 용병대는 푸른빛과 함께 신형이 사라졌고, 다른 마왕들이 사라진 플레이어들을 추적하는 사이 가주와 세 명의 원로가 천천히 걸어왔다.

쿠구구구궁!

온다. 세계를 멸하는 진정한 어둠의 불꽃이.

"저, 저건?"

마침내 되찾은 마그나카르타의 흑염 속에서 용찬이 걸어 나오자 원로들의 두 눈이 휘둥그레졌다.

"불의 속성력을 각성했구나."

"……."

뇌전, 어둠, 물에 이어 네 번째로 얻게 된 불의 속성력. 홍염의 패자인 펠드릭조차 인정할 만한 수준의 흑염이 춤을 추듯 사방으로 일렁거렸다.

그리고.

"뀨?"

불현듯 어깨 위로 한 마리의 다람쥐가 모습을 드러냈다.

◀ 77장 ▶
크로우

한차례 폭풍과도 같이 마계에 들이닥쳤던 질풍 용병대.

서열 10위권대 마왕 둘을 사살하면서 마계를 공포에 떨게 만들었지만, 세 번째로 도전하게 된 바쿤에게 무릎을 꿇으며 끝내 공략을 포기하고 말았다.

그 이후 헨드릭은 플레이어에게서 빼앗은 장비를 통해 네 번째 속성력을 각성했고, 그 기세를 몰아 서열 10위 마왕에게 승리를 따내며 1위권 대에 진입할 기회까지 차지했다.

"전대 서열전에서도 주도권을 빼앗겼었는데 이번 서열전까지 프로이스 놈에게 주도권을 내줘야 한다고? 웃기지도 않는 소리!"

최근 마계의 소식지를 쥐고 있던 겐트가 성을 냈다. 처음 때만 해도 망나니인 줄로만 알았던 헨드릭이 서서히 아버지의 노선을 그대로 따라가고 있었다.

이대로 가다간 서열전이 끝나기 직전까지 헨드릭이 최상위권을 유지할 터.

맞은편에 앉아 있던 라윈도 고민은 다르지 않았던 것인지 굳은 얼굴로 고개를 끄덕거렸다.

"어떻게든 한 번 흐름을 끊어야 해."

"그게 쉽지가 않아서 문제야. 강경파이던 위원들도 절반은 이미 등을 돌렸지 않나. 지금은 헨드릭에게 호의를 품고 있던 골렌에게 꼬리나 흔들고 있는 꼴이니 원!"

"……."

더 이상은 마계 위원회를 이용해 수작을 부릴 수도 없는 노릇이었다. 일전에 흑단에게서 경고도 내려졌지 않던가. 전보다 명성이 드높아진 프로이스 가문의 눈을 속이면서 헨드릭을 방해한다는 것은 실질적으로 불가능한 일이었다.

물론 그렇다고 해서 완전히 방법이 없는 것은 아니었다.

딱!

가볍게 손을 팅기자 투명한 장막이 방 안을 감싼다. 미리 긴밀한 대화를 위해 마련한 자리였지만 혹시 모를 일을 대비해야 했다.

그렇게 사일런스를 시전한 라윈 플라그가 상체를 숙이며 입을 열었다.

"서열전 규칙대로라면 곧 바쿤이 서열 9위 마왕에게 선전포고를 하거나 혹은 선전포고를 당할 걸세. 그전까진 다른 1위권 대 마왕들과 서열전은 불가능할 테지."

"듣자 하니 이번에 헨드릭이 A급에 올랐다고 하던데. 서열 9위 마왕으론 택도 없겠어."

"그럴걸세. 아무리 마왕성 전력이 더욱 강하다고 해도 대부분 마왕간의 결투가 승부를 좌지우지하니까. A급에 오르지 못한 마왕의 최후야 뻔할 뻔자겠지. 하지만 만약 동일한 A급의 마왕이라면 어떨까. 그것도 전부터 실력을 인정받아 온 서열 5위권 내의 마왕이라면 말이지."

"자네 무슨 좋은 방법이라도 있는 건가?"

"어떤 마왕과 좀 인연이 있어서 말이지."

흔들거리던 촛불이 꺼진다. 어둠 속에서 비춰지는 것은 음모를 꾸미는 두 마족의 눈빛.

그리고.

"……."

창가를 통해 내부를 들여다보던 박쥐가 천천히 날개를 펄럭거리고 있었다.

[수호자 쿨단이 연결 족쇄를 터득했습니다.]

[록시가 인탱글을 터득했습니다.]

[루시엔이 원형 베기를 터득했습니다.]

[진혈왕 헥토르가 쿼드라 샷을 터득했습니다.]

[놀 전사 딩크가 돌격 본능을 터득했습니다.]

수차례 전투를 거듭하면서 병사들은 새로운 기술들을 터득했다.

쿨단의 연결 족쇄는 최대 네 명까지 수호자의 사슬로 묶어 속박하는 효과, 록시의 인탱글은 땅을 미끄럽게 만들어 상대의 이동속도 둔화 및 상태 이상을 유도하는 효과, 루시엔의 원형 베기는 말 그대로 원형으로 검을 휘둘러 근방의 적들을 단숨에 넉백 시키는 효과, 헥토르의 쿼드라샷은 화살 네 발을 동시에 목표물에게 쏘는 효과, 딩크의 돌격 본능은 지정된 방향으로 돌진해 적들을 경직시키는 효과였다.

'많기도 많군. 역시 병사들이 많아지면 이런 게 귀찮단 말이지.'

그 외에도 숙련도가 상승한 기술들이 많았지만 대충 넘어가기로 했다.

"서열전 일정이 잡혔습니다. 마왕님."

"처리가 빠르군."

"1위권대로 갈 수 있는 서열전이다 보니 이목이 많이 끌린 모양입니다. 마계 위원회도 부랴부랴 서열전을 준비하는 것 같더군요."

그레고리의 말마따나 최근 바쿤의 행보는 마계 전체를 뜨겁게 달구고 있었다. 물론 용찬은 전혀 신경도 쓰고 있지 않았지만 서열전 일정이 빠르게 잡힌 것은 나름 만족스러웠다.

'이제 1위권 대인가. 슬슬 병사들과 마왕성도 A급으로 올려야 할 텐데.'

최근에 마왕성 병력과 방어력 관련으로 수행 과제도 뜨지 않았던가. 이제 남은 것은 B급에 머무르고 있는 병사들을 한 단계 상승시키는 일뿐이었다.

어쩌면 이번 서열전이 그 발판이 될 지도 모르는 상황. 그렇게 잠시 상념에 빠져 있었을까. 불현듯 어깨 위에 올라온 다람쥐 한 마리가 용찬의 정신을 깨웠다.

"그러고 보니 네 녀석을 잊고 있었군."

"뀨?"

"불의 정령이라."

가볍게 머리를 쓰다듬어주자 기분 좋은 울음소리를 낸다.

불의 정령 쥬시. 마그나카르타의 흑염을 이용해 불의 속성력을 각성하며 자동으로 계약된 세 번째 정령이었다.

[불의 정령 쥬시]

[등급: B]

[상태: 쾌활, 호감.]

작디작은 다람쥐의 형태를 갖춘 쥬시는 불의 정령답게 꼬리로 불꽃을 만들어내며 호감을 표해냈다. 이렇게만 보면 귀엽게 생긴 불다람쥐나 마찬가지였지만 나름 전투에 도움이 되는 기술들도 가지고 있었다.

화염 흡수, 파이어 링, 파이어 인챈트.

'파이어 인챈트는 다른 정령들과 비슷한 기술일 테니 넘어가고……'

화염 흡수의 효과는 어느 정도 예상이 된다. 오히려 궁금한 것은 파이어 링이란 기술이었다. 아마 다음 서열전 때 쥬시의 진면목도 제대로 확인할 수 있을 터.

남은 것은 백두산이 전해준 정보였다.

'나도 자세한 것은 몰라. 한 5개월 전에 정체불명의 NPC가 찾아와 알려준 정보였으니까. 그때만 해도 정보가 의심스러워 탐사도 생각지 않고 있었는데, 우연히 단원 한 명이 던전 안으로 들어가는 입구를 찾았다길래 한번 가본 곳이었어. 이름이 흑룡왕의 성소였던가. 아무튼 그럴 거야.'

'위치는?'

'베로스 협곡 너머였을 거다.'

던전의 위치나 구조는 전생과 틀린 게 없었다. 하지만 단 한 가지가 달랐다. 그것은 입구의 봉인이 몇 개월 정도 더 빠르게 풀렸다는 것이다.

갑자기 용병단 하우스에 찾아온 정체불명의 NPC하며 던전의 정보를 알려준 NPC의 의도까지. 너무도 불투명한 정보에 절로 인상이 구겨졌다. 그나마 소득이 있다면 백두산이 귀환하기 직전에 중얼거린 한마디 정도였다.

'에이, 썅. 이걸론 운영비 축에도 못 낄 텐데. 권좌 새끼들이 보수를 괜찮게 주기를 바랄 수밖에 없겠네.'

'권좌?'

'아, 있어. 진영 대표랍시고 우쭐대는 새끼들. 갑자기 무슨 지배자를 잡는다고 이 난리인지. 에휴. 개같은 놈들.'

쿤다 진영의 목표가 된 두 번째 지배자. 새로운 개척 지대로 플레이어의 관심이 끌린 틈을 타 악몽의 탑을 오르려는 생각인 것인지 은밀히 강자들을 끌어들이고 있었다. 아마 그중 하나가 질풍 용병대였을 터. 마침 두 번째 지배자의 표식이 필요한 가운데 놈들의 레이드는 기회나 다름없었다.

'마그나카르타의 위력을 시험해 볼 기회가 좀처럼 없었는데 잘 됐군. 이번 서열전이 끝나면 악몽의 탑으로 향해야겠어.'

그다음 차차 정체불명의 NPC와 불사자 세트에 집중해도 될 것이다. 그렇게 판단 내린 용찬은 서열전 준비를 위해 병사들을 불러 모으려 했다.

그 순간, 최상층으로 박쥐 한 마리가 날아들었다.

"코카콜…… 이었던가?"

"예. 맞습니다."

"무슨 일이지?"

본 모습으로 변이한 뱀파이어 코카콜이 진지한 표정으로 입을 열었다.

"라윈 플라그와 겐트 다이러스의 접촉을 확인했습니다."

서열전 일정은 빠르게 다가왔다. 상대는 서열 9위에 빛나는 북부의 마왕 파구룬. 메이빌츠 가문의 정식 후계자이기도 한 그는 반사의 권능 하나만으로 한자리 순위까지 올라온 유명한 마족이었다.

그래서인지 마계는 더더욱 서열전의 결과를 궁금해했다.

A급에 오른 반전의 마왕 헨드릭 프로이스. 그리고 B급이지만 반사의 권능을 가지고 있는 파구룬 메이빌츠.

　서서히 승자를 놓고 열띤 토론까지 펼치는 가운데 서열전이 벌어질 장소로 바쿤의 병사들이 집결했다.

　"자주 보게 되는군. 그동안 잘 지내고 있었나?"

　강력한 영향력을 행사하고 있던 강경파를 밀어내고 최근 입지를 다지고 있던 위원 골렌. 이번 서열전도 그가 담당하게 된 것인지 덤덤하게 인사를 걸어왔다.

　"요새 중립파가 마계 위원회를 휘어잡는 모양이군요. 이렇게 서열전의 대부분을 중립파가 담당하다니."

　"뭐, 예정된 결과였지. 라원과 겐트는 프로이스가를 증오했고 그런 프로이스 가문이 위세를 떨치니 영향력이 줄어들 수밖에. 오히려 가만히 있던 우리 중립파가 이젠 프로이스 가문과 친밀한 관계까지 유지하는 상황이 됐지."

　"흐음."

　"아무튼 곧 서열전이 시작될걸세. 파구룬과 그의 병사들이 올 때까지……."

　쿵!

　정적을 일깨우는 발걸음 소리. 마침내 상대가 찾아온 것인지 게이트 너머에서부터 누군가가 걸어나오고 있었지만, 안타깝게도 그는 서열 9위 마왕 파구룬이 아니었다.

"여기가 서열전이 벌어질 장소라고 하던데. 혹시 내가 잘못 찾아온 건가. 다들 표정이 왜 그러지?"

거친 풍모가 느껴지는 우락부락한 근육들이 꿈틀거린다. 날카롭게 세워진 눈썹 아래로 이글거리는 강렬한 두 눈동자. 몸집이 거의 용찬의 두 배는 될 법한 사내, 아니, 불패의 마왕 크로우가 씨익 입가를 올렸다.

"여긴 자네가 올 곳이 아닐 텐데?"

"아, 설마 소식을 못 들은 건가."

"무슨 소식을…… 음?"

경계 어린 눈빛으로 크로우를 노려보던 골렌이 수정구를 꺼내 든다. 마계 위원회에서 급히 통신을 걸어온 것일까. 거의 몇 분 동안 수정구로 대화를 주고받던 그의 안색이 서서히 굳어갔다.

"무슨 일입니까?"

"파구룬이 서열전을 포기했다더군. 상대의 항복으로 자네가 1위권 대에 진입하게 됐어."

서열전이 시작되기도 전에 뽑아 든 백기.

상대가 먼저 항복을 선언한 덕분에 바쿤은 자연스레 서열 9위에 등극하게 됐지만, 아직 서열전은 끝이 난 게 아니었다.

"들었으니 잘 알고 있겠지. 서열 9위 헨드릭 프로이스. 네놈에게 선전포고를 선언한다."

"……."

전혀 예상 못 한 크로우의 선언에 절로 고개가 틀어진다. 용찬의 시선을 느낀 골렌은 침중한 얼굴로 현 상황을 설명하기 시작했다.

"아무래도 파구룬이 항복 선언을 하는 동시에 크로우가 선전포고를 한 것 같더군. 원래 이럴 경우 서열전 일정이 다시 잡히게 되는게 정상이지만……."

"상대가 서열전을 치르지 않고 항복한 탓에 이렇게 내가 온 것이지."

망설이던 골렌을 대신해 크로우가 상황을 마저 설명했다. 즉, 항복한 파구룬을 대신해 크로우가 잡혀 있던 일정을 대신하게 됐다는 것이었다.

'타윈 플라그와 겐트 다이러스의 접촉을 확인했습니다.'

문득 며칠 전 찾아왔던 코카콜이 떠올랐다.

'무슨 수작을 꾸미고 있나 했더니 겨우 이런 거였나.'

아마 그 둘 중 한 명과 모종의 접촉이 있었을 터. 그렇지 않고서야 이렇게 적절한 순간에 크로우가 찾아올 리 없었다.

서열 3위 불패의 마왕. 몰락 직전이던 가문을 홀로 일으켜 세우기도 했던 크로우 토멜이었다.

'네놈이 헨드릭 프로이스? 듣기보단 나약해 보이는군.'

마넬 처형식 당시 대면한 기억도 있긴 했지만 이런 식으로 다시 만나게 될 줄은 몰랐다. 하지만 서열 3위라면 어차피 거쳐야 할 관문이기도 했다. 때문에 용찬은 불만스러운 기색 하나 없이 놈의 기세를 맞받아쳤다.

"내가 설치지 말라고 했을 텐데?"

"그때 주제를 알고 설치라고 했던가. 과연 누가 주제를 모르는지는 해봐야 아는 것이겠지."

시작도 하기 전에 격해지는 신경전. 마침내 격돌한 두 마왕의 기세에 온 사방이 진동하고 있었다.

전대 서열전에서 크라운 토멜은 최악의 성적을 거두었다. 미래가 보장되었던 가문은 한순간에 몰락하기 시작했고, 정식 후계자였던 크로우로선 힘든 시절을 보낼 수밖에 없었다.

가문의 지원이 없는 조촐한 마왕성. 당연히 용병을 지원하는 마족 따윈 없었고, 그저 홀로 외롭게 마왕성을 일궈나가야 했다.

'토멜 가문? 이미 망한 가문 아니야? 정식 후계자가 마왕성

을 이어봤자 어떻게 지원 하나 없이 서열을 올리겠어.'

처음엔 모두가 비웃었다. 그 누구도 토멜 가문이 다시 일어서지 못 할 것이라 예상했다. 하지만 크로우는 그 모든 예상을 깨부수고 1년 만에 10위권 대에 오르게 됐다.

그야말로 불패의 화신.

가문의 고유 권능뿐만 아니라 본인의 기술들을 갈고 닦은 크로우의 실력은 일취월장했고, 그 누구도 감히 대적하지 못할 괴력을 발휘하며 무패를 달렸다.

그런 엄청난 성적에 병사 및 용병이 모여드는 것은 당연했고, 마왕성이 발전을 이룩해 내자 자연스레 토멜 가문도 숨통이 트여갔다.

오직 단 한 명. 정식 후계자이던 크로우가 단신으로 가문을 다시 일으켜 세운 것이다. 그리고 서열 3위란 어마어마한 순위를 갱신할쯤 다른 마왕에 대한 소문을 듣게 됐다.

'반전의 마왕이라고 들어봤어? 그 망나니이던 헨드릭 프로이스가 벌써 40위까지 올라갔대.'

비운의 마왕 헨드릭. 비록 크로우와 다르게 명성 높은 프로이스 가문의 후계자였지만 지원 하나 없이 홀로 마왕성을 일으킨 것은 그와 비슷했다.

그래서일까. 수차례 반전을 일으킨 헨드릭에게 묘한 관심이 끌리게 됐고, 독마란 호칭이 붙었던 원로 마델의 처형식 당일 그를 마주하면서 깨닫게 됐다.

'이 자식. 생각보다 재밌는 놈이야.'

서열 3위 마왕을 앞두고도 망설이는 기색 하나 없이 도발을 맞받아치던 놈이다. 때문에 라윈 플라그가 찾아왔을 때도 금방 축객령을 내리려 했지만 헨드릭이 언급되자마자 생각을 달리 했던 크로우였다.

'그나저나 라윈 그 자식. 1년 전에 도움 한 번 준 거를 빌미 삼을 줄이야. 결과적으로 헨드릭과 맞붙게 되긴 했지만 영 찝찝하군. 그때 놈의 호의를 받는 게 아니었는데.'

물론 호의라고 해봤자 경쟁 도중 터진 사건을 한 번 중재해 준 정도였다. 이번 서열전만 끝나면 놈과의 인연도 자연스럽게 끊어질 터.

우선 지금은 눈앞의 상대에게 집중해야 할 때였다.

"어디 한번 반전의 마왕의 실력을 좀 볼까."

"네놈의 실력은 기대조차 안 되는데 말이지."

"그 패기 아주 마음에 들어."

서로를 직시하는 눈빛 속에서 환하게 물드는 임시 마왕성. 완전히 뒤바뀐 풍경 사이로 두 개의 탑이 우뚝 치솟았다.

각 마왕들은 자연스럽게 탑 위로 올라갔고, 병사들은 탑 아래를 지키며 입구를 사수하기 시작했다.

[서열전이 시작됩니다.]

마침내 시작을 알리는 메세지가 떠올랐다.

[당신은 탑의 주인으로 임명됐습니다. 탑의 수호자가 소환됩니다. 탑의 병사들이 소환됩니다.]

탑을 중심으로 개설된 바쿤의 영역. 총 세 개의 마력 포탑이 각 방향으로 지어진 가운데 탑의 주인에게 미니맵 기능이 주어졌다. 가장 먼저 보이는 것은 세 갈래로 나누어진 필드.

아예 시야가 확보되지 않은 곳은 미니맵으로도 확인할 수 없는 것인지 지도의 절반이 어둡게 물들어 있었다.

-이거 완전히 AOS 게임 같은 형식인데?

통신구 너머로 당황해하는 진협의 목소리가 들려왔다.

현대. 특히 게임을 즐기는 한국 사람이라면 익숙할 법한 AOS 게임의 구조. 차례대로 상대의 포탑들을 부수며 최종 기지까지 박살 내 승리를 따낸다는 형식은 동일했다.

[LV.1 루시엔]
[LV.1 헥토르]
[LV.1 쿨단]
[LV.1 로드멜]
[LV.1 록시]

인원수 또한 마찬가지로 주요 병사 다섯 명만 전장으로 소환된 상황. 따로 병사를 교체하는 기능이 존재하긴 했지만 당장은 불가능한 모양이었다.

'정말 AOS 게임 형식이군. 보아하니 탑의 주인은 병사들에게 지시만 내릴 수 있는 것 같은데. 이걸 어떻게 받아들여야 할까.'

-어이가 없긴 하지만 그래도 잘 된 것 아닐까. 이런 AOS 형식이면 우리가 더 잘 알고 있잖아.

'우리?'

-아, 아니. 뭐, 대한민국 사람이니까. 너도 게임은 좀 해봤을 것 아니야.

'으음. 그렇긴 하지.'

부정할 수 없는 사실에 용찬도 고개를 끄덕거렸다. 물론 진협은 그 이상으로 게임에 관심이 있는 것 같았지만 굳이 캐묻지 않았고, 얼마 있지 않아 조그마한 탑의 병사들이 세 갈래 길로 나눠져 진입하기 시작했다.

[쿨단 첫 번째 스킬-방패술(활성화)]

병사들의 스킬은 기존에 가지고 있던 것을 레벨에 맞춰 배우는 형식인 듯했다.

"마왕님. 이제 저희는 무엇을 하면 돼요?"

"잠깐 기다려라."

헥토르와 병사들에게 대기를 지시한 용찬은 가장 먼저 상점 시스템부터 확인했다. 상점 창 안으로 나열되어 있는 수십 개의 장비 및 아이템들. 오직 필드 내에서만 사용할 수 있는 것인지 따로 룬이란 화폐 단위가 그 밑으로 새겨져 있었다.

-용찬. 얼른 병사들을 각 라인으로 보내. 진짜 AOS 게임과 동일하다면 적의 병사들을 처치하면서 룬을 얻어내는 방식일 거야!

'그 정도는 나도 알고 있어.'

-아, 뭐 하는 거야. 어차피 지금 상점에서 살 수 있는 것은 없다니까. 얼른 병사들부터 보내. 어떤 병사를 각 라인에 배치할지는 알고 있지?

'……그래.'

기본적으로 위에 라인은 탑, 중간 라인은 미드, 밑에 라인은 봇이라고 불렀다. 그리고 시야가 밝혀지지 않은 라인 중간중간 지역을 정글 라인이라 불렀는데, 바쿤 병사들의 조합상 정글은 어쩔 수 없이 루시엔의 몫이 됐다.

헥토르, 로드멜-봇, 록시-미드, 쿨단-탑, 루시엔-정글.

이로써 모든 라인의 책임자는 정해진 상황. 남은 것은 적절한 운영을 통해 상대방의 포탑들을 부수는 일뿐이었다.

하지만 상대 마왕인 크로우도 이런 서열전을 몇 번 겪어본 것인지 적절히 병사들을 라인에 배치한 상태였고, 기본적인 룰 또한 알고 있던 것인지 천천히 탑의 병사들을 처치하며 룬을 벌고 있었다.

-으잉. 마왕님. 화살이 안 맞아요!

-헥토르님. 진정하시고 천천히······.

-아, 저 그냥 활로 후려 패서 잡을게요.

가끔씩 실수가 벌어지긴 했지만 대체적으로 무난하게 진행되고 있었다. 탑의 병사들을 잡으면서 쌓아가는 룬과 경험치. 서서히 서열전 방식에 적응해 가는 바쿤의 병사들이었지만 단한 가지를 간과하고 있었다.

그것은 다름 아닌 동일한 라인에 선 상대 진영의 병사.

[헬름의 탑 라이너 데일과 바쿤의 탑 라이너 쿨단이 교전을 시작했습니다.]

검사 클래스의 용병으로 보이던 데일이 작정하고 달려들자 탑의 병사를 처치하고 있던 쿨단이 뒤늦게 방패를 치켜들었다.

[)ㅅ(]

-죽어라. 뼈다귀 자식아!

[ㅇㅅㅇ]

-뭐, 뭐야. 이 자식 왜 이렇게 단단해?!

방어력과 체력에 특화된 방패병. 비록 공격력이 낮긴 했지만 상대의 기술을 버티는 데엔 도가 튼 쿨단이었다.

때문에 용찬도 그를 믿고 우선적으로 정글 라인에 있던 루시엔부터 신경 쓰고 있었지만, 어두컴컴하던 중간 길에서 상대 정글이 올라와 데일과 합류하자 순식간에 쿨단의 생명력이 사라졌다.

[퍼스트 킬! 중갑 기사 데일이 수호자 쿨단을 처치했습니다! 데일에게 룬과 경험치가 지급 됩니다.]

탑의 주인 앞으로 떠오르는 병사의 아이콘. 부활까지 걸리는 시간이 적힌 쿨단의 아이콘에 용찬은 인상을 굳혔다.

그리고.

-아니, 용찬아. 너 브론즈야?!

'......'

진협의 윽박에 처음으로 굴욕이란 것을 느꼈다.

탑의 주인이 할 수 있는 것은 병사들에게 지시를 내리는 것뿐. 그 외에 직접적인 전투 및 사냥은 전부 병사들의 손에 달려 있었다.

그 때문일까. 용찬의 무난한 운영 방식이 서서히 병사들의 목을 조여오기 시작했고, 공격적인 헬름의 기세에 밀려 킬수를 세 개나 더 추가로 상대에게 넘겨주고 말았다.

[4:0]

서열전 시간으로 이제 막 5분 정도가 흐른 상태였다. 헌데, 이 굴욕적인 스코어는 무엇이란 말인가.

-이거 탑은 완전히 내 꺼잖아. 계속 그렇게 도망치기만 할 거야?

[ㅠㅅㅠ]

이미 탑 라인은 두 번째 마력 포탑까지 파괴되어 있었다. 이제 갓 레벨 3인 쿨단과 달리 레벨 4에 도달한 데일은 마지막 마력 포탑에 들러붙어 생명을 연장하는 쿨단을 위협하며 마음껏 탑의 병사들을 처치하고 있었다.

[마력 포탑이 데일을 감지합니다.]
[마력 포탑이 데일을 공격합니다.]

가끔씩 마력 포탑의 일정 데미지까지 무시하며 탑 라인을 누비고 있는 상황. 이런 속 터지는 광경에 정 안 되겠다 싶었던 것인지 진협이 본격적으로 조언을 해주기 시작했다.

-안 되겠다. 탑은 그냥 버려!

'버린다고?'

-이미 망한 라인은 쳐다도 보지 말아야 해! 그냥 쿨단은 방어력 장비로 둘둘 말아서 몸빵이나 시켜.

'음. 하지만 그렇게 되면……'

-다이아의 판단을 믿어!

확신이 담긴 목소리에 절로 신용이 간다.

AOS게임 내 계급 중에서도 상위권에 속한다는 다이아!

이날만큼 진협이 믿음직스럽게 보이는 날도 없었다.

진협의 판단을 믿기로 결심한 용찬은 차례대로 그의 조언을 따라 서열전을 운영하기 시작했고, 5분 내내 정글 라인만 돌고 있던 루시엔을 적극 활용해 갔다.

-팀의 균형엔 항상 정글이 존재해. 정글을 활용하지 못하면 전 라인은 망한다고 보면 돼.

현재 각 진영 병사들의 평균 레벨은 3. 두 번째 포탑까지 내준 탑 라인과 달리 미드와 봇은 아직까지 첫 번째 포탑이 남아 있었다.

-잘보면 탑의 병사들이 더 많거나 더 적은 라인이 있을 거야. 더 많을 경우 자연스럽게 라인을 밀게 되지만 더 적을 경우엔 자연스럽게 라인이 밀리지. 마치 지금 봇처럼 말야.

'적절한 합류 동선이군.'

-그래. 그리고 이런 서열전에선 시야가 가장 중요해.

일정 범위 내로 시야를 밝혀주는 시야 깃발. 미리 봇 라인 근처에 시야 깃발을 꽂아두었던 진협은 망설일 것 없이 상대 봇 라이너들을 가리켰다. 그와 동시에 루시엔의 발끝으로 발동되는 신속화. 거기서 3레벨 때 배운 신속 가르기까지 발동되자 순식간에 봇 라인에 도달했다.

-무슨 속도가?!

-야, 헥토르. 룬 화살!

-에잇. 맞아라!

극한의 명중률을 자랑하는 헥토르의 화살이 적의 허벅지를 꿰뚫는다.

퍼엉!

아쉽게도 룬 화살의 효과는 폭발이었지만 그 기회를 놓치지 않은 루시엔이 포탑까지 뛰어들며 적의 목을 따내는 데 성공했다.

-좋았어!

'이걸로 첫 번째 킬 스코어인가.'

-이번에는 잠자코 지켜보기만 하라고. 크로우와의 서열전. 내가 책임지고 캐리하겠어!

'……'

통신 수정구 너머로 진협의 의지가 타오르는 게 느껴졌다. 너무 열성적인 태도에 약간 불안하기도 했지만 그가 불러일으킨 변화는 확실히 체감되고 있었다.

[댄싱 기사 루시엔이 별빛 사수 틴을 처치했습니다.]

[진혈왕 헥토르가 어둠의 활을 구매했습니다.]

[록시가 마나 이터를 터득했습니다.]

상대 진영에게 밀리기만 하던 바쿤의 반격. 정글 라이너인 루시엔을 이용해 미드와 봇 라인을 집중적으로 공략하자 킬 스코어는 점점 쌓여갔고, 벌어들인 룬을 통해서 원거리 병사인 헥토르의 공격력을 최우선적으로 강화해갔다.

그리고 평균 레벨이 5가 될 무렵.

-드디어 채널링을 터득했습니다!

마침내 로드멜이 채널링을 배우며 치료술사로서의 지원력이 한층 더 상승했다.

천천히 파괴되어 가는 미드 라인과 봇의 마력 포탑들.

-젠장. 내가 간다. 기다려!

더 이상은 안 되겠다 싶었던 것인지 지시를 건네받은 데일이 아래 라인으로 내려오려 했지만, 그전에 앞서 미리 중간 길의 시야를 확보해두고 있던 루시엔과 쿨단이 그의 앞을 가로막았다.

-아니, 어느 틈에?!

[ㅍㅅㅍ]

복수의 날을 갈고 있던 쿨단의 두 안광이 붉게 빛났다.

-끄아아아악!

다른 라이너가 지원을 오기도 전에 소멸당한 데일. 그렇게 설욕을 한 쿨단은 본격적으로 다른 라이너와 합류해 적들의 화력을 막아내기 시작했고, 10분 정도가 지나갈 쯤 진영 전체에게 버프를 선사하는 이벤트가 발생했다.

[버프 찬스! 투기장으로 각 탑의 주인이 소환 됩니다. 승자의 진영에게 능력치 상승 버프가 부여됩니다.]

일시적으로 병사들의 움직임이 멈춘다. 주기적으로 소환되던 탑의 병사들도 돌처럼 제자리에 굳어버린 상황. 뒤늦게 중앙으로 커다란 투기장이 개설되자 두 마왕의 신형도 단숨에 안으로 이동됐다.

"그래. 이 시간만을 기다렸다고."

"……."

"무엇을 그리 멀뚱멀뚱 거리……."

화르르륵!

전장을 뜨겁게 달구는 흑염. 그 속에서 칠흑 빛깔의 건틀렛이 위용을 드러내자 여유만만하던 크로우의 안색이 굳어졌다.

그리고.

"뭐라고 했지?"

바쿤의 마왕이 광소를 자아냈다.

서열전의 종목 중 하나인 탑의 지배자. 각 마왕은 탑의 주인이 되어 병사들을 지휘하고, 각 라인을 책임지게 된 병사들은 상대 라이너 및 탑의 병사들을 처치하며 성장을 하게 된다. 그리고 도중 발생하는 것이 병사들에게 핵심적인 버프를 선사하는 투기장 이벤트였는데, 이번 혈투에서 우승 시 서열전의 전세가 거의 기운다고 볼 수 있었다.

-미친! 대박이야. 능력치 버프가 무려 10이나 걸려 있어. 여기서 이기면 단숨에 적 진영의 탑까지 몰아칠 수 있을 거야.

'놈은 오로지 이 이벤트만을 기다리고 있었나 보군.'

-반드시. 반드시 이겨야 해!

어찌 보면 투기장 이벤트 하나로 서열전의 승패가 정해지는 것이나 다름없었다.

[목표: 10분 동안 상대에게 많은 피해를 입히십시오.]

투기장의 목표는 간단명료했다. 비록 서열전 규칙상 상대 마왕을 처치할 순 없었지만 끝나기 직전까지 피해를 주는 것이라면 충분하고도 넘쳤다. 그렇게 진협이 몇 차례나 버프에 대해 강조했을까.

자세를 잡고 있던 크로우가 먼저 달려들며 선공을 날렸다.

파각!

카운터를 꿰뚫고 복부로 꽂히는 팔꿈치. 얼마나 근력이 높은 것인지 치켜들었던 손이 얼얼할 정도였다.

'괴력의 권능. 이 단순한 능력 하나로 3위까지 올라온 놈이니 절대 만만한 놈은 아니야.'

전생에서 그레엄의 방패까지 아작 냈던 놈이다. 단순히 힘 능력치만 본다면 S급에 도달한 사태후보다 더욱 높다고 볼 수 있을 것이다.

그 때문인지 항상 우세를 점하던 근접전마저 용찬이 밀리는 형세가 되어버리고 말았다.

[불패의 마왕 크로우가 리벤지를 시전했습니다. 일정 확률로 상대의 공격 및 반격을 세 배의 위력으로 반격합니다.]

동일한 직업이라서 그런 것일까. 크로우는 반격이 위주인 무투가의 습성을 제대로 파악하고 있었다.

"겨우 이 정도야? 겨우 이 정도냐고?!"

"……"

"아까 보이던 그 기세는 어디로 간 거냐, 헨드릭!"

순수한 무투가로서의 공방에선 이미 주도권을 뺏긴 지 오래였다. 강대한 기력 속에서 풍압을 일으키는 돌려차기. 만약 여기서 반격을 시도한다고 해도 역으로 리벤지 기술에 당할 수 있었다.

할 수 없이 용찬은 흑룡포의 레이지 드라이브 기술을 사용하며 민첩을 대폭 증가시켰다. 그리고 점점 증폭되는 속도에 몸을 맡긴 채로 흑염을 활성화시켰다.

화르르륵!

사방으로 날뛰는 흑색 불길.

"그래. 이렇게 나와야지!"

"언제까지 그렇게 여유로울 수 있을까."

"이딴 불길로 날……. 읔?!"

기력으로 달라붙은 불길을 떨쳐내려던 크로우의 인상이 구겨진다. 보통 불의 속성력이었다면 금방 기력에 소멸되었겠지만 마그나카르타의 흑염은 달랐다.

[인페르날이 시전됩니다.]

미미하던 불길이 하나의 구가 되어 투기장으로 작열한다. 전까지만 해도 불의 속성력을 각성하지 못해 제대로 발현되지 않았던 인페르날. 하지만 마그나카르타를 통해 불의 힘을 각성한 지금은 월등한 위력을 선보이며 적에게 어마어마한 피해를 입히고 있었다.

"이미 승패는 정해진 것 같은데?"

"꺼지지 않는 불길이라. 재밌어."

투기장 이벤트의 승리 목표는 10분 동안 상대에게 가장 많은 피해를 입히는 것. 지금도 놈의 몸에 달라붙은 흑염은 지속적인 피해를 입히며 계속해서 누적 데미지를 쌓고 있었다.

하지만 그것도 잠시.

[불패의 마왕 크로우의 특성 결의가 발동됩니다. 일정 시간 동안 지속적인 피해를 무시합니다.]

살갗을 태우며 파고들던 흑염이 활동을 멈추었다. 어느새 전신이 붉게 물들어 있는 불패의 마왕. 서열 3위답게 나름의 대비책을 보이며 다시금 자세를 잡았다.

그리고 이어지는 수십 차례의 맹격. 마치 속사포처럼 쏟아지는 주먹세례에 자연스레 신형이 나누어졌다.

"오호라. 이제 분신까지?"

"아직 놀라긴 이르지."

"컥!"

움푹 파여 드는 등골. 단숨에 크로우의 그림자로 이동한 용찬이 일점 타격을 선사하자 놈의 자세가 무너졌다.

[불패의 마왕 크로우가 폭룡권을 시전합니다.]
[뇌신장을 시전합니다.]

파지지직!

기세를 폭발시켜 변화무쌍한 정권을 발현하는 폭룡권과 뇌신장이 충돌한다. 리벤지의 효과로 인해 역으로 세 배의 위력을 지닌 추가타가 이어졌지만 증폭된 속도로 미리 자리에서 벗어난 용찬은 차례대로 세 마리의 정령을 불러들였다.

"냐아아앙."

"째쨱!"

"뀨뀨!"

좌우로 마그나카르타에 깃드는 체셔와 쥬시.

쩌저저적!

마지막으로 레비가 다간의 정밀한 흉갑에 인챈트 되자 서늘한 한기가 주위로 몰려왔다.

[물의 정령 레비가 레인 드롭을 시전합니다.]

불현듯 하늘 위로 먹구름이 몰려오더니 이내 투기장으로 비가 쏟아진다. 무언가 낌새를 느낀 것인지 크로우가 재빨리 저항력 버프를 발동했지만 이미 늦은 후였다.

쾅! 콰앙! 쾅!

전장으로 작열하는 천둥 벼락. 축축하게 젖어 있던 바닥의 빗물을 타고 전류가 흐르자 굳건하던 놈의 살결이 파르르 떨려오기 시작했다.

"끄으으으! 이, 이 자식?!"

"네놈이 착각하는 게 한 가지 있어."

"웃기지 마라. 헨드릭 프로이스!"

"첫 번째는 동일한 A급이라도 수준 차이가 난다는 것."

불패의 마왕이 역류하는 전류를 꿰뚫고 돌진해 온다.

착용하고 있던 장비의 효과로 상태 이상에서 벗어난 것인지 다시금 일격을 준비하는 모양새였지만, 그전에 앞서 흑염으로 이루어진 타원형 링이 온몸을 속박했다.

-뀨, 뀨우!

저항력과 상관없이 일시적으로 상대를 속박하는 쥬시의 파이어 링.

"두 번째, 애초에 네놈은 신경도 쓰고 있지 않았다는 것."

섬뜩하게 일렁거리던 두 눈빛 사이로 반지가 빛을 발하자 광기가 몰려왔다.

그리고.

"오늘 네놈에게 패배란 것을 알려주마."

마왕의 폭주가 시작됐다.

[투기장 이벤트가 종료됩니다. 누적 피해량을 집계합니다.]

단신으로 가문을 일으켜 세운 서열 3위 불패의 마왕. 전생에서 벌어진 마계와의 전쟁에서도 하이 랭커들이 크게 애를 먹은 마족 중 하나였지만, 결국 놈도 태현과 용찬을 뛰어넘진 못했었다.

물론 일대일로 싸운다면 결과는 달라졌을지 모르지만 지금의 용찬은 아니었다.

털썩!

단 한 번도 무릎을 꿇은 적이 없던 크로우의 신형이 축 늘어진다. 투기장 이벤트의 승자는 다름 아닌 바쿤의 마왕. 그 사실을 모르고 있던 것은 아니었지만 첫 패배가 쉽게 받아들여지지 않았다.

'이미 전생 때의 능력은 뛰어넘었다고 볼 수 있겠어. 이제 불사자 세트를 되찾고 능력치만 마저 복구한다면……'

좀 더 높은 경지를 내다볼 수도 있을 것이다.

그렇게 판단한 용찬은 쥬시의 스킬을 통해 전장의 불길을 회수하며 등을 돌렸다.

"……내가 패배했다고?"

"결과에 승복하지 않을 셈인가?"

"불패의 마왕인 내가 패배할 줄이야. 이거 아주 색다른 경험인데."

절망한 기색이 역력하던 얼굴로 미소가 번진다. 마치 개운한 듯 패배의 아픔을 덜어내고 일어선 크로우는 씨익 웃으며 손을 내밀었다.

"역시 네놈에겐 흥미가 끌려. 그리 자신 있게 소리치던 이유가 있었구만."

"음?"

"인정하마. 헨드릭 프로이스. 네가 나보다 더 강자다!"

순식간에 돌변한 놈의 태도가 영 적응이 되지 않았다. 호탕한 전쟁광이란 소문이 헛소문은 아니었던 것일까. 결과에 미련을 두지 않고 내민 악수에 용찬의 인상이 구겨졌다.

"뭐지?"

"네놈이 강하단 것을 인정한다는 의미다. 다음에 다시 한번 붙도록 하지."

"어이가 없군."

굳이 악수를 받을 이유는 없었다. 이미 예상했던 투기장의 결과였기 때문에 그다지 승패에 관심을 두지 않고 있었고, 그저 서열전의 규칙대로 본래 탑으로 돌아갈 뿐이었다.

그리고 이어지는 투기장의 보상.

[바쿤 진영 병사들의 능력치가 대폭 상승합니다. 바쿤 진영 탑의 병사들의 능력치가 소폭 상승합니다.]

전세를 단숨에 가져올 능력치 버프가 주어지자 통신 너머로 진협이 쾌재를 불렀다.

-나머지는 나한테 맡겨. 이런 버프라면 한타에서 절대 지지 않을 거야.

'한타라면 다섯 명이서 다 같이 싸우는 것을 말하는 건가.'

-헐. 너 진짜 기본적인 것 말곤…… 아니, 한타란 개념도 애초에 기본적인 건데. 역시 너 브론즈 맞구나.

'……'

-어쩐지 오늘따라 폭주가 더 길어진다고 했더니 내가 브론즈라고 해서 열 받은 거였구나.

오늘따라 진협이 더욱 건방졌다. AOS 게임에 대해 자세히 알고 있기 때문일까. 평소의 충성심은 어디로 가고 역으로 마왕을 물어뜯기 바빴다.

'마왕성으로 돌아가자마자 교육부터 시켜야겠어.'

다시금 머릿속에 서열을 인식시켜 줘야 할 때였다.

그렇게 진협이 용찬의 새로운 약점을 물고 늘어지는 사이 바쿤의 병사들은 본격적인 반격을 시작했고, 다같이 미드 라인으로 모여 중간 길의 마력 포탑들을 차례대로 박살 내고 있었다.

-젠장. 더 이상 상대가 안 돼!

-레벨 차이는 물론 장비 차이까지 심각하게 나고 있어. 거기

다가 투기장의 버프까지. 대체 이걸 어떻게 이기란 말이야.

-저 뼈다귀 자식. 아까 전까지만 해도 내 앞에서 벌벌 떨기만 했던 놈인데!

벌어질 대로 벌어진 격차.

헬름의 용병들은 제대로 교전 한 번 못하고 포탑을 계속 내어주어야만 했다. 그리고 마지막 두 개의 마력 포탑을 앞두고 벌어진 전투.

어떻게든 전세를 역전시키기 위해 갖가지 수단을 총동원하는 헬름이었지만 이미 넘어간 흐름은 되돌리기 힘들었다.

[헬름의 탑이 무너졌습니다. 바쿤의 승리! 서열전이 종료됩니다.]

결국 크로우가 서 있던 탑이 무너져 내리며 서열전은 바쿤의 승리로 막을 내렸다.

"확실히 다이아 수준의 운영 능력이군."

-그래. 좀 더 날 인재로 여기라고.

"인정하지. 이번 서열전은 네 활약이 컸어. 하지만 그 태도는 못 넘어가겠군."

-으, 응?

"돌아가서 두고 보도록 하지."

브론즈의 굴욕은 쉽게 잊혀지지 않을 것이다.

용찬의 위협에 덜컥 겁을 먹은 것일까. 몇 차례 진협이 울먹거리는 목소리가 들려왔지만 가볍게 무시했다.

"이제 3위가 되었군. 소감이 어떻지, 헨드릭?"

임시 마왕성으로 돌아오자마자 서열전 책임자인 골렌이 물어왔다.

"당연한 결과입니다."

"훗. 역시 그럴 줄 알았어. 앞으로도 가……."

"잠깐. 아직 끝이 아닐 텐데. 헨드릭 프로이스?"

손에 편지 한 통을 쥐고 있던 크로우가 불러 세웠다.

아직도 승패에 미련을 가진 줄 알던 골렌이 앞서서 그를 제지하려 했지만 다행히 그런 목적은 아니었다.

오히려 크로우의 목적은 자신을 이긴 용찬에게 작은 선물을 주는 것이었고, 편지를 받아든 용찬은 천천히 안의 내용을 확인했다.

"……이걸 왜 내게 주는 거지?"

"나도 마음에 안 들어서 말이지. 어때. 선물은 마음에 드나?"

마음에 드냐고? 아니, 마음에 드는 정도가 아니었다.

"아주 만족스럽군."

편지 속에 적힌 두 마족의 이름에 절로 입꼬리가 올라가고 있었다.

◀ **78장** ▶

몰락과 결속

바쿤과 헬름의 서열전 소식은 빠르게 퍼져갔다.

절대 패배하지 않을 것 같던 불패의 마왕의 패배. 다시금 헨드릭이 반전을 일으킨 사실에 마족들은 충격에 빠졌고, 프로이스 가의 중심인 헤임달은 축제 분위기가 됐다.

이로써 바쿤은 서열 3위에 등극한 상황.

앞으로 두 단계만 거쳐 가면 서열 1위가 확정인 가운데 평소 겐트를 따르던 강경파는 그 기세를 잃고 거의 몰락 지경까지 처하게 됐다.

그리고.

"마계 위원회 최상위 집단 흑단이 마계 청문회를 열었다!"

겐트 다이러스와 라윈 플라그가 마계 재판장으로 소환됐단 소식이 알려졌다.

증인 및 참고인은 크로우와 프로이스 가문의 가주 펠드릭.
재판관은 베일에 가려져 있던 흑단이 직접 맡게 되면서 마계
전체가 흥분한 열기를 띠었다.

현대의 청문회와는 사뭇 다른 마계의 청문회는 기본적으로
세 가지 단계를 거쳐 죄인의 처벌을 결정하고, 증인 및 증거가
많을수록 처벌의 강도가 높아졌다.

물론 죄인 입장에서 강력히 이의를 제기할 수도 있었지만
그 둘을 맡아줄 변호인은 거의 없는 셈이나 다름없었다.

"썩은 동아줄을 붙잡을 멍청한 마족은 없을 거다."

이미 처벌이 정해졌다는 듯 크로우는 의기양양해 있었지만
그 또한 처벌의 대상자이긴 했다.

겐트와 라인 플라그의 제의를 받아들여 바쿤에 도전한 죄.

직접 그 사실을 알려준 장본인이긴 했지만 그들에게 동조한
셈이니 재판은 피할 수 없었다.

"정말 괜찮겠나?"

"이 정도야 네놈과 싸운 대가로 치면 싼 편이지. 그리고 어
차피 내 처벌이라고 해봤자 며칠 수감되거나 가문에 압박을
넣는 정도일 거다."

"흐음. 좋아. 그러면 가도록 하지."

"그래. 그렇게 나와야지."

재판이 열리는 장소는 마계 위원회 본부 최상층에 위치해 있다는 암흑궁. 미리 본부에 도착해 있던 용찬과 크로우는 망설일 것도 없이 복도를 지나 재판장 안으로 들어섰다.

가장 먼저 보이는 것은 사방 곳곳에 설치된 암흑 수정들.

그리고 마계의 각 가문을 책임지는 60여 명의 가주들이 좌석에 착석해 있는 게 보였다.

"네 이노오오오옴-!"

"이거 살벌하구만. 아주 시작부터 잡아먹을 분위기인데."

핼쑥한 안색으로 자리에 앉아 있던 겐트가 크로우를 보자마자 발광하기 시작했다. 의뢰를 맡았던 장본인이 자신의 죄를 인정하며 이렇게 역으로 자신들을 몰아넣을 줄은 예상도 못 했을 것이다.

"자, 정숙하라."

웅성거리던 목소리들이 사라진다. 2층 정문을 열고 들어선 은색 로브의 무리에 가주들의 시선은 단숨에 모아졌고, 후드 속으로 푸른 안광을 내비치고 있던 그들은 정해진 좌석에 착석한 채 아래를 내려다봤다.

최상위 집단 흑단! 한때 샤들리 가문과 모종의 거래를 주고받기도 했던 정체불명의 마족들이 처음으로 모습을 드러낸 상황이었다.

'잠깐. 저 자식들······.'

어디선가 본 듯한 익숙한 차림새.

불현듯 전에 봤던 에칸의 기억이 떠오르자 용찬의 두 눈이 휘둥그레졌다.

'그렇다면 에칸과 제이먼도?'

안타깝게도 제이먼은 자리에 착석해 있지 않았다. 하지만 평소 바깥 활동을 하지 않던 에칸은 웬일인지 청문회에 참석해 있었고, 2층에 앉아 있는 흑단의 시선을 피하며 파리한 안색으로 고개를 숙이고 있었다.

마계 위원회의 최상위 집단인 흑단을 두려워하는 것일까.

무언가 더 숨기는 게 있는 것 같았지만 금방 재판이 시작되고 말았다.

'그때 놈들이 흑단이란 것을 알고 있던 건가. 그런데도 나에게 기억을 보여준 이유가 뭐지?'

점점 더 미궁 속으로 빠져드는 진실.

"저, 전부 다 라윈 플라그 이 자식이 꾸민 일입니다! 전 사실 놈이 시켜서 일을 치른 것뿐임······."

"겐트. 자네?!"

"전에 바쿤 서열전에 패널티를 줄 때도!"

"그마아아아아안!"

혼란의 도가니가 된 재판장 속에서 용찬의 눈빛은 오직 흑단을 향해 있었다.

"헨드릭 프로이스에게 묻도록 하지. 죄인들이 발언했던 사건들. 실제로 바쿤이 겪었던 일들이었나?"

"그건 제가 답하도록 하죠."

"베텔의 마왕?"

"그때 당시 제가 바쿤을 상대했었고 실제로 겐트 다이러스에게 크로우 때와 비슷한 제안을 받았었습니다."

재판은 갈수록 바쿤에게 유리한 쪽으로 흘러갔다. 직접 증인 및 죄인으로 나선 픽스 파이멀린부터 시작해 프로이스 가문의 압박에 억지로 이끌려 나온 존투스까지.

전부 바쿤과 서열전을 치렀던 마왕성의 주인이었으며 그들 또한 겐트와 라윈에게 제안을 받았던 자들이었다.

"라윈 플라그는 마계 위원회에서도 간부였잖아. 어찌 저런 짓을 할 수 있지?"

"몰랐어? 저 위원. 예전에 단독으로 프로이스 가문에 찾아가서 병사들을 지원하라고 했다가 크게 데였었잖아. 아마 그 이후로도 홍염의 패자와 몇 차례 마찰을 빚었을 거야."

"그래서 프로이스 가문에 원한을 가지고 있던 건가. 징하기도 하지."

좌석의 분위기마저 프로이스 가로 넘어오기 시작했다. 증인 및 증거가 나올수록 밝혀지는 진실들. 뒤늦게 바하무트의 원로인 마데루스가 암흑궁에 방문하자 재판은 거의 막바지에 다다라 있었다.

그리고 겐스 다이러스가 무단으로 바하무트를 침입한 사실까지 밝혀지자 최종 결과가 나왔다.

쾅! 콰앙!

우뢰같이 울려 퍼지는 망치 소리. 2층에 앉아 있던 흑단 중 한 명이 암흑 수정을 내려치자 판결이 나왔다.

"더 이상 진행할 것도 없군. 겐트 다이러스와 겐스 다이러스. 우선 두 명의 처벌을 진행한다!"

마계 위원회의 일원이었던 겐트의 지위를 회수, 다이러스 가문의 수입원 몰수, 사건을 일으켰던 겐트와 겐스를 50년간 수정궁에 가두는 것으로 처벌은 정해졌다. 그리고 마저 라윈 플라그의 처벌이 진행되자 좌석의 모든 가주가 숙연한 태도로 그들의 몰락을 지켜봤다.

"간부직을 회수하고 100년간 수정궁에 가둔다는 건가. 어찌 보면 다이러스 놈들보다 더한 처벌이군."

"마계 위원회의 중요직을 맡고 있던 자였으니까. 보통 위원보다 형량이 높아질 수밖에 없겠지."

빛 한 점 들어오지 않는다는 지하의 수정궁. 마계답게 최악의 수감 시설을 자랑하는 수정궁은 죄수들의 정신 상태를 최악으로 만들어 자살을 유도케 할 정도였다. 아마 마계 위원회의 인식을 위해서 흑단이 내놓은 판결일 터.

그렇게 두 명의 죄수가 처절히 수정궁으로 끌려가자 사뭇 냉랭하던 암흑궁의 분위기도 어느 정도 사그라들었다.

"이제 나머지 죄인들의 처벌만 남았군."

"서, 설마 저희도 수정궁은……."

"음. 그건 아니다."

존투스가 불안한 듯 몸을 떨자 흑단이 고개를 주억거렸다. 젠트와 라윈 정도는 아니지만 사건에 동참한 만큼 존투스, 픽스, 크로우도 죗값을 치러야 하는 상황.

어떤 처벌이 정해질지 모두가 궁금해하는 가운데 골똘히 고민하고 있던 흑단이 암흑 수정을 두들겼다.

"그것을 깜빡하고 있었군. 죄인 존투스 게르시안, 픽스 파이멀린, 크로우 토멜. 너희 셋을 악몽의 탑 41층으로 보내겠다."

"……악몽의 탑?"

"대륙에 침투한 마족들에게서 정보가 전달됐다. 아무래도 플레이어들이 41층의 지배자를 처치해 상층으로 올라간 속셈인가 보더군. 너희 셋은 41층으로 가서 그들이 지배자를 처치하는 것을 막아라. 물론, 가능하다면 지배자까지 함께 처치해도 좋다."

누구도 예상 못 한 처벌에 암흑궁 내부가 어수선해졌다.

특히나 플레이어들이 악몽의 탑 41층의 지배자를 노린다는 사실은 매우 충격적이었고, 지시를 전달받은 세 명의 마왕은 각각 다른 반응들을 보였다.

"그러고 보니 헨드릭도 플레이어들에게 관심이 많다고 했었지. 이번 기회에 놈들의 실력을 좀 볼까."

"갑자기 악몽의 탑을 가게 될 줄이야. 어이가 없군."

"지, 지배자! 거기다가 플레이어들까지. 나, 난 망했다!"

크로우, 픽스, 존투스까지. 세 명의 임무는 중대하고도 위험했다. 때문에 흑단이 처벌 뒤에 추가 보상을 덧붙이며 정식으로 임무를 주는 분위기였지만 좌석의 가주들은 대부분 인상이 굳어 있었다.

"지난 서열전 때를 벌써 잊은 겁니까. 악몽의 탑 상층은 매우 위험합니다. 아무리 크로우가 포함되어 있다고 해도 고작 이런 전력으론 불가능할 것입니다!"

"플레이어들의 자세한 정보를 요구합니다. 인원수에서부터 등급, 진영, 길드 등등까지!"

"지원 병력이 더욱 필요한 것 같은데 말이죠."

토멜, 게르시안, 파이멀린 가주를 위주로 좌석의 마족들이 반발하자 흑단이 격하게 망치를 내려치려 했다. 그 순간, 잠자코 1층에 서 있던 용찬이 손을 들어 올렸다.

"제게 그 임무를 맡겨주시죠."

"뭐라?"

"제가 총 책임자가 되겠습니다."

"헨드릭 프로이스. 너에겐 죄가 없을 텐데. 거기다가 이런 일을 짊어질 책임도 없을 테고 말이야."

"악몽의 탑에 오르는 플레이어들을 막는 것도 마왕에게 주어진 사명 중 하나가 아니었습니까. 굳이 죄인들로만 플레이어들을 막을 필요는 없다고 생각합니다만."

용찬은 어떤 플레이어들이 지배자를 노리는지 알고 있었다. 그리고 세 명으론 부족하단 것을 알고 있었기 때문에 총 책임자를 지원한 상태였다.

'최소 세 명의 권좌. 거기서 대형 길드들과 백두산이 속한 질풍 용병대까지. 지배자인 불의 귀인까지 놓고 벌이는 삼파전이야. 겨우 세 명 가지곤 어림도 없지.'

허공으로 끝을 알 수 없는 푸른 안광과 서늘한 두 눈빛이 충돌한다.

"……."

좌석 내로 흐르는 침묵. 과연 흑단이 어떤 결정을 내릴지 모두의 관심이 모인 가운데, 중앙으로 마왕들이 걸어 나왔다.

"헨드릭 프로이스가 총책임자를 맡는다면 저도 참가하겠어요."

"우리도 빠질 수 없지. 한 때 같이 악몽의 탑을 올랐던 동료였으니까."

"후훗. 이거 재밌어지는군요. 아주 흥미로워요."

압축의 권능을 가지고 있던 실비아 세빌부터 시작해 팔람의 지배 구역까지 함께 올라갔었던 가우론, 알마인, 타그란스, 루즈. 그리고 서열 5위 마왕인 조슈아 하이델까지.

모두 바쿤과 한 번쯤은 인연이 있었던 자들이 속속히 참가 의사를 밝히자 용찬의 입가에 미소가 띠었다.

하지만 그것도 잠시.

"……그럼. 이 몸도 함께하도록 할까."

암흑궁의 정문을 열고 들어선 마족의 선언에 인상이 굳어졌다.

격하게 굽어진 허리, 치렁치렁 흔들리는 흰 수염, 서글서글한 인상. 그리고 쇠약한 몸을 지탱해 주고 있는 낡은 나무 지팡이까지. 다른 마왕보다 세월의 흔적을 쉽게 찾을 수 있던 그는 용찬을 보며 껄껄 웃기 시작했다.

"개인적으로 나도 자네에게 흥미가 있어서 말일세."

"……."

현존하는 최고의 마왕! 단 한 번도 서열 1위의 자리를 빼앗긴 적이 없었던 대현자 아가프의 방문에 흑단이 뒤늦게 결정을 내렸다.

"좋다. 그렇다면 이번 플레이어 저지의 총 책임자는 헨드릭 프로이스에게 맡기도록 하지. 다만!"

"다만?"

"총인원은 일곱 명으로 제한한다. 헨드릭 프로이스, 실비아 세빌, 조슈아 하이델, 크로우 토멜, 픽스 파이멀린, 아가프 론델, 존투스 게르시안까지. 정식으로 지령이 내려지기 전까지 각자 마왕성에서 대기하고 있도록."

마침내 플레이어들을 저지할 세력이 결성됐다.

참가 인원에 포함되지 않은 가우론 외 세 명의 마왕들은 매우 아쉬워했고, 뜻밖의 마왕과 한 뜻을 하게 된 용찬은 속을 알 수 없는 아가프의 화답에 인상을 굳혔다.

그리고.

"자, 잠깐만. 나도 가는 거야? 나, 나는 왜에에에에-?!"

존투스가 경악을 내질렀다.

"오랜만에 보는군. 아가프 론델."

"허허. 자네도 변한 게 없구만. 오히려 전보다 더욱 젊어진 게 아닌가 의심될 정도야. 펠드릭 프로이스."

"그래서 한동안 바깥으로 모습도 드러내지 않던 네놈이 오늘은 어쩐 일이지. 갑자기 헨드릭에게 흥미가 있다니?"

몰락과 결속. 그 과정 도중 난입한 서열 1위 마왕의 의도는 불분명하다. 때문에 개인적으로 시간을 내어 대현자와 마주한 홍염의 패자였다.

"다를 게 뭐 있겠는가. 그저 늙은이의 호기심 정도일 뿐이지. 그도 그럴 게 최하위 서열에서 3위까지 올라온 마왕 아닌가. 특히나 자네 아들놈이니 더욱 흥미가 동할 수밖에."

"그렇다면 다행이지만 혹시나 다른 생각을 품고 있다면……."

루비처럼 영롱하던 눈동자가 백색으로 물든다. 그 속으로 이글거리는 강렬한 불길. 내면에서 풍겨오는 예상외의 기세에 아가프가 처음으로 눈을 동그랗게 떴다.

"일찌감치 포기하는 게 좋을 거다."

"……허어. 그런 자신감을 받쳐주는 능력이 된단 말인가. 언제나 나보다 앞서가는구만. 펠드릭."

"대답은?"

"물론 건드릴 생각도 없어. 오히려 도움을 주면 줬지. 껄껄껄."

대현자는 단순히 마법사로서 대성해 얻은 호칭이 아니었다. 마계를 통틀어 가장 많은 지식을 머릿속에 담고 있는 마족. 평생을 학문에 전념 면서 쌓은 지식들은 마법의 바탕이 되었고, 그 마법들은 세계를 통찰하는 하나의 수단으로 작용하고 있었다.

그런 수준의 대현자가 헨드릭에게 도움을 준다?

꿍꿍이를 알 수 없는 탓에 경계심이 서리기도 했지만 한편으로는 안심도 됐다.

'이놈이 이번 임무에서 도움을 준다면 헨드릭이 한결 편하게

마왕들을 이끌 수 있겠지.'

능구렁이 같은 마족이었지만 능력 하나만큼은 인정할 만했다. 현 서열전 마왕들 중 유일하게 전대 서열전까지 겪었던 최장기 마왕. 가문에 정식 후계자가 없어 두 번이나 연속으로 서열전에 출전한 아가프의 실력은 홍염의 패자인 펠드릭이 가장 잘 알고 있었다.

비록 전대 서열전에 그다지 흥미가 없어 예전 성적은 최하위권이었지만 지금은 후세들을 위해 1위로서 다른 마왕들에게 많은 가르침을 선사하고 있었다.

"그나저나 흑단이 갑자기 악몽의 탑의 임무를 지시할 줄이야. 혹시 아는 게 좀 있나?"

"모르지. 전대 서열전에서 벌어진 과오를 씻겨내려는 것일 수도 있고. 아니면 진정으로 플레이어들을 경계해 내린 지시일 수도 있겠지. 그저 약간 의문이 드는 것이라면……."

"음?"

"아니, 아무것도 아닐세. 그것보단 자네 아들이 직접 총 책임자를 자청했는데 괜찮겠나?"

"아직 잘 모르고 있군."

차를 홀짝거리던 펠드릭이 입가에 미소를 띠웠다.

"단언컨대 이번 서열전의 마왕 중 그 누구도 헨드릭을 이기지 못할 거야. 아무리 네놈이라고 해도 말이지."

"호오. 그 정도의 평가인가."

"언제고 나를 뛰어넘을 놈이니까."

"허허허. 자네 불과 3년 전까지만 해도 헨드릭에게 욕이란 욕은……."

"크흠흠."

아가프가 옛 과거를 언급하자 할 말이 없어진 펠드릭이었다.

마계 청문회가 끝난 지 이틀 정도가 지났다. 이미 겐트와 라 윈의 재판 소식은 일파만파로 퍼지고 있었고, 그 자리에 참석 해 있던 가주들로 인해 악몽의 탑 임무에 대해서도 입 소문이 빠르게 퍼져 나갔다.

목표는 쿤다 진영의 권좌 세 명과 그들이 이끄는 대형 길드. 그 리고 41층의 문지기 역할을 하고 있는 지배자 불의 귀인이었다.

"서열 3위에 오르자마자 임무의 총 책임자를 자처하다니. 너무 무리하는 것 아니야?"

"남 걱정할 때가 아닐 텐데. 그때 서열전 이후로 보이지도 않 던 네가 갑자기 왜 임무에 참여한다는 거지?"

"따, 딱히 내가 못 할 것도 없잖아. 안 그래?"

"흐음."

얼굴을 붉힌 채로 고개를 휙 돌리는 적발의 여인. 한때 헤임 달에서 바쿤에 큰 망신을 주기도 했던 실비아 세빌이었다.

40위 서열전 이후로 한동안 안 보이던 그녀는 그때 이후로 서열전에 계속 집중했던 것인지 벌써 서열 20위권까지 올라와 있었고, 최근 성장세를 보이던 픽스와 경쟁을 벌이며 10위권을 코앞에 두고 있었다.

오늘은 악몽의 탑 때문에 잠시 바쿤에 방문한 것일 터.

"아무튼 오늘은 이것 때문에 찾아왔어."

"이건?"

"이번 임무에 참가하는 마왕들에 대한 간단한 정보들이야. 그래도 총책임자니까 참가하는 마왕들에 대해선 알고 있어야 할 것 아냐?"

실비아가 건넨 종이엔 마왕들의 권능 및 특징들이 상세히 적혀 있었다. 가볍게 내용을 살펴보던 용찬은 갈수록 안 좋아 지는 글씨체에 금방 인상을 구겼다.

"누가 작성했는지는 몰라도 정말 글씨체가 개판이군."

"……."

"음? 왜 그렇게 인상을 굳히고 있는 거지?"

"……이만 돌아가겠어."

잔뜩 성이 난 얼굴로 방을 나가 버리는 비통의 마왕. 정말 본인의 마왕성으로 돌아간 것인지 금방 발소리가 사라졌다. 그리고 얼마 되지 않아 침대 밑에 숨어 있던 아이리스가 세 마리의 정령을 품에 안은 채로 튀어나왔다.

"후아. 걸리는 줄 알았어!"

"뀨유우우!"

"짹짹!"

"냐아앙. 이거 놔라. 냐아앙!"

품속에 파묻혀 있던 정령들이 고통스러워한다. 최근에 계약한 쥬시마저 체념할 정도로 정령에 대한 아이리스의 애정은 깊었고, 세 마리의 정령이 침대 위에서 통통 뛰어다닐 동안 용찬은 종이에 적힌 아가프의 정보에 집중했다.

'론델 가문의 2대 가주 아가프. 정식 후계자가 없어 전대 서열전과 이번 서열전 연달아 출전. 그리고 권능은 불명.'

마족의 나이로만 따지면 펠드릭보다 더 연장자였다.

전생에선 모르고 있던 서열 1위에 대한 정보. 마계와의 전쟁 당시에도 유태현이 단독으로 그를 맡은 탓에 능력조차 제대로 알지 못했다.

그리고 헨드릭의 몸으로 회귀해 다시금 놈과 접촉하게 됐지만……

'이번에도 제대로 된 정보는 없어.'

종이에 적힌 정보라고 해봤자 가문 및 신원에 대한 간단한 정보들 정도. 다른 마왕들과 비교하면 빈약하기 그지없는 정보량이었다.

똑똑똑!

한참 상념에 빠져 있었을까.

"들어가겠습니다. 마왕님."

예전과 달리 편한 복장으로 마왕성을 돌아다니던 록시가 방 안으로 들어왔다.

"어라. 록시다."

"……."

"무슨 일이지?"

일순 아이리스에게로 꽂히는 복잡한 시선. 하지만 용찬의 물음에 금방 록시가 고개를 돌렸다. 그리고 깊게 고개를 숙이며 먼저 사과부터 해왔다.

"죄송합니다. 마왕님. 아무래도 이번 임무엔 참가하지 못할 것 같습니다."

"조슈아 때문인가?"

"……."

"그런 것 같군."

동일한 가문의 일원이었지만 서로 다른 길을 걷게 된 두 명의 후계자다. 지난 르네의 밤에서 겪었듯 록시는 조슈아를 기피하는 태도였고, 반대로 조슈아는 그런 록시를 방관하며 즐기는 듯한 태도였다. 아마 이번 임무에 그와 함께하게 되어 여러모로 곤란한 처지가 됐을 터.

하지만 그렇다고 해서 바쿤의 주요 전력을 빼트릴 수도 없는 노릇이었다.

'이 아이가 신아람의 친딸이라…… 생각할수록 어이 없군.'

서릿발처럼 서늘한 눈빛이 방 안을 관통한다.

"마, 마왕님?"

"음. 잠깐 다른 생각 중이었어. 아무튼 그 부탁은 못 들어줄 것 같군."

"하지만!"

"걱정 마라. 서로 마왕성의 병사들을 이끄는 입장에서 무리한 협공은 오히려 역효과가 나니까. 그래도 전투 도중엔 놈을 마주하는 일 따윈 없을 거다."

사뭇 냉랭해진 분위기에 아이리스가 눈치를 보기 시작했다. 하지만 그것도 잠시.

"와. 우리 마왕님께서 브론즈였다니. 이거 완전 충격적인 사실인걸?!"

"나도 저번에 처음 알았어. 완전 초짜……."

"야야, 입 조심해. 혹시 들을 수도 있다고."

복도를 지나가던 한성과 진협의 대화 소리에 침묵이 깨졌다. 가장 먼저 반응한 것은 서늘한 눈빛으로 록시를 노려보고 있던 바쿤의 마왕.

"……브론즈라면."

뒤늦게 록시가 의문을 던지자 인내심의 한계가 드러났다.

파지지직!

그날, 진협과 한성은 조용히 바쿤의 지하로 끌려갔다.

[일시적으로 서열전에서 제외됩니다.]

[악몽의 탑 41층에 입장했습니다. 파티가 결성됩니다.]

얼마 만에 돌아오는 악몽의 탑인 것일까.

마계 위원회의 힘을 빌려 단숨에 41층까지 올라온 용찬은 눈앞으로 보이는 익숙한 풍경에 침묵을 삼켰다. 마치 한차례 폭풍이 지나간 듯 초토화가 되어 있는 마을.

남은 것이라곤 바닥의 잿더미와 건물의 잔해들 정도였다.

"여기가 41층?"

"약간 기대했던 것과는 다른 것 같은데."

"아, 그래서 적들은 어디에 있는 거야."

마계 위원회의 지령을 받아 모인 마왕들이 주위를 두리번거린다. 서열 3위였던 크로우와 서열 1위 아가프는 상층에 오를 자격이 있었기 때문에 그다지 감흥이 없는 듯했지만 다른 자들은 아니었다.

제1구역 세칸.

'불의 귀인은 제3구역에 있었지. 그렇다면 플레이어들도 3층에 진을 치고 있겠군.'

가장 주의해야 할 적은 세 명의 권좌와 백두산이었다. 물론 41층의 지배자도 쉽게 무시할 순 없었지만 네 명이 합공한다면 불의 귀인도 쉽사리 승패를 장담할 수 없었다.

"어쩔 텐가. 총책임자."

지팡이를 쥐고 있던 아가프가 넌지시 물어왔다.

총책임자. 썩 그리 마음에 드는 호칭은 아니었다. 하지만 이런 최상의 전력을 이끄는 것만큼은 만족스러웠다.

"우선 움직이도록 하지."

"목적지는? 지금 우리가 어디에 있는지도 모르는데 어디로 간다는 거냐."

"굳이 힘들게 찾아다닐 필요도 없을 것 같은데 말이지."

"무슨 소리……."

콰앙!

픽스가 되묻던 차, 일행의 뒤쪽으로 폭발이 일어났다. 순식간에 벌어진 적의 기습. 정체를 파악하지 못한 누군가의 습격에 가장 먼저 반응한 것은 크로우였고, 그는 시야가 보이지 않는 숲속으로 주먹을 힘껏 내질렀다.

콰지지직!

우거진 나무들이 우수수 쓰러진다.

"미친. 어떻게 풍압으로 이런 위력을?!"

"아하. 거기 숨어 있었구만."

은밀히 숲속에 숨어 있던 수십 명의 인영이 드러났다.

일찌감치 나무 사이로 숨어들어 자신들을 주시하고 있었던 것인지 일부 마법사들은 마법을 준비하던 상태였고, 금방 정체가 들통 나자 재빨리 진형을 갖추며 교전을 준비했다.

'쿤다 진영의 정찰조인 것 같은데. 잘하면 놈들에 대한 정보를 뽑아낼 수도 있겠어.'

다른 마왕들도 비슷한 생각을 하고 있던 것인지 하나, 둘씩 장비를 꺼내 들었다.

하지만 그것도 잠시.

"이 정도라면 나 혼자서도 충분해."

최근에 서열 21위를 달성한 픽스 파이멀린이 홀로 걸어 나갔다.

[빙결의 마왕이 블리자드를 시전했습니다.]

[플레이어 강훈이 마력 보호막을 시전했습니다.]

뼛속까지 스며드는 오한.

순식간에 우거진 숲속이 빙하 지대로 바뀌어 버렸다. 사방으로 몰아치는 서릿발에 플레이어들은 경악했고, 그나마 대표로 보이던 강훈이 보호막을 펼치며 위력을 최소화시켰지만 끝내 빙결의 힘 앞에 무릎을 꿇고 말았다.

"후훗. 그래. 이래야지."

"호오."

"어떠냐. 헨드릭 프로이스. 비록 너 정도는 아니더라도 나도 많은 발전을……"

"뭐야. 고작 그 정도야?"

"뭐, 뭣?!"

한껏 의기양양해하던 픽스의 얼굴이 와락 구겨진다. 어느새 양팔을 낀 채 그를 한심스럽게 쳐다보고 있는 크로우와 실비아. 뒤늦게 자신을 무시한 채 플레이어들에게 다가가는 용찬이 보이자 온몸에 힘이 쫙 풀렸다.

"나라면 4초 만에 끝냈겠어. 보니까 쓰러진 쟤 빼곤 전부 C급 플레이어들인 것 같은데. 혼자 뭐한 거래."

"흥. 나라면 1초 만에 끝냈다."

"허허허. 역시 젊은 마족들의 혈기는 알아줘야겠구만."

"으음. 빙결은 영 아름답지 않군요."

실비아, 크로우, 아가프, 조슈아가 차례대로 소감을 밝히자

기껏 유지하던 자신감이 나락 끝까지 떨어졌다.

"제, 젠장."

창피함에 얼굴을 붉힌 채로 고개를 떨구는 픽스 파이멀린.

그리고 멀리서 그 광경을 지켜보던 존투스 게르시안이 바닥에 주저앉아 울먹거렸다.

"돌아가고 싶어. 어허허헝."

◀ 79장 ▶
불의 귀인

[불의 결계가 입장이 차단하고 있습니다. 3구역에 있는 불의
제단을 파괴하십시오.]

[불의 제단 0/3]

악몽의 탑 41층은 세 구역으로 나누어져 있다.

그중 마지막 구역인 제3구역 즈룻엔 불의 귀인이 거주하고
있는 사원이 존재했는데, 그리 쉽게 입장할 순 없던 것인지 불
의 결계가 공략대를 막아왔다.

"불의 제단? 제3구역에 있는 건가."

"41층을 돌아다니면서 그런 건 본 적이 없는데. 어떻게 된 거지?"

"일단 각 지역으로 디텍터들이랑 용병들부터 보내봐."

불의 사원으로 들어가기 위한 사전 퀘스트. 공략대가 대충 그렇게 이해하고 있었다. 만약 그렇지 않았다면 이전까지 발견되지 않았던 불의 제단이 갑자기 생겨날 리 없을 터.

때문에 공략대는 부산하게 동서남북 각 지역으로 파견을 보냈고, 얼마 되지 않아 디텍터들에게서 보고가 전해졌다.

-불의 제단인지는 확인이 되지 않고 있지만 이전까지 보이지 않던 신규 건물이 나타났습니다.

"위치를 좌표로 보내."

-예, 알겠습니다.

발견된 신규 건물의 숫자는 총 네 개였다. 중앙의 큰 핏빛 강을 따라서 동, 서, 남, 북으로 소규모 사원이 발견된 상태였고, 좌표를 받아든 공략대 대표 이진성은 서둘러 추가 인원을 파견했다.

"백두산. 자네는 동부 지역의 소규모 사원으로 가주게."

"설마 이 떨거지들이랑 함께 가라는 것은 아니겠지?"

"그 설마가 맞네."

"하, 의뢰라서 참는다. 내가."

동부 지역엔 질풍 용병대, 서부 지역엔 권좌 제니카, 남부 지역엔 권좌 사토무, 북부 지역엔 대표 이진성이 직접 찾아가면서 동시에 불의 제단을 파괴하려 들었다.

"나머지 인원을 불의 사원에 배치해 두었으니 퀘스트가 완료되면 금방 알아차릴 수 있을걸세."

"여기까진 무척 순조로운 것 같네요. 오히려 불안할 정도로 말이죠."

"킬킬킬. 메인 디시는 불의 사원이라고. 처음부터 너무 큰 것을 바라는 것 아니야?"

쿤다 진영의 세 권좌들은 이번 공략에 큰 의미를 두고 있었다. 다른 진영보다 먼저 상층을 점거할 수 있는 기회. 이런 절호의 기회를 놓친다면 평생을 후회할지도 몰랐다.

때문에 단 한 번도 공략되지 않은 불의 귀인을 노리는 것이었지만 변수란 늘 존재했다.

-크, 큰일 났습니다. 제3구역에 마족들이 나타났습니다!

"뭣?"

하필 인원을 분산시킨 순간 방해꾼이 출현한 것이다.

"자, 저에게 얼른 말해보세요. 다른 플레이어들은 어디로 간 거죠?"

"끄으으윽. 끄윽. 부, 불의 제단을!"

"오호라. 그랬었군요."

제3구역까지 돌파하는 것은 그리 어렵지 않았다.

먼저 41층에 진입한 플레이어들이 길을 터놓은 것도 있긴 했지만 지금처럼 사로잡은 인간의 정보를 뽑아내면서 한결 수월하게 찾아온 감이 없지 않아 있었다.

털썩!

마침 심문을 끝낸 것인지 금발의 마족이 인질의 목을 쳤다. 가문 고유의 권능과 달리 정신계에 특화된 권능을 각성했었던 조슈아 하이델. 방금 전에도 인질에게 환각을 심어서 간편히 정보를 빼낸 상태였다.

'환각의 권능이라. 정신계 저항력이 낮으면 꼼짝도 없이 놈의 환상에 걸리겠군.'

아무런 이유 없이 서열 7위까지 오른 것은 아니었다.

"보아하니 불의 사원이란 곳으로 입장하기 위해 퀘스트를 진행하고 있는 듯하군요."

"퀘스트?"

"동서남북 네 곳에 생겨난 불의 제단을 파괴하는 퀘스트. 좌표는 인질에게서 얻어냈습니다. 자, 어찌할까요. 총책임자님?"

손에 피를 털어내던 조슈아가 물어왔다.

불의 사원과 그곳으로 입장하기 위해 파괴해야 되는 불의 제단. 전생과 다를 것 없이 진행되는 퀘스트에 잠시 고민하던 용찬은 공략대와 마찬가지로 인원을 나누기로 했다.

"우리도 인원을 나눠야겠군. 불의 귀인을 처리하기 전에 공략대의 전력을 깎아내면 좀 더 수월하게 놈들을 전멸시킬 수 있겠지."

"그냥 불의 사원에 입장하는 것을 기다리다가 불의 귀인과 공략대를 한꺼번에 처리하는 게 낫지 않아?"

"너무 놈들을 만만하게 보는군. 세 명의 권좌만 해도 A급에 달하는 놈들이야. 괜히 공멸을 노리다가 역으로 우리가 당할 수도 있어."

"뭐, 그렇다면야."

실비아가 어깨를 으쓱거리며 주장을 접어들었다.

조슈아, 크로우, 아가프, 그리고 최근 서열 3위에 오른 용찬까지. 분명 이쪽 마왕들도 만만치 않은 전력이었지만 직접 언급하지 않은 질풍 용병대까지 포함한다면 이이제이를 노리기엔 위험한 변수가 많았다.

"좋아. 그렇다면 동쪽은 내가 가도록 하지."

"허허. 그러면 이 몸은 북부로 가도록 하겠네."

"전 남부로 관심이 쏠리는군요."

먼저 세 명이 의견을 밝히자 픽스, 존투스, 실비아가 자연스레 고개를 돌렸다. 존투스 같은 경우엔 온몸을 벌벌 떨며 고개를 도리도리 거리고 있었지만 어림도 없었다.

"그렇다면 크로우, 픽스, 실비아가 함께 동쪽으로, 아가프가 북쪽으로, 조슈아가 남쪽으로 가도록."

"잠깐. 너무 인원이 동쪽으로 쏠린 것 아냐? 거긴 용병들뿐이라며?"

"질풍 용병대."

"뭐?"

"전에 10위권대 마왕들을 살해하고 다닌 놈들이다. 바쿤에 침입했을 때도 놈들을 전멸시키지 못했지. 개인적인 판단이긴 하지만 전력으로만 치면 권좌들보다 한 수 위일 거다."

실제로 질풍 용병대의 속한 A급 부단장만 다섯 명이다. 비록 마그나카르타를 자신에게 빼앗겼다고 하지만 백두산 또한 A급 중 상위권에 속하는 괴물이지 않던가.

때문에 마왕을 셋이나 동쪽으로 보내는 것이었지만 사실상 이 정도로도 승패에 대한 확신은 서지 않았다.

"오호. 헨드릭 프로이스를 애먹인 플레이어들이라. 무척 관심이 가는구만."

"그 정도면 할 만하겠어."

"윽. 하필 이 자식들이랑 함께 가게 되다니."

그렇게 크로우, 픽스, 실비아가 먼저 동쪽의 좌표로 향하자 남은 것은 아가프, 조슈아, 존투스였다.

"그럼 나도 북쪽으로 가보겠네."

"나중에 뵙도록 하지요."

동시에 이동 마법을 발현하는 두 명의 마왕. 특히 서열 1위의 아가프가 어떻게 권좌와 싸울 지 상당히 궁금했지만 지금은 불의 제단이 우선이었다.

"이제 너만 남은 건가."

"나, 나는 그냥 여기에 남으면 안 될…… 까?"

"그럴 순 없지."

이제 남은 것은 서쪽의 소규모 사원뿐이었다.

목표는 불의 제단과 정령 궁수 제니카.

존투스의 애절한 눈빛을 단호히 무시한 용찬은 예전 기억을 떠올리며 천천히 발걸음을 옮겼다.

'……뒤로 물러나세요.'

'내가 왜 그래야 하지. 이건 내가 먼저 발견한 히든 피스일 텐데?'

'언제부터 하멜에서 그런 사소한 것을 따졌던가요. 약육강식이란 것은 본인이 더 잘 알고 있을 텐데요?'

처음으로 권좌에게 빼앗겼던 정령에 관한 히든 피스. 그땐 A급에 대항할 힘이 없어 무력하게 장비를 넘겨줘야 했지만 지금은 달랐다.

'그럼 내 것을 찾으러 가볼까.'

서늘한 마왕의 눈빛이 서쪽을 향했다.

악몽의 탑 안에서 마왕은 불사의 몸이 된다.

즉, 플레이어에게 죽어도 영혼은 마왕성으로 돌아가 다시 부활한다는 것. 물론 패널티로 한 달 동안 악몽의 탑 입장이 불가능해지지만 그렇다 할 죽음의 위협은 없다고 봐야 했다.

'만약 마왕들이 죽는다고 해도 우리로선 그다지 손해가 아니야.'

전력은 줄어들겠지만 그것은 저쪽도 마찬가지였다.

죽음을 감수하면서 플레이어들에게 큰 피해를 준다면 놈들은 공략 당시 큰 힘을 쓰지 못할 터. 그렇게 판단을 마친 용찬은 멀리 보이는 소규모 사원에 즉시 장비를 무장했다.

"준비는 끝났나?"

"주, 준비? 설마 나도 같이 쳐들어가는 거야?"

"당연한 소리를 하는군."

최근 서열 50위권 존투스 게르시안. 마왕성 라우쳐의 주인이기도 한 그는 주로 음파란 권능을 통해 상대를 제압하는 마왕이었다.

'다른 마왕들과 비교하면 그다지 도움은 안 되겠지만 정령 궁수라면 다르지.'

무턱대고 존투스를 데려온 것은 아니다. 정령 궁수 제니카와 대면하게 되면 금방 그의 진가가 드러날 터. 울상을 짓는 놈을 데리고 사원 가까이 접근한 용찬은 가장 먼저 디텍터인 위르겐을 소환했다.

"페페펭. 부르셨습니까."

"오랜만에 부르는군. 더글라스의 고글은 갖고 왔겠지?"

"물론입니다. 페펭."

하루에 한 번 확인되지 않은 지역의 시야를 확인할 수 있는 정밀 시야 측정기. 유니크 장비인 더글라스 고글에만 부여되어 있는 사용 제한 스킬이었다.

[위르겐이 정밀 시야 측정기를 사용했습니다. 두 번째 즈롯 사원의 시야가 확보됩니다.]

시야 공유 화면을 통해 즈롯 사원의 현황이 드러난다. 입구를 지키고 있는 플레이어들만 해도 수백 명. 나머진 내부로 진입해 불의 제단을 찾고 있는 것인지 바깥으론 더 이상 보이지 않았다.

'적어도 B급 랭커들인가.'

입구 돌파는 그럭저럭 수월하게 보였다.

"자, 그럼 한번 시작해 볼까."

단숨에 끓어오르는 흑색 불꽃. 온몸이 뜨겁게 달아오르자 용찬은 망설일 것도 없이 입구로 도약했다.

콰지지직!

숙련도가 높아진 덕분에 파쇄의 위력은 전보다 몇 배는 상승해 있었다.

찌저적 갈라지는 대지.

"치, 침입자다!"

진형이 붕괴되면서 혼비백산해진 플레이어들까지. 가장 먼저 눈앞에 보이는 방패병의 머리를 강타하자 본격적인 전투가 시작됐다.

[마그나카르타가 공명하기 시작합니다. 광기의 인장이 발동됩니다.]

'일단 버프는 이 정도로 끝내고 기력과 마력은 최대한 아껴 둬야겠어.'

필리모터의 관통 효과와 벡터의 충격 흡수 효과 덕분에 일대 다수의 전투는 크게 무리가 없었다.

가볍게 육체 능력치를 상승시킨 용찬은 앞을 가로막는 플레이어들을 차례대로 박살 내기 시작했고, 뒤늦게 병사들을 소환해 입구를 마저 정리해 갔다.

"어, 얼른 길드장님께 알려……. 컥!"

"알리긴 뭘 알려. 이 자식아."

철퇴 하운드에 또 한 명의 머리통이 터져 나간다. 예상보다 싱거운 전투에 딩크는 입맛을 다셨고, 대충 전투가 마무리 되자 숨어 있던 존투스도 슬금슬금 기어 나왔다.

"끄, 끝난 거야?"

"거기 한 명 남았군."

"히이이익!"

바위 틈 사이로 꿈틀거리는 플레이어의 모습에 존투스가 비명을 내질렀다. 그와 동시에 주변으로 울려 퍼지는 광역 음파. 미리 귀를 막고 있던 용찬과 다르게 병사들은 청각을 자극하는 진동에 와락 인상을 구겼다.

"뀨우우우!"

"냐아아아앙!"

"짹, 째짹!"

덩달아 세 마리의 정령들까지 고통스러워하는 상황.

'역시나.'

음파는 얼마 되지 않아 그쳤지만 효과는 확실했다. 품속에서 아등바등하는 정령들의 모습에 용찬은 만족스러워했고, 마저 한 명의 생존자까지 살해하자 입구는 깔끔히 정리됐다.

"마왕님. 플레이어들은 이게 끝이에요?"

"아니, 아직 끝이 아니지. 주요 인원은 아마 안쪽에 있을 거다."

제니카가 이끌고 있는 퓨스 길드. 입구를 지키고 있던 플레이어들은 단순히 일반 길드원에 지나지 않았다. 간부 및 부길드장들은 그녀를 따라서 안쪽에 진입해 있을 터.

마침 상대방도 외부의 침입자를 파악한 것인지 안쪽에서부터 수백의 화살이 날아왔다.

쩌저적!

록시가 시전한 마력 방어막에 금이 가기 시작한다.

"설마 했지만 정말로 마왕이 41층에 올 줄이야."

"그다지 놀라운 일도 아니지."

"당신이 헨드릭 프로이스인가요?"

푸른 머릿결의 여인이 시위를 잡아당기며 물었다. 유독 눈 밑의 점이 인상적인 쿤다 진영의 권좌. 예전과 다를 것 없는 생김새에 용찬은 천천히 입꼬리를 말아 올렸다.

"내 이름을 알고 있나 보군."

"당연하죠. 무려 질풍 용병대의 침입을 막아낸 마왕인데 모를 리가 있겠어요?"

"그렇다면 얘기가 빠르겠어."

"겨우 그 병력으로?"

"물론이지. 존투스."

멀뚱거리고 있던 존투스가 고개를 갸웃거린다.

"음파를 사용해라."

"아, 알았어."

쩍 벌어지는 입. 그 속에서 가늠할 수 없는 음파가 주변으로 울려 퍼지자 대지가 진동하기 시작했다.

그리고.

"깨에에엥!"

제니카 곁으로 푸른 형상의 늑대가 쓰러졌다. 지금의 정령 궁수를 탄생시킨 A급의 정령 가이어 울프. 전혀 예상치 못한 상황에 그녀는 당황스러워했고, 용찬은 살기를 드러내며 천천히 앞으로 걸어 나갔다.

"이, 이게 무슨?!"

"이제 내 것을 돌려받아야겠어."

주인의 살기에 반응하듯 사방으로 날뛰는 뇌전. 마침내 재회한 권좌 앞에서 더 이상의 망설임 따윈 존재하지 않았다.

물론.

"냐아아앙. 고통스럽다. 주인!"

"뀨우우우우!"

"째에에엑!"

용찬의 정령들마저 고통에 시달리고 있었지만 애써 무시했다.

예로부터 정령은 소리에 민감했다. 자연에서 탄생해 하나의 속성력을 타고나는 정령들에게 있어서 청각은 가장 예민한 신경 부분일 수밖에 없었고, 보통 인간이 들을 수 있는 진동수에도 정령들은 고통을 겪었다.

[가이어 울프]

[등급: A]

[상태: 고통, 혼란, 충격, 전투 불능.]

바닥에 쓰러져 낑낑거리는 가이어 울프의 모습이 안쓰럽기까지 하다. 이로써 제니카는 한동안 가이어 울프를 활용하지 못할 터. 그것은 그녀가 본래 지니고 있던 다른 정령들도 마찬가지였다.

'정령들이 발현하는 속성력도 마찬가지겠지.'

물론 용찬의 정령들도 음파에 전투 불능 상태가 되었지만 아직 뇌전의 권능이 남아 있었다.

"저, 정령 스킬이 하나도 시전되지 않는다고?"

"제니카 님. 피하십시오!"

하늘에서 떨어지는 천둥 벼락에 방패병으로 보이던 간부 한 명이 급히 방패를 치켜올렸다. 다른 자들과 달리 마법 방어력에 치중한 방패병인 것일까.

마력이 깃든 라이트닝 볼텍스가 금방 방패에 가로막혀 소멸됐다. 그리고 당황해하는 제니카를 대신해 간부들이 앞장 서며 본격적인 교전을 알려왔다.

"으라차차. 헥토르 님 나가신다!"

"뭐야. 활쟁이 아니었어? 갑자기 무슨 창이야?!"

"활쟁이가 창을 들 수도 있는 거지!"

시작은 헥토르의 나선 창이었다.

진형의 중심으로 쏘아진 나선의 장창은 어마어마한 회전력을 선보이며 방패병 둘을 꿰뚫었고, 그 틈을 놓치지 않은 루시엔과 딩크가 동시에 달려들었다.

"어이, 다크 엘프. 내기할까?"

"내기?"

"누가 더 플레이어의 목을 많이 따는지."

"좋아. 해보자고!"

간만에 승부욕이 불타오르는 것일까.

팽팽한 신경전을 벌이던 루시엔과 딩크가 좌우로 흩어져 마저 진형을 무너트리고 있었다. 그렇게 세 명의 전력이 바쿤의 병사들을 이끌고 퓨스 길드를 맡게 되자 남은 것은 길드 마스터인 제니카뿐.

후방에 있던 마법사들이 다급히 귀환 마법진을 펼치고 있었지만 어림도 없었다.

"이, 일단 제니카 님이라도 살아야……."

"네놈들 목숨부터 걱정해라."

"헉?! 언제 내 뒤로?"

뇌안, 레이지 드라이브, 다크 윙, 그림자 특성의 조합은 용찬을 자유자재로 이동할 수 있게 만들어주었다.

빠각!

가볍게 목을 비틀자 눈이 뒤집어지는 마법사. 대형 길드답게 귀환을 취소하고 반격에 나서는 적절한 대처를 보이기도 했지만 그들이 시전한 마법들은 애꿎은 환영 분신을 강타할 뿐이었다.

[정령 궁수 제니카가 매 화살을 시전했습니다. 지정된 대상에게 날카로운 화살을 쏘아 보냅니다.]

슉!

위협적인 화살이 뺨을 스치고 지나간다. 드디어 정신을 차린 것인지 빠른 손놀림으로 다시금 화살을 뽑아 드는 제니카.

"제가 시간을 벌 테니 마법사들은 다른 지역으로 지원을 요청하세요!"

아예 여기서 버틸 심산으로 거리를 벌리는 폼이 우습기까지 했다.

"지원 요청?"

"전 다른 멍청이랑 다르게 못 이길 상대는 확실히 구분하거든요."

"그건 괜찮군. 헌데, 하나는 알고 둘은 모르는 것 같은데?"

"……무슨?"

"설마 내가 혼자 왔을 것 같나?"

잔혹한 미소 속에서 광기가 피어오른다. 동서남북 할 것 없이 불의 제단이 있는 즈롯의 사원으로 찾아간 다섯 명의 마왕. 그중 세 명의 마왕이 서열 1위 권대의 마왕인 가운데 놈들에게 증원군을 보낼 여유 따위 있을 리 없었다.

그리고 바쿤의 전력도 이게 끝이 아니었다.

불의 사원을 위해서 아껴두고 있을 뿐, 모든 병사들을 집결시킨다면 퓨스 길드를 일방적으로 몰아붙일 수도 있는 상황이었다.

파지지직!

뇌전 속에서 사라지는 신형.

"오늘 넌 내 손에 죽는 거다."

"이런!"

단숨에 거리를 좁히자 제니카가 활대로 용찬을 넉백 시키려 했지만 그전에 앞서 벡터가 황금빛을 발했다.

[숄더 어택을 시전합니다. 정령 궁수 제니카가 마력 보호막을 시전했습니다.]

[보호막 파괴!]

퍼억!

강렬한 충격파가 터져 나가자 그녀의 신형이 불썽사납게 떨어져 나간다.

정령을 부릴 수 없는 정령 궁수. 이토록 손쉬운 사냥감이 어디 있단 말인가. 물론 권좌란 명성에 걸맞게 금방 자리에서 일어났지만 이미 전투의 흐름은 넘어왔다고 봐도 과언이 아니었다.

[정령 궁수 제니카가 사선의 궤적을 시전했습니다. 표시된 사선을 따라서 수십 발의 마력 화살이 쏘아집니다.]
[레다니움의 장갑 효과 발동! 마력 화살의 위력이 세 배로 증폭됩니다.]

유니크 장비를 장착하고 있던 것인지 마력 화살이 풍압을 일으키며 사선을 따라서 쏘아졌다.

'어마어마한 위력. 하지만…….'

딱히 피할 필요도 없었다. 자리를 고수하고 있던 용찬은 백호신권을 사용해 궤적에 있던 마력 화살들을 모조리 튕겨냈다. 그리고 파쇄를 시전해 제니카가 디딜 땅을 박살 내며 다크윙으로 그녀에게 날아갔다.

덥석!

"목에 걸려 있는 목걸이가 너한테는 어울리지 않는 것 같은데 말이지."

"끄, 끄으윽!"

목을 움켜쥔 손에 악력이 가해진다. 이대로 조금 더 힘을 가한다면 가녀린 그녀의 목을 단숨에 비틀어 버릴 수도 있을 터. 하지만 그전에 먼저 사용할 주문서가 있었다.

[표식 주문서를 사용했습니다.]
[표식 주문서를 사용했습니다.]
[표식 주문서를 사용했습니다.]
[제니카가 장착한 목걸이에 표식을 새깁니다. 망 시 매우 큰 확률로 목걸이를 드랍합니다.]

주로 머더러들이 사용한다는 표식 주문서. 먹잇감이 가지고 있는 장비를 손쉽게 드랍시키기 위해 사전에 준비하는 주문서 중 하나였다.

"이, 이 목걸이를 어떻게?"

"로튼의 목걸이. 내가 상단 호위 미션을 하던 도중 발견해낸 히든 피스였었지."

"……?!"

"그리고 네가 내 것을 빼앗아 갔고 말이지."

청명한 두 눈동자가 파르르 떨려온다. 마침내 예전 기억을 떠올린 것일까. 제니카가 창백한 안색으로 살아남기 위해 발버둥 치기 시작했다.

"이제 다시 돌려받아야겠어."

"사, 살려……."

"불가."

뇌전이 깃든 주먹이 안면을 강타했다.

타앙!

전장으로 울려 퍼지는 총성. 한창 바쿤의 전력들을 상대해 내던 길드원들이 경악한 표정으로 용찬을 쳐다봤다.

그리고.

"히이이익!"

악귀의 광기들린 눈빛이 살아남은 그들에게로 향했다.

[로튼의 목걸이]

[등급: 유니크]

[옵션: 착용자의 속성력 중 한 가지의 숙련도를 대폭 상승시킨다. 계약한 정령의 등급을 한 단계 상승시킨다.]

[설명: 정령의 호수에서 재탄생한 로튼의 목걸이다. 태초에 잠

들어 있던 정령의 기운과 속성력이 합쳐져 강대한 기운을 내지하고 있다.]

'드디어 찾게 되는군. 그땐 정령에 크게 관심을 두고 있지 않아서 그다지 신경 쓰지 않고 있었지만 지금은 다르지.'

상단 호위 미션을 거치며 발견했던 히든 피스. 비록 긴 시간 동안 제니카의 정령을 성장케 하는 용도로 사용 됐지만 지금은 본래 소유자의 손에 돌아와 있었다.

[속성력을 선택해 주십시오.]

로튼의 목걸이를 장착하자 첫 번째 선택지가 떠올랐다.

"냐아아앙. 저 마족. 마음에 안 든다!"

"째에에엑!"

"뀨, 뀨우!"

"나, 난 그냥 시키는 대로…… 크아악. 할퀴지 마. 이것들아!"

정령들에게 둘러싸여 갈굼을 당하고 있는 음파의 마왕 존투스. 그 덕분에 손쉽게 정령 궁수를 제압한 격이었지만 용찬의 정령들은 그런 것을 떠나 존투스 자체가 마음에 들지 않는 모양이었다.

그런 광경에 잠시 고민하던 용찬은 뒤늦게 불의 속성력을 선택했다.

[불의 속성력: 6단계(B급)]
[등급을 상승시킬 정령을 선택해 주십시오.]

'등급이라. 일단 내가 계약한 정령들 전부 B급에 도달해 있는데. 만약 여기서 A급이 되면……'

불현듯 가문전 도중 A급으로 진화했던 체서가 떠올랐다. 능력과 상관없이 그런 덩치로 자신을 따라 다닌다면 골치가 아플 것이다.

그렇게 한참 고민하고 있었을까.

-젠장. 헨드릭. 네 쪽은 어떻게 됐지?

"음. 방금 정리가 끝난 참이다. 그쪽은?"

-역시나 네놈이 말한 대로 강한 놈들이더군. 나머지 잔챙이들은 전부 처리했는데 아쉽게도 질풍 용병대는 놓쳐 버렸어.

몹시 분한 듯한 목소리로 픽스가 동쪽의 상황을 알려왔다.

가까이서 실비아와 크로우의 목소리가 들리는 것을 보아하니 질풍 용병대를 추적하던 도중 그만 놓쳐 버린 것일 터. 하지만 그리 예상 못 한 일도 아니었기 때문에 아쉬움은 느껴지지 않았다.

'아무리 마그나카르타를 잃은 백두산이라고 하지만 무투가들 중에선 최상위를 다투던 놈이니까.'

불패의 마왕조차 쉽게 승패를 가리진 못할 것이다. 그렇게 판단한 용찬은 우선적으로 등급을 강화할 정령에 대한 고민부터 마저 끝내기로 했다.

"냐아아앙. 주인. 강해지고 싶다!"

"째에엑. 쨱!"

"뀨? 뀨우?!"

강해지고자 하는 열망은 세 마리의 정령 모두 가지고 있었다.

그래서일까.

'이거 은근 결정 내리기 어려운데.'

초롱초롱한 정령들의 눈빛을 마주하던 용찬이 식은땀을 흘렸다.

"헤, 헨드릭. 언제 다시 출발하는 거야?"

"음. 잠시 기다려라."

"하지만 벌써 30분은 지난 것 같은데……."

"쯧. 어쩔 수 없군."

존투스의 말대로 상당한 시간이 소요됐다. 할 수 없이 용찬은 품에 안겨 애교를 부리던 쥬시의 등급부터 강화시키기로 했다.

[불의 정령 쥬시의 등급이 상승했습니다. 새로운 스킬을 터득

했습니다. 새로운 특성을 터득했습니다.]

　[쥬시의 외형이 변화합니다.]

　아기자기한 꼬리의 불꽃이 온몸으로 퍼져 나간다. 다행히 덩치엔 크게 변화가 없는 것인지 조그마한 체형은 그대로였고, 쥬시가 달라진 자신의 모습에 두 눈빛을 빛내며 불길을 내뿜어냈다.

　"뀨우우우우!"

　"부럽다. 냐앙."

　"쩨에엑."

　시무룩해하는 체셔와 레비. 둘에겐 안타까울 일이었지만 숙련도가 상승한다면 금방 오를 등급이었다.

　'오호. 이런 능력을 얻은 건가.'

　새로운 쥬시의 스킬과 특성을 확인하던 용찬의 입가가 올라간다. 딱히 크게 기대한 것은 아니었지만 이 정도면 불의 귀인을 상대할 때도 충분히 도움이 될 능력들이었다.

　"좋아. 그러면 아직 정리되지 않은 남쪽과 북쪽으로 가도록 하지."

　"저기 이건 어떻게 할까?"

　존투스의 손에 쥐어진 의문의 토템. 마치 모아이 석상처럼 생긴 토템은 곁에서부터 강렬한 불의 기운이 느껴졌다.

'이건 불의 제단이잖아. 설마 파괴하지 않았던 건가?'

마왕의 습격에 제단을 파괴할 새도 없이 밖으로 튀어나온 듯했다. 존투스가 건넨 불의 제단에 곰곰이 생각하고 있던 용찬은 뒤늦게 입가를 말아 올렸다.

'이거 잘하면……'

조금 더 사냥이 손쉬워질지 몰랐다.

가장 먼저 서쪽의 퓨스 길드와 통신이 끊겼다. 그다음은 동쪽의 질풍 용병대였지만 다행히 추적에서 벗어나 도주에 성공한 듯했다.

제3구역 즈롯에 있는 즈롯의 사원은 총 네 개. 그중 불의 제단이 있는 사원은 세 곳이었다.

'질풍 용병대 쪽은 불의 제단을 파괴했다고 했으니까 남은 것은 두 개인데……'

제니카 쪽이 불안하다. 그녀마저 통신이 되지 않는다는 것은 전멸 혹은 통신이 불가능한 일촉즉발의 상황이란 것일 터. 마음 같아선 지원군을 보내 정황을 살피고 싶었지만 눈앞의 노신사가 그것을 방해하고 있었다.

"언제까지 이 늙은이를 세워두고만 있을 텐가."

"도대체 정체가 무엇이오? 당신같이 강한 마족은 홍염의 패자 이후로 처음인데."

"끌끌. 그 녀석을 만나봤나 보구만. 뭐, 그냥 가볍게 퇴물이 다 되어가는 마왕으로만 알아주게."

퇴물? 만약 그가 퇴물이라면 다른 마왕들은 대부분 사라져야 했다. 공략대의 대표 이진성은 커다란 철제 대검을 움켜쥔 채로 식은땀을 흘렸다.

[침묵의 기사 이진성이 파멸 제2식 유천섬을 시전했습니다. 서북쪽에서 날아온 검기가 지정된 목표에게로 날아갑니다.]

하늘의 기운이 담긴 검기가 대지를 가른다.

다섯 번씩 중첩으로 쏘아진 검기는 그대로 노인의 상반신을 갈랐고, 기술의 여파로 주변 건물들이 산산조각 나기 시작했다.

쿠쿠쿠쿵!

잔해 속에서 가늘어지는 두 눈빛. 평소 같았으면 유천섬에 직격당한 적을 돌아도 보지 않았을 테지만 놈은 달랐다. 그 중거로 갈라진 상반신이 거짓말같이 복원되고 있지 않은가.

도저히 믿을 수 없는 광경에 진성은 몇 차례나 더 검기를 쏘아 보냈지만 달라지는 것은 없었다.

"이진성 님! 남쪽과 통신이 닿았습니다!"

근처에서 마왕성의 병사들을 상대하던 간부 중 하나가 급히 보고를 해왔다.

"상황은?"

"지원을 요청하고 있습니다!"

대체 몇 명의 마왕이 함께 온 것일까. 도통 감이 잡히지 않는 숫자에 눈앞이 깜깜해졌다.

'너무 시간을 지체했군.'

인정할 것은 인정해야 했다. 지금 눈앞의 마왕은 혼자서 제압이 불가능한 상대였다. 북쪽의 사원에 불의 제단이 없단 것을 확인한 가운데 더 이상 여기 남아 있을 이유 따윈 없었다.

"급하게 가볼 데가 있나 보지?"

"알면서 무엇을 묻는 건가."

"그건 좀 곤란해서 말일세. 젊은이들을 위해서 이 늙은이가 시간 정도는 벌어줘야 체면이 서지 않겠나."

"정말 끝까지 이해할 수 없는 말만 늘어놓는군. 힘으로 불가능하다면 다른 수단을 사용할 수밖에."

길드원 소환 동전은 필드당 한 번씩만 사용할 수 있다. 불의 귀인을 대비하기 위해 최대한 남겨두려 했지만 이러다간 남쪽의 일행까지 전멸할지도 몰랐다. 때문에 진성은 남쪽에 있는 권좌 사토무에게 통신을 취했다.

-뭐야. 증원 요청했잖아. 언제 오는 건데?!

'길드원 소환 동전을 사용해 주게.'

-뭐? 그걸 벌써?!

'도저히 틈이 안 나는군. 부탁하네.'

-쳇. 어쩔 수 없지.

제니카와 달리 사토무는 같은 길드 소속이었다. 오히려 남쪽의 일행이 길드원 소환 동전을 사용해 준다면 눈앞의 마족에게 방해받지 않고 편히 합류할 수 있을 것이다.

하지만.

[대현자 아가프가 무효화를 시전했습니다. 절반의 마력을 희생해 상대에게 적용되는 아이템의 효과를 무효화시킵니다.]

백발의 노신사는 그 수단마저 사전에 차단해 버렸다.

"내가 말했지 않던가. 자네들을 곱게 보낼 수 없다고 말일세."

"……말도 안 되는!"

"다른 곳이 정리될 때까지만 이 노인네와 함께 있어주게. 끌끌끌."

노인, 아니, 아가프의 긴 수염이 치렁치렁 흔들거리고 있었다.

[불의 제단 2/3]

예상대로 불의 제단 두 개까진 공략대의 손에 의해 파괴됐다. 이제 남은 것은 하나였지만 아마 플레이어들은 영영 찾아내지 못할 것이다.

'내 손에 마지막 제단이 있을 거란 생각은 꿈에도 못 하고 있을 테지.'

사원 입장에 대한 우선권은 용찬에게 있었다. 도주에 성공한 질풍 용병대가 걸리긴 했지만 나머지 두 명의 권좌는 이미 아가프와 조슈아에게 발목이 붙잡혀 있었다. 그들만 빠르게 처리할 수 있다면 의뢰에 실패한 백두산을 진영으로 돌려보내거나 혹은 역으로 습격을 가할 수도 있을 터.

사르르르륵!

마침 접전이 벌어지고 있는 남쪽의 사원이 보이고 있었다.

"빌어먹을. 길드원 소환 동전을 사용했는데 왜 안 오는 거야?"

"이런, 이런. 진정하시길. 그렇게 흥분하시면 이 파티를 즐길 수 없습니다."

"파티를 즐긴다고? 킬킬킬. 나도 미쳤지만 너도 정말 미친놈이다."

"칭찬으로 새겨듣도록 하죠."

녹색 머릿결의 청년이 손에 감긴 실을 잡아당기며 미친 듯이 웃었다. 쿤다 진영의 대표 중 한 명인 시마즈 사토무. 조종술사란 히든 직업을 가진 플레이어로서 생명체의 정신을 조종하는 데엔 도가 튼 놈이었다.

[조종술사 시마즈 사토무가 정신 조종을 시전합니다. 여섯 마리의 트윈 헤드 오우거의 정신을 제압합니다.]

오우거의 머릿속으로 연결되는 가느다란 실. 방금 전까지 길드원들을 공격하던 오우거가 푸른 빛 안광을 내뿜으며 등을 돌렸다. 이로써 마왕성의 병사 중 일부가 사토무의 병사로서 움직이게 될 터. 하지만 그것을 가만히 두고 볼 조슈아가 아니었던 것인지 하늘 위로 환각의 가루를 널리 퍼트리기 시작했다.

"으윽. 머리가!"

"이 자식. 내가 분명 다 봤어. 어제 미린이랑 몰래 손잡고 어딘가로 가는 것을 봤다고!"

"죽어. 더러운 오크 자식들!"

마치 무언가에 홀린 듯 클라인 길드원들이 서로에게로 달려든다. 정신계 면역력이 약한 인간들은 하나같이 똑같은 증세를 보이고 있었고, 일부는 자신의 몸에 칼날을 꽂아 넣은 채 실실 웃고 있었다.

그런 광경에 폭소하는 사토무와 흐뭇해하는 조슈아.

유희를 즐기듯 전투를 주도하는 그들에게 있어 죄책감이란 애초에 존재하지 않는 감정이나 다름없었다.

"저 인간도 그렇지만 역시 조슈아도 미친놈이야. 으으. 저런 놈들 사이에 끼어야 한다니."

"음. 이러다간 끝이 안 나겠군."

"헉. 지금 바로 합류하게?"

존투스가 식은땀을 줄줄 흘리며 경기를 일으켰다.

미친놈들 사이에 끼어든다는 것이 그리 석연치는 않았지만 이대로라면 한 명이 먼저 지칠 때까지 전투는 계속될 것이다. 그렇게 판단한 용찬은 망설일 것도 없이 전장으로 뛰어들었다.

-헨드릭 씨로군요. 합류하게 되어서 반갑지만 지금은 방해하지 말아주셨으면 좋겠습니다만.

'네놈들의 장난에 어울려 줄 정도로 한가하지 않아서 말이지.'

-아아, 헨드릭 씨에겐 이 아름다운 광경이 보이지 않으시는……. 파지지직!

천둥 벼락이 내리치자 수십의 플레이어가 단숨에 터져 나간다. 서늘하게 굳어지는 조슈아의 안색. 방금 전까지 눈에 불을 밝히고 서로에게로 달려들던 인간들의 고개가 용찬에게로 돌아갔다.

-지금 뭐 하시는 겁니까?

'이번 임무의 총책임자는 나다. 설마 내 명령에 불복종하겠다는 건가?'

-이건 제 전장입니다. 끼어드시는 것은 용납할 수 없습니다.

"장난하는……."

온몸을 속박하는 마력의 줄기. 공동의 적을 앞에 놔두고 되려 용찬에게 속박 마법을 시전하자 전장으로 침묵이 감돌았다.

"엥? 뭐야? 내분이라도 일어난 거야? 이거 완전 골 때리는 새끼들이네. 캬하하하."

공략대에게 있어 마왕 간의 내분은 절호의 기회였다.

마침 환각에 빠져 있던 길드원들도 정상으로 돌아온 것인지 멍하니 고개를 두리번거리고 있었고, 용찬과 조슈아가 서로를 노려보는 사이 마법사들이 재빨리 이동 마법을 발현하기 시작했다.

그런 광경에 용찬이 급히 몸을 틀었지만 이미 주요 인원들은 신형이 사라져 가는 상황이었다.

"너희 둘이서 실컷 싸우라고. 우린 볼일 보러 갈 테니까!"

"……저 자식."

"캬하하하. 그럼 이만!"

얄밉게 혀를 날름거리던 사토무가 사라진다. 그와 동시에 몬스터를 조종하던 실들도 사라졌지만 중요한 것은 그게 아니었다.

[뇌안을 시전합니다.]

검게 물든 손길에 사로잡히는 옷깃. 공중에서 그대로 조슈아의 멱살을 붙잡은 용찬은 사나운 기세를 흘리며 물었다.

"지금 뭐 하자는 거지?"

"무엇을 하다뇨. 오히려 먼저 끼어든 것은 헨드릭 씨 아니었습니까?"

"방해? 네놈 눈에는 그게 방해로 보였나 보지?"

"당연한 것 아닙니까. 제 파티를……"

퍼억!

가녀린 신형이 지상으로 곤두박질친다. 임무를 수행하기 위해 함께 41층으로 찾아온 마왕에게 역으로 방해를 받으며 눈앞의 적을 놓쳐 버린 직후였다.

어이가 없는 것을 떠나서 이젠 분노까지 치밀어 오르는 상황.

"생각이 바뀌었어."

"쿨럭, 쿨럭."

입가의 피를 닦아내며 자리에서 일어나는 놈에게로 살기 맺힌 눈빛이 향했다.

"명령에 불복종하는 마왕 따윈 필요가 없지."

"후후후훗. 재미있군요. 갑자기 다시 즐거워지기 시작했습니다."

"뭐, 뭐야. 둘 다 왜 그래. 임무가 우선이잖아?!"

중간에 끼어든 존투스가 황급히 둘을 말려보려고 했지만 이미 조슈아의 뒤로 한 명의 용병이 소환되고 있었다.

"프로헨 씨. 간만에 부탁을 좀 드려도 될까요?"

"조슈아 님의 명령이라면 언제든지 들어드리겠습니다."

신형 주위로 일렁거리는 흑마력. 마왕성 소속의 흑마법사였던 것인지 프로헨이라고 불린 놈이 주변으로 썩어 문드러진 시체들을 소환하기 시작했다.

그리고 뒤늦게 거대한 시체 거인 세 구를 추가로 소환하며 완벽히 적대감을 드러냈다.

'르네의 밤 때부터 마음에 안 드는 놈이긴 했지만 이 정도일 줄이야.'

마침내 인내심이 한계에 도달했다.

"잠시 동안 잠들어 있어라. 존투스."

"뭐? 난 갑자기…… 컥!"

복부를 강하게 후려치자 신형이 축 늘어진다. 전투 불능 상태에 처했으니 한동안은 기절한 채로 쓰러져 있을 터. 그렇게 목격자를 사전에 차단한 용찬은 시체로 이루어진 흉측한 거인을 천천히 올려다봤다.

"크흐흐흐. 어떻습니까. 헨드릭 프로이스 마왕님. 제가 2년 동안 연구해 온 시체 거인입니다."

"지저분하게 생겼군."

"어쩔 수 없죠. 온갖 플레이어들의 시체로 만들어졌으니까요. 하지만 성능 하난 뛰어납니다. 플레이어들의 기술들까지 사용하는 언데드! 이 얼마나 뛰어난 병사입니까!"

프로헨이 음침한 웃음을 흘리며 손을 활짝 폈다. 예전에 사로잡은 플레이어들을 대상으로 이런 연구를 하고 있던 것일까. 마치 예술 작품을 보는듯한 눈빛으로 시체 거인을 자랑하고 있었다.

[시체 거인]

[등급: B(히어로)]

[상태: ?]

플레이어들의 기술들을 구사하는 괴물. 확실히 마왕들을 상대로 매우 위협적인 언데드였지만 흑마법사는 놈에게만 있는 게 아니었다.

"아예 여기서 네놈들부터 처리하고 가주마."

"클클클. 가능하시겠습니까?"

"물론."

용찬의 입가로 잔혹한 미소가 걸린다. 그 미소의 뜻을 알아차리지 못한 프로헨은 시체 거인을 앞으로 내세우며 실실 웃고만 있었고, 얼마 되지 않아 전장으로 한 명의 인간이 소환됐다.

"무슨 일이십니까. 마왕님."

흑마법사 유한성. 불현듯 등장한 인간의 모습에 조슈아와 프로헨이 동시에 안색을 굳혔다. 그리고.

드륵.

한성의 등 뒤에 매달려 있던 마법사의 시체가 꿈틀거렸다.

조슈아 하이델. 인간의 피가 섞인 록시를 재치고 가문의 정식 후계자가 된 마왕이다.

가문 고유의 권능인 성질 변환을 물려받지 않고 되려 환각의 권능을 각성하기도 했으며 현재 서열 5위를 기록 중인 최상위권 마왕이기도 했다.

그런 놈의 유일한 취미는 다른 누군가의 고통을 즐기는 것. 일찍이 고통을 예술로 승화시켜 온 조슈아는 자신이 행한 일에 죄책감을 느낀 적이 없었고, 흑마법사 프로헨은 그런 행위에 크게 감명을 받아 용병으로 들어간 것이었다.

"그르르르."

"그륵."

"구어어어."

이 자리에 소환된 언데드 몬스터들의 숫자만 해도 얼추 1천. 거기에 마왕성의 병사 및 용병들과 시체 거인 네 구까지 합친다면 바쿤의 전력을 뛰어넘는 막강한 군세였다.

하지만.

"키야. 여기서 나 말고 다른 흑마법사를 보게 될 줄이야. 보아하니 마족인 것 같은데 겨우 이 정도 숫자로 흑마법사 짓 하겠어?"

뛰어난 흑마법사라면 바쿤에도 존재했다. 호기심을 참지 못해 마계까지 잠입해 마계 위원회를 조사했던 플레이어. 성향으로 치면 짙은 악에 가까운 한성이 가볍게 손을 들어 올리자 주변의 사체들이 살아 움직이기 시작했다.

"마왕님. 제가 저놈을 맡으면 됩니까?"

"마족 앞에서 널 소환한 게 무슨 뜻인지 알고 있겠지?"

"아, 물론이죠."

깔끔한 사냥. 용찬의 뜻을 진작에 알아차리고 있던 한성은 비열한 웃음을 흘리며 시체 거인을 올려다봤다.

"어이쿠. 저렇게 덩치만 큰 새끼들로 무엇을 하려고?"

"마왕이 인간을 부린다고?!"

"그러면 내가 왜 소환됐겠어?"

"이, 이건 반역 행위입니다. 다른 마족들도 아닌 플레이어와 손을 잡다니. 마계에서 절대 허용할 수 없는……."

까앙!

뼈로 이루어진 긴 창이 마력 보호막에 가로막힌다.

"어이. 넌 그쪽이 아니라 이쪽이야. 어딜 감히 눈을 돌려. 뒤지려고."

"크윽. 아무리 동일한 흑마법사라고 해도 엄연히 급이 있는 법이건만. 감히 네놈이 내게 대적하겠다고? 지금의 난 무적이야. 무적이라고!"

항상 연구에 몰두해 왔다. 흑마법사로서 마법의 끝에 도달하기 위해서. 그 첫 번째 결과물이 바로 플레이어들로 이루어진 시체 거인이었고, 프로헨은 이번에도 예외 없이 자신이 승리할 것이라 생각했다.

"모르는가 본데……."

물론.

"내 흑마법은 세계 제일이라고."

그것은 놈의 착각에 불과했다.

[플레이어 유한성이 시체 조종을 시전합니다. 대마법사 델마누스의 시체가 언데드화 됩니다.]

다시금 깨어난 겨울탑의 대마법사. 아리샤의 밑에서 마법을 수련한 끝에 A급에 도달한 한성만의 비밀 병기였다.

"자, 참교육을 시작해 볼까."

[플레이어 유한성이 버벨레온의 오브의 효과를 사용 했습니

다. 언데드화 된 델마누스에게 일시적으로 생명력을 부여합니다. 흑마도 발동!]

아리엇 산맥에 출현했던 히든 보스 델마누스. 비록 언데드로 다시 태어나면서 능력치가 하향되긴 했지만 버벨레온의 오브와 흑마도는 그런 부분마저 쉽게 보완했다.

시체 거인들 위로 몰아치는 냉기 폭풍.

무려 A급의 대마법사가 발동시킨 블리자드가 강렬한 한기를 뿜어내며 프로헨의 시체들을 덮쳤다.

'프로헨은 유한성에게 맡겨두면 되겠군.'

남은 것은 마왕성 체임버의 주인인 조슈아 하이델뿐이었다.

"정말 헨드릭 씨는 제 예상을 항상 벗어나는 분이시로군요. 플레이어까지 마왕성의 병사로 받아들이실 줄이야. 대체 어떤 방법으로 회유하신 겁니까?"

"굳이 알려줄 의무 따윈 없지."

"아아, 그렇군요. 그럴 수밖에 없으시겠죠. 하지만 알고 계시겠지요? 악몽의 탑에서 마왕은 죽어도 마왕성으로 돌아가 부활한다는 것을."

"알고 있고말고."

조슈아의 말대로 완벽히 증거를 인멸하는 것은 불가능했다. 만약 여기서 놈을 처리한다고 해도 체임버로 돌아가 부활하게 되면 말짱 꽝인 셈이이었다.

하지만 그렇다고 해서 방법이 없는 것은 아니었다.

'하. 팔람이 어떤 놈인지 몰라도 우리에게 그따위 협박이 통할 것 같으냐. 아예 여기서 그 오만한 주둥아리를……'

'오만한 것은 너희들이지. 39위 마왕 게펄트라고 했었나. 역소환 능력을 믿고 설치다가 팔람님의 손에 감옥에 갇히게 됐지. 너희들이라고 해서 다른 것은 없어.'

'잠깐. 게펄트라고?'

팔람이 지배하던 27층에 몇 개월 동안 갇혀 있던 마왕. 가문의 의뢰를 받아 구출하기도 했던 게펄트는 역소환 능력을 사용하지 못 하는 채로 한동안 마왕성으로 돌아가지 못했었다. 물론 팔람처럼 지배자의 표식을 사용할 수 있는 것은 아니지만 완전히 상대를 속박한 채로 마력을 봉인한다면 충분히 재현이 가능할 터.

'다른 마왕들이 돌아오기 전에 끝낸다.'

판단을 마친 용찬은 흑룡포의 레이지 드라이브로 민첩을 대폭 상승시키며 전투를 준비했다.

"저도 잠깐 생각이 바뀌었는데 들어보실 의향은 없으신가요? 인간을 부리는 헨드릭 씨에게 관심이 무척 가는데 말이죠"

"불가."

"이런, 어쩔 수 없군요. 그럼 잠시만 어울려 볼까요."

사방으로 푸른 가루가 흩날린다. 클라인 길드원들의 정신을 교란하기도 했던 환각의 가루. 다행히 페레스의 망토와 흑룡포 등등의 장비 효과 덕분에 정신계 기술은 자연스레 면역이 되고 있었지만, 방심은 금물이었다.

[뇌보를 시전했습니다.]
[조슈아 하이델이 환청을 시전했습니다.]
[조슈아 하이델이 허상을 시전했습니다.]

귓가에 메아리 치듯 들려오는 매혹적인 목소리. 단숨에 여러 명으로 나누어지는 조슈아의 신형까지. 아예 직접적인 정신 침투는 포기한 것인지 청각과 시각을 집중적으로 노리고 있었다.

-자, 제가 어디에 있을까요?

-한번 맞춰 보시죠.

-과연 당신은 진실에 마주할 수 있을까요?

수십 명의 조슈아가 허공으로 날아올라 잎사귀처럼 생긴 날개를 펄럭거렸다. 그리고 보란 듯이 손 위로 윈드 커터를 만들어내며 동시에 눈웃음을 지었다.

'내가 아직 터득하지 못한 바람 속성력의 마법들로 승부를

보겠다는 건가. 그래도 멍청이는 아니군.'

　나름 칭찬해 줄 만하지만 놈은 아직 자신에 대한 정보가 적었다. 위협적으로 쇄도하는 윈드 커터들 속에서 사라지는 신형. 역으로 조슈아의 그림자로 이동한 용찬은 입가를 말아 올리며 어둠의 쇠사슬을 시전했다.

　촤르르륵!

　"허상에게 그림자 따위 있을 리가 없지."

　"이거 들켰군요."

　쇠사슬을 잡아 당기자 자연스레 놈의 신형이 끌려왔다.

　퍽!

　복부로 꽂히는 무릎.

　인정사정 볼 것 없이 양 손에 화염을 실어 추가타를 선사하자 놈의 입 밖으로 검은 피가 물씬 올라왔다.

　"크어억!"

　"그리도 좋아하던 고통을 네가 직접 겪는 기분이 어때?"

　"꽤…… 꽤 재밌는 경험이로군요."

　"그래. 그렇겠지."

　"후후훗. 하지만 이대로 당해줄 제가 아니겠죠?"

　속박되어 있던 몸이 먼지처럼 흩어진다. 순간적으로 실체를 허상으로 변화시킨 것일까. 불현듯 주변 풍경이 미로처럼 얽힌 복잡한 구조의 내부로 바뀌었다.

그리고.

[조슈아 하이델이 환영의 미로를 시전 했습니다.]
[일시적으로 모든 허상이 실체로 변합니다. 일시적으로 모든 실체가 허상으로 변합니다.]

뜻을 알 수 없는 시스템 메세지와 함께 눈앞으로 전생의 인물들이 걸어 나왔다. 복수를 불태우던 유태현부터 시작해 이종호, 안선욱, 펠드릭 등등까지.

-어디 한번 진실을 찾아보시죠. 여긴 헨드릭 씨가 가장 떠오르기 싫어할 기억들로 이루어진 공간입니다. 물론 전 어떤 기억이 재현되는지 볼 수 없지만, 고통받는 목소리만큼은 들을 수 있죠. 자, 저를 즐겁게 해주시죠. 헨드릭 씨.

전생의 동료였던 자들은 물론 앙숙이었던 존재들까지 무기를 치켜든 채 달려들기 시작했다.

"상대방의 트라우마를 자극 한다는 건가. 꽤나 그럴싸한 발상이지만……."

콰직!

하단으로 파고들던 종호의 머리가 으깨진다.

"지나간 과거는 신경 쓰지 않는 타입이라서 말이지."

아무리 전생의 인물들을 그대로 표현해 낸 허상이라 할지라도 능력만큼은 발끝조차 따라가지 못했다. 즉, 지금 눈앞에 있는 놈들은 반쪽짜리 허상에 불과하단 것.

망설이지 않고 몸 안에 있던 흑염을 단숨에 터트렸다.

[인페르날이 발동 됩니다. 마그나카르타가 공명합니다. 지정된 범위로 흑염이 폭발합니다.]

지나간 과거와 함께 불타오르는 허상들. 사방을 둘러싸고 있던 미로의 벽들까지 흑염에 타오르기 시작하자 용찬을 중심으로 커다란 공간이 생겨났다.

"자, 이제 또 뭐가 남았……."

스르르륵.

말이 끝나기가 무섭게 또 한 명의 허상이 눈앞으로 나타났다.

파르르 떨려오는 두 눈동자.

전혀 예상치 못한 여인의 모습에 용찬은 동작을 멈추고 멍하니 그녀를 쳐다봤다.

'……신아람?'

이글거리던 흑염이 천천히 사그라드는 순간이었다.

끼이이익.

외진 마을 언덕 위에 세워진 낡은 성당 하나. 누구 하나 살지 않은 것 같은 음침한 건물이었지만 안으로 인기척이 느껴졌다. 닳고 닳은 문을 열고 들어서자 가장 먼저 보이는 것은 하나같이 비어 있는 수십 개의 좌석. 그리고 십자가 앞에 무릎 꿇고 기도를 드리고 있는 한 여인이었다.

"……."

목소리는 쉽게 나오지 않았다. 아공간에 갇혀 있던 시간상으로 치면 수십 년만에 재회이건만. 도저히 먼저 말을 걸 수가 없었다.

'무엇을 망설이는 거냐, 제이먼.'

혹여 다른 플레이어들에게 발견될지도 모른다. 그런 생각에 조급함을 느낀 제이먼은 천천히 그녀의 등 뒤로 다가갔다.

"……날 알아보겠나?"

"응? 꺄아아악!"

"허, 헉! 왜 그러는 건가!"

"노, 놀랬잖아요! 아무런 말도 없이 등 뒤로 다가오니까. 하아. 심장 떨어지는 줄 알았네!"

가쁘게 심호흡을 하는 아람의 모습에 하이델 가주가 안절부절못했다. 하지만 그것도 잠시.

"그나저나 누구신가요?"

맑은 두 눈동자로 경계심이 서리자 온몸이 움찔거렸다.

'직접 가서 확인해 보시기 바랍니다.'

문득 헨드릭의 말이 떠올랐다. 자신보다 먼저 아람을 만났으니 무언가 문제가 있단 것을 어느 정도는 짐작하고 있었을 터. 하지만 그 문제가 기억과 관련된 것이란 것을 깨닫자 심신이 무거워졌다.

"제이먼."

"네?"

"제이먼이라고 하네."

"아, 제이먼 씨로군요. 처음 뵙네요. 반가워요. 전 성당을 지키고 있는 신아람이라고 해요. 제이먼 씨는 외지인이시죠?"

"그, 그런 셈이지."

그 이후로도 몇 차례 대화가 더 이어졌지만 그녀는 끝까지 제이먼을 기억해 내지 못했다.

아니, 애초에 모르고 있는 사람처럼 어색한 대답만 나올 뿐이었고 끝에 가선 서로 침묵만 오가게 됐다.

그렇게 어색한 분위기가 흘렀을까.

"아, 안에 계셨군요. 아람 씨."

바깥에서부터 은색 갑주를 입은 기사들이 하나둘 성당 안으로 들어왔다.

'성국?!'

갑주에 새겨진 십자가 모양의 표식에 눈이 휘둥그레졌다. 성국 소속의 성기사라면 마족을 찾아내는 데 있어선 도가 텄을 터. 대충 외지인인 척 로브로 인상착의를 가리고 있긴 했지만, 수상한 것은 변함이 없었다.

하지만.

"아, 먼저 손님이 찾아와 계셨군요. 실례했습니다."

다행스럽게도 하급 성기사들이었던 것인지 마족이란 것은 눈치채지 못하고 있었다.

"오늘도 찾아오셨네요. 역시 그 일 때문인가요?"

"물론입니다. 신아람 님. 저희 성국에선 아람 님의 도움이 간절합니다. 부디 저희 부탁을 긍정적으로 생각해 주시기 바랍니다."

"하지만 그렇게 갑자기 성국으로 초대를 하시니……."

성기사들은 이전에도 몇 차례 성당에 방문했던 것인지 익숙하게 대화를 유도했다. 놈들은 목적은 다름 아닌 고위 프리스트인 아람을 성국으로 초대하는 것. 완전히 그녀를 성국 소속으로 만들려는 속셈이 눈에 보이자 속이 타들어 갔다.

그리고.

'저 자식들이 감히?!'

몇몇 성기사들의 탐욕 어린 눈빛을 발견하자 분노가 이글거리기 시작했다.

대체 저 집요한 두 눈동자는 무엇이란 말인가. 마치 몸매를 훑어보듯 위아래로 오가는 눈 동작에 제이먼은 인내심의 한계를 느꼈다.

"좀 더 생각해 보도록 할게요."

"알겠습니다. 그러면 다음에 다시 찾아오도록 하죠."

"……"

하급 성기사들은 조급해하지 않았다. 오히려 망설이는 아람의 생각을 읽기라도 한 듯 다음을 기약하며 천천히 성당을 빠져나갔다.

"아, 오래 기다리셨죠. 저분들은……"

"아닐세. 나도 바쁜 일이 있으니 나중에 다시 찾아오도록 하지."

후드 사이로 보이는 굳은 안색. 무언가 살벌해진 분위기에 아람도 입을 꾹 다물었다.

그렇게 성당을 나선 제이먼은 그녀가 있는 곳을 뒤로 한 채 멀리 보이는 성기사들을 노려봤다.

'이대로는 안 돼. 어떻게든 아람을 마계로 데려와야 해. 그러기 위해선……'

성국이 주시하기 시작한 플레이어. 그리고 인간의 침입을 최대한 차단하고 있는 마계 위원회까지.

수많은 문제점 속에서 플레이어를 안전히 데려올 방법은 단한 가지뿐이었다.

'헨드릭을 다시 찾아가야겠어.'

새로운 목표가 생겨나는 순간이었다.

🐐

최악의 머더러가 진영으로 돌아간 계기는 한 여자였다.

기억을 잃고 플람베르크 마을에서 성당을 운영하던 고위 프리스트. 성국 입장에선 이만한 먹잇감이 따로 없었고, 몇 차례나 아람을 회유하기 위해 온갖 미끼를 들이밀었었다.

기억을 찾아주겠다, 할 수 있는 최대한의 대우를 해주겠다, 플레이어들의 곁으로 보내주겠다는 등 어떻게든 그녀를 데려가기 위해 수단과 방법을 가리지 않았다. 그리고 마침내 먹잇감이 미끼를 문 순간 놈들은 숨기고 있던 탐욕을 드러내며 아람을 타락시켰다.

'성녀? 아, 그래. 맞긴 해. 우리를 위하는 성녀지!'

과연 그들을 신성한 성기사라 볼 수나 있을까. 지금 생각해봐도 놈들은 성국과 거리가 먼 욕망의 덩어리였다.

때문에 용찬은 진영으로 돌아갔다. 그리고 자신의 목숨을 구해주었던 그녀를 위해 성국과 전쟁을 일으켰다.

결과는 대승. 물론 성국 자체를 멸망시킬 순 없었지만 아람을 구출하는 데엔 성공한 것이다.

'자, 이제 돌아갈 시간이다. 신아람.'
'저에게 돌아갈 곳은 없어요.'
'무슨……'

품속에 안긴 채로 자결을 택했던 비운의 여인. 이미 한계까지 내몰린 정신은 되돌린 순 없었고, 아람은 타락한 자신을 저주하며 삶을 포기했었다.

그게 전생 3년 차에 벌어졌던 비극. 그날 이후로 용찬은 현대로 돌아가기 위해 진영을 발전시켰고, 최종 목표를 클리어하기 위해 분투를 하던 도중 마계와의 전쟁이 발발한 것이었다.

'아무런 이유 없이 서열 5위까지 올라온 것은 아닐 테지. 상대의 기억 중 트라우마를 환영으로 만들어 정신적 고통을 준다는 건가.'

보통 마족들은 견디기도 힘들 것이다. 그 증거로 지금의 용찬도 눈앞의 아람을 보며 망설이고 있지 않은가.

'그래. 이미 내 손에서 떠난 일이야. 제이먼이 알아서 그녀를 잘 보호하고 있을 테지.'

성국이 문제이긴 했지만 하이델 가주라면 나름 방법을 강구해 낼 것이다.

용찬은 그렇게 판단하며 길게 심호흡을 내쉬었다. 그리고 뇌전, 흑염, 냉기를 동시에 이끌어내며 아람의 환영을 노려봤다.

"내 앞에서 사라져라."

사방으로 방출되는 네 가지 속성력. 한 남자의 미련까지 지워 버릴 정도로 강렬한 폭발이 미로 안을 강타했다.

"환영."

찌저적!

유리 깨지듯 미로 안의 결계가 부서진다. 그 누구도 쉽게 빠져나오지 못했던 환영의 미로. 10명 중 9명은 악몽같은 기억에 미쳐 정신이 붕괴되는 그런 곳에서 바쿤의 마왕이 천천히 걸어 나왔다.

"정말 아름다운 광경이로군요. 설마 이것까지 빠져나오실 줄은 꿈에도 몰랐습니다. 망나니 마왕이었던 당신이라면 예전의 트라우마가 가장 큰 약점이셨을 텐데."

"그건 네놈의 착각에 불과하지."

"이거…… 제 완패로군요."

어디서 가져온 것인지 철제 의자에 앉아 있던 조슈아가 자리에서 일어났다. 환영의 미로와 함께 형성된 또 다른 공간. 하지만 이젠 이런 공간을 유지시킬 마력조차 남지 않은 상태였다.

"이제 절 어떻게 하실 예정이십니까?"

"모든 능력을 봉쇄시킨 뒤 땅에 묻어주마."

"흐음. 그건 영 예술적이지 않은데 말이죠."

"불만은 받지 않는다."

뇌안을 통해 거리를 좁힌 용찬의 발길질에 가녀린 신형이 고꾸라진다.

철컥!

강제로 전투 불능 상태로 만드는 족쇄. 그리고 마력을 봉인시키는 족쇄까지. 완벽히 조슈아를 속박시킨 용찬은 쓰러진 놈을 내려다보며 입을 열었다.

"이 지역에 남은 네놈의 병사들을 모두 처리하고 네놈을 평생 여기에 썩게 만들 예정이다. 소감이 어떻지?"

"쿨럭, 쿨럭. 어차피 제가 아니더라도 인간을 수하로 받아들인 사실은 금방 밝혀질 것입니다. 그때가 되면 마계 위원회가 당신을 용서하지 않을 텐데 어쩌실 생각이십니까?"

"아, 물론……."

고민할 것도 없는 질문에 입가가 올라간다.

"서열 1위가 되어 마계의 질서부터 바꿔야겠지. 그때가 되면 싫어도 모든 마족이 나를 따라야 할 거야."

"……."

"불가능하다고 생각하겠지?"

"크, 크크크. 아뇨. 아닙니다. 너무 환상적인 목표라서 감동을 받은 것뿐입니다. 아아, 그렇군요. 당신은 마계 위원회 그 자체를 무너트릴 예정이시군요. 부디 원하시는 것을 성취하시길."

조슈아가 가볍게 눈웃음을 짓자 주변에 형성된 환영의 공간이 사라졌다. 가장 먼저 보이는 것은 형체를 알 수 없을 정도로 산산조각 난 시체 거인들. 그리고 전멸한 언데드 부대를 보며 경악을 내지르는 프로헨이었다.

"내, 내 최강의 군대가!"

"최강 좋아하시네. 어디 가서 흑마법사라고 말하고 다니지 마. 나까지 창피해지니까."

직접 흑마법사간의 수준 차이를 보여준 유한성. 물론 언데드로 부활한 델마누스의 힘이 컸지만 그런 대마법사를 조종한 것도 그의 실력이었다.

"대충 끝난 것 같군."

"그렇군요."

"유한성. 넌 저놈을 마무리해라."

"마왕님 만세. 만만세!"

아부 어린 목소리 속에서 붉게 달아오른 발이 대지를 내리찍는다.

쾅! 콰앙!

마치 현대의 공사 현장을 연상케 할 정도로 땅의 구멍은 빠르게 넓어져 갔고, 파쇄를 사용하면 할수록 구멍은 깊어져갔다. 그리고 어느 정도 감지계의 범위를 벗어나는 수준의 구멍이 완성되자 쓰레기를 투기하듯 조슈아를 구멍 속으로 집어 던졌다.

"꺼져라. 쓰레기."

"후후후훗. 언제고 필요해지시면 다시 찾아와 주시길."

"아마 그럴 일은 없을 거다."

전투 불능 상태인 채로 병사 집결 및 귀환 능력은 사용하지 못할 터. 이로써 조슈아는 한동안 마왕성으로 돌아가지 못하는 셈이었다.

그렇게 놈을 구멍 속으로 던져 버린 용찬은 주변에 있던 언덕을 마저 파괴시키며 잔해로 구멍을 뒤덮었고, 프로헨의 몸에 수십 개의 본스피어를 꽂아 적들을 마무리한 한성이 델마누스의 시체와 함께 천천히 걸어왔다.

"크으. 역시 우리 마왕님이십니다. 이렇게 또 한 명의 마왕을 슥삭 해버리시다니! 존경합니다!"

"쯧. 아부 떨지 마라."

"크흠흠. 그나저나 이번에 새로 조종하게 된 대마법사 델마누스입니다. 한번 구경해 보시겠습니까?"

"대마법사라서 그런지 리치로 재탄생했군."

영생을 얻는 대신 평생 언데드로 살아가야 하는 최악의 저주. 주로 탐구심에 미친 상위 마법사들이 삶의 미련을 못 버려 선택하게 되는 흑마법 중 하나였지만 델마누스 같은 경우엔 한성의 의해 강제로 리치가 된 격이었다.

[리치 델마누스]
[등급: A급(네임드)]
[상태: 지성, 침착, 후회.]

'역시 등급은 한 단계 떨어졌군. 안타깝지만……. 음?'

가만히 상태창을 살피던 용찬의 두 눈이 가늘어진다. 혹여 잘못 본 것이 아닐까 싶어 다시금 확인해 봤지만 달라지는 것은 없었다.

지성. 왜 그것을 잊고 있던 것일까. 한성의 시체 조종술로 되살아났다고 하지만 델마누스는 엄연히 지성을 가지고 있는 고위급 리치이지 않은가.

"왜 그러십니까. 마왕님?"

"물러서라. 유한성."

등급이 하락한 지금의 델마누스는 충분히 상대가 가능했다. 하지만 지성을 가지고 있음에도 불구하고 꼭두각시 행세를 한 데에는 다 이유가 있을 것이다.

그런 놈의 속셈을 파헤치기 위해 용찬은 일찌감치 거리를 벌린 채 놈을 경계했다.

"자아가 살아 있는 것은 알고 있다. 델마누스."

"……."

"더 이상의 연기는 통하지 않아."

두개골 속으로 번쩍이는 붉은 안광. 정곡을 찔린 것인지 얼마 되지 않아 델마누스의 턱이 돌아갔다.

-날 끌어들여 플레이어들을 처치한다 했더니 마족이었나?

자신의 의지로 내뱉은 리치의 첫 마디였다.

-이런, 이런. 저러면 공들여서 묻은 마왕이 금방 죽어버리지. 적어도 숨구멍은 있어야 하지 않겠나?

한때 대마법사였단 것을 증명하듯 가볍게 손을 휘젓자 잔해로 뒤덮인 땅속으로 깊게 구멍이 뚫렸다. 비록 겨울탑을 관리하던 그때의 마법사는 없었지만 자아만큼은 그대로인 리치였다.

그런 델마누스의 자유분방한 행동에 어이가 없던 것일까.

"아니, 내가 주인인데 너 뭐 하는 거야?"

시체를 조종하던 한성이 버럭 성을 냈다.

물론.

-너같은 풋내기 흑마법사의 수하가 될 바엔 자살하는 게 훨씬 낫겠구먼.

씨알도 먹히지 않았지만 말이다.

"와, 마왕님 들으셨습니까? 저보고 풋내기 흑마법사라는데 저걸 어쩔까요?"

"틀린 말도 아닌데 굳이 반박할 필요는 없지."

"……."

금방 시무룩해지는 유한성이었지만 가볍게 무시했다. 그리고 광활한 대지를 둘러보는 델마누스에게 물었다.

"무슨 생각이지?"

-별생각 없네. 자네에게 남은 원한도 없고 말이지. 애초에 내 제자를 건드린 것은 그놈들이었으니까. 그저 자네는 내게 그 사실을 알려준 것밖에 없지 않은가.

"리치로 부활시킨 것은?"

-영 몸이 불편하긴 하지만 영생을 얻은 셈이니 좋아해야 되려나. 으음. 뭐, 아무튼 그리 경계하지 않아도 되네.

약간은 마음이 복잡해 보였다. 때문에 용찬도 더 이상 따지지 않고 편하게 자세를 풀었다. 그리고 다른 마왕들에게 통신을 걸어 재차 상황부터 확인했다.

-헨드릭. 어디서 뭐 하고 있는거냐. 벌써 플레이어들이 중앙 불의 사원으로 집결하고 있다고.

"으음, 그렇군."

-그리고 조슈아 놈은 왜 또 통신이 안 되는 거야?

"그놈은 나도 잘 모르겠군. 이곳에 도착했을 때 이미 놈은 사라져 있었으니까."

-쳇. 정말 제멋대로인 녀석이군. 그래서 앞으로 어떻게 할 거냐.

픽스의 물음에 고민이 길어졌다. 권좌 사토무를 놓친 것은 물론 조슈아 때문에 시간이 끌려 여러모로 애매한 상황이었다.

'이러다간 공략대가 불의 귀인을 포기하고 돌아갈 수도 있겠어.'

손에 들린 불의 제단으로 시선이 간다. 처음엔 마지막 퀘스트 아이템을 이용해 놈들을 좀 더 유인하려 했지만 이렇게 된 이상 어쩔 수 없이 불의 제단을 파괴해야 했다.

그렇게 손아귀에 힘이 들어가고 있었을까.

-허어. 이곳의 지배자가 자네에게 관심을 두기 시작한 모양이로군.

불현듯 리치 델마누스가 창백한 하늘을 올려다봤다. 뿌연 먹구름 속에서 활짝 펴지는 커다란 눈동자. 그것은 전에도 몇 차례 목격했던 지배자의 눈이었다.

-불의 속성력을 각성한 마왕이라. 네놈은 다른 놈과 달리 강해 보이는군.

"……."

-불의 제단을 파괴해라. 그리고 나에게로 도전해라. 마왕!

귓가로 들려오는 도전적인 목소리에 입가가 올라간다. 이것은 41층의 지배자에게서 찾아온 도전장이나 다름없었다.

재에서 태어나 불의 왕까지 거듭난 귀인이라면 불의 속성력에 크게 관심을 가질 수밖에 없을 터. 그런 놈의 도발을 피할 용찬이 아니었다.

"내가 가진 불의 힘이 탐나나 보군."

-꺼지지 않는 불꽃. 탐이 나지 않는다면 거짓말이겠지.

"후회하게 될 텐데?"

-기대하고 있겠다.

불을 관장하는 왕과 흑염을 다루는 마왕과의 신경전. 마침 쥬시의 새로운 능력들을 시험하려 하던 차에 적당한 사냥감이 미끼를 문 격이었다.

-불의 왕이라. 이 악몽의 탑이란 곳엔 저런 지배자들이 존재하나보군.

"델마누스. 네놈은 어쩔 셈이지?"

-제멋대로 얘기하긴 했지만 저 시원찮은 놈과 주종 관계를 맺은 것은 사실이네. 보통 언데드와 달리 영생을 살게 되었으니 한동안은 자네 마왕성을 위해 일해야겠지.

즉, 바쿤의 전력이 한 명 더 추가됐단 뜻이었다.

다만, 아직까지 리치의 몸에 적응하지 못한 것인지 습관처럼 턱을 매만지는 델마누스였다.

-끄응. 수염이 없으니까 영 적응이 안 되는구만.

"리치가 무슨 수염이야. 아무튼 주종 관계는 맺어졌단 소리니까 얌전히 내 말 좀 따라라. 이 해골 대가리 새끼야."

-쯔쯔쯧. 저런 배은망덕한 놈을 봤나. 내가 없었더라면 네 놈은 프로헨이란 흑마법사도 이기지 못 했을 게다.

"아니, 이 미친 노인네……."

-자, 그러면 불의 귀인에게 가는 것으로 알고 이동 마법을 시전하도록 하겠네.

가볍게 한성의 말을 무시한 델마누스가 손에 쥐고 있던 지팡이를 치켜들었다. 서서히 바닥으로 그려지는 대형 이동 마법진. A급 네임드 수준의 리치답게 마력량 또한 매우 뛰어났다.

"간만에 쓸 만한 녀석이 굴러 들어왔군."

-클클클. 마왕에게 듣는 칭찬도 그리 나쁘진 않구먼.

기절한 존투스를 끌어안은 채 이동 마법진 위로 올라서는 용찬의 모습에 한성이 인상을 구겼다.

"아니, 왜 내 편은 없는 건데?"

어이가 없다 못 해 억울할 지경이었다.

[프리즌 오브, 블리자드, 아이스 랜스, 얼음 궁전, 대형 이동 마법, 이동 캐스팅, 블링크, 플라이…….]

리치로 부활했다고 하지만 대마법사 시절의 지식은 그대로였다. 가볍게 스킬창만 확인해도 다방면의 마법들이 줄지어져 있었고, 내지하고 있는 마력 또한 용찬을 훨씬 뛰어넘는 수준이었다.

"마족인 날 증오하지 않는 건가? 이렇게 멋대로 리치로 부활시켰는데도?"

-이것도 내 운명이겠지. 그리고 아델리아가 사라진 순간 모든 것이 허무해졌네. 더 이상 세상에 미련은 없어. 그저 주어진 대로 사는 것뿐이지. 게다가 이젠 나도 언데드족이 되었지 않은가. 이제 와서 마족을 증오한들 아무런 소용도 없는 짓이지 않겠나.

예상외로 델마누스는 자신의 처지를 담담하게 받아들였다. 그 덕분에 신경 쓸 부분은 줄어들었지만 어째서인지 붉은 안광으로 보이는 공허함이 거슬려 왔다.

'모든 것을 잃은 대마법사의 최후라. 귀환에 실패하게 되면 나도 저런 처지가 되겠군.'

언제쯤 자신에게 평안이 찾아오는 것일까. 뒤도 돌아보지 않고 쭉 앞으로 달려오기만 한 용찬은 왠지 모를 불안함을 느꼈다.

"기다리다 죽는 줄 알았다. 헨드릭 프로이스."

마침 집결 장소에서 기다리고 있던 마왕들이 반겨왔다. 그리고 크로우가 불같은 성격을 증명하듯 대폭 인상을 구기며 늦은 것에 대해서 따져왔다.

"살아남은 플레이어들을 마저 처리하다 보니 좀 늦어졌군."

"아무튼 이제 본격적으로 공략대를 쳐부수자고."

"그래서 공략대는?"

"보다시피 저렇게 입구에서 대기하고 있지. 기왕 이렇게 모인 김에 단숨에 습격하자고. 어때?"

"뒤에 마법사들이 안 보이는 거냐. 습격에 성공한다고 해도 주요 인원들은 즉시 진영으로 귀환할 거다."

마왕의 습격에 인해 벌써 한 명의 권좌가 목숨을 잃었다.

일반 길드원들의 피해도 만만치 않았고, 언제 또 마왕들이 다시 위협해 올지 모르는 상황이었다. 때문에 공략대의 대표 이한성은 지금쯤 고민에 휩싸여 있을 터.

이럴 땐 오히려 놈들에게 희망이란 두 글자를 선사해 주는 게 가장 올바른 판단이었다.

"허허허. 그나저나 젊은이 한 명이 보이지 않는 것 같은데. 아직까지도 통신이 되지 않은 겐가?"

"조슈아를 말하는 거라면 이전에 말했듯이 갑자기 종적을 감춘 상태다."

"이런, 이런. 아주 막무가내인 젊은이로구만. 어쩔 수 없지. 우선 임무에 집중할 수밖에."

아가프의 중얼거림에 살짝 움찔거리는 존투스였지만 그 누구도 알아차리지 못하고 있었다.

'넌 오늘 아무것도 못 본 거다.'

'아, 알았어.'

'혹시나 조슈아 대한 얘기가 내 귀에 들려온다면……'

'제발 목숨만 살려주세요!'

따로 입막음을 시키기 위해 위협은 충분히 해둔 상태다. 목숨이 아깝지 않고서야 조슈아에 대한 일을 쉽게 입 밖으로 꺼내지는 못 할 터.

그렇게 대충 대화가 마무리되자 용찬이 손에 쥐고 있던 마지막 불의 제단을 박살 냈다.

드르르륵!

사원을 둘러싸던 불의 결계가 사라지고 굳게 닫혀 있던 문이 열린다. 뜬금없이 완료된 퀘스트에 플레이어들은 당황하는 기색이 역력했지만 일부는 눈치를 보고 있었다.

그리고.

"오오, 결국은 입장하는 건가?!"

스멀스멀 움직일 낌새를 보이는 공략대의 모습에 입가가 올라갔다.

'드디어 시작이군.'

퓨스 길드의 본대는 전멸. 권좌이던 정령 궁수 제니카와의 통신마저 끊기며 전력은 약화되어 있었다. 게다가 권좌 사토무가 데려갔던 길드원들 일부도 사망한 상황.

다행히 질풍 용병대가 가까스로 도주에 성공하며 공략대 본대와 합류했지만 아직까지 긴장의 끈은 놓을 수 없었다.

'너무 무리하고 있어. 마지막 불의 제단이 왜 이제 와서 파괴됐는지도 제대로 파악조차 되지 않았는데…….'

진성은 지금이라도 공략대를 우회시키고 싶었다. 하지만 권좌 사토무와 용병단장인 백두산의 주장이 너무도 강경해 그둘의 의견을 쉽게 꺾지 못했다.

결국 공략대는 일부 전력을 잃은 상태로 불의 사원에 입장하게 됐고, 언제 어디서 마왕들이 다시 급습해 올지 모르는 상황 속에서 공략을 시도하게 됐다.

'이놈들은 모르고 있어. 그 마왕의 실력을…… 어찌어찌해서 불의 귀인을 쓰러트린다고 해도 놈이 찾아오면 우리는 전멸할 거야.'

어떤 기술도 능력도 먹히지 않던 정체불명의 마왕.

'허허허, 시간이 다 된 모양이로구나. 그러면 다음에 또 보도록 하지.'

이해할 수 없는 말을 남긴 채 홀연히 사라진 노인의 모습은 아직도 머릿속에 선명했다. 이런 것을 무력함이라고 표하는 것일까. 다시금 그 마왕과 마주친다고 해도 승산은커녕 이길 자신조차 없었다.

"어이, 어이. 아까 전부터 무슨 생각을 그리 하는 거야?"

"음. 아무것도 아니오."

"설마 네놈과 붙었다던 그 마왕 때문에 잔뜩 쫄아 있는 것은 아니지? 이진성. 그냥 이 상황을 즐기라니까? 이렇게 권좌들끼리 모여서 지배자를 사냥하잖아. 얼마나 즐거워?!"

"……."

"아, 맞다. 제니카. 그 여자는 뒈졌지. 킬킬킬킬."

단언컨대 사토무는 권좌들 중에서 가장 미친놈이었다.

그 의견에 백두산 또한 동의하는 것인지 광소를 내뿜는 그를 보며 고개를 절레절레 젓고 있었고, 뒤늦게 자신들을 습격한 마왕들을 언급하며 몇 마디를 덧붙였다.

"헹. 마왕들이 강해 봤자지. 실제로 우리 쪽에 들이닥친 마왕만 셋이었지만 그 누구도 내게 손 한번 대지 못했다고."

"에휴. 단장님. 벌써 잊으셨어요? 그 덩치 큰 마왕이 단장님께 몇 차례 일격을 날렸잖아요."

"아, 그랬던가? 아무튼 다 허접들이야, 허접들. 적어도 내가 쳐들어갔던 바쿤의 마왕 정도는 되야 좀 한다고 말할 수 있지.

아, 그놈 이름이 뭐였더라?"

"헨드릭 프로이스요."

"그래. 그래. 그런 엿 같은 이름이었어."

아직까지 공략대는 헨드릭이 플레이어 토벌의 총책임자란 것을 알지 못하고 있었다.

조슈아를 상대하던 도중 헨드릭을 직접 목격했던 사토무 또한 그의 인상착의를 상세히 알지 못하는 탓에 정보 전달이 제대로 되지 않은 상태였다.

그렇게 부단장 레오의 대답에 백두산이 고개를 주억거리고 있었을까.

"저희 불의 사원에 오신 것을 진심으로 환영합니다. 플레이어 분들."

기나긴 복도의 끝에서 적발의 청년이 공략대를 환대해 왔다.

철컥! 스르륵!

몇 미터도 되지 않는 가까운 거리. 공기 중으로 묘한 긴장감이 피어오르며 제각기 장비들을 꺼내 들었다. 그리고 공략대의 대표이던 진성이 대검을 움켜쥔 채로 놈에게 물었다.

"정체를 밝히시오."

"그리 경계하실 필요 없습니다. 저도 그렇고 여러분도 서로 공격하지 못하니까요."

"무슨?"

"설명은 차차 드리도록 하고 우선 제 소개부터 하도록 하죠. 반갑습니다. 불의 사원의 모든 방을 관리하고 있는 관리자 아그니스라고 합니다."

"……불의 귀인이 수하인 듯하군. 그래서 서로 공격하지 못한다는 게 무슨 뜻이오?"

불의 사원도 엄연히 던전 축에 속한다. 난이도 등급만 해도 A급. 파이칸 고대 유적지와 비슷하게 내부 구조가 보통 던전과 다르다는 것쯤은 진작 예상하고 있던 바였다.

적발의 청년, 아니, 아그니스도 그런 진성의 속을 꿰뚫고 있는 것인지 흐뭇한 미소를 지으며 뒤쪽을 가리켰다.

"그것은 두 번째 찾아온 손님분들과 함께 설명하도록 하겠습니다."

"손님? 우리 말고 다른……."

공략대에 속한 플레이어들의 안색이 동시에 굳어졌다. 복도의 횃불 사이로 드러나는 인영들. 그자들이 자신들을 습격했던 마왕이란 것을 깨닫자 하나같이 표정에 균열이 생겨났다.

"너, 넌 바쿤의 그 새끼?!"

"뭐야. 저 자식이 그 헨드릭 프로이스라고?!"

"……백발 노인네."

백두산, 사토무, 진성이 차례대로 반응을 보이자 마왕 측도 뒤따라 전투태세를 갖추었다.

하지만 그것도 잠시.

"제가 싸울 수 없다고 말씀드렸을 텐데요? 다들 여기서 이러시지 마시고 절 따라오시죠. 우선 입구로 안내해 드리겠습니다."

관리자 역할을 맡은 아그니스가 박수를 치자 장착하고 있던 무기들이 인벤토리로 돌아갔다. 그리고 천천히 열리기 시작하는 복도의 문과 함께 커다란 방 안의 모습이 그들의 눈앞으로 드러났다.

"불의 귀인께서 여러분들께 많은 기대를 가지시고 계십니다. 부디 그 기대에 응해주시길."

아그니스의 두 눈동자가 묘한 이채를 발하고 있었다.

[불의 사원]

[난이도: A(?)]

[공략 횟수: 0]

[패널티: 전투(임시), 귀환, 비행 관련 기술, 이동 관련 기술, 통신 관련 기술, 감지계, 추적계, 변화계, 소환계.]

전생과 다른 게 하나 없는 던전 상태다. 여기서 침입자들은 불의 사원에 정해진 룰을 어길 수 없었고, 최상층으로 이어지는 방들을 클리어 하기 위해선 관리자인 아그니스의 지시를 따라야 했다.

지배자만의 유희 거리라고나 할까.

마음 같아선 구조 따위 무시하고 최상층에 있는 불의 귀인에게로 곧장 향하고 싶었지만 지금 이 사원에 들어온 자신들은 순전히 침입자였다.

'저 자식. 일부러 이진성을 놓아준 거였나?'

처음엔 단순히 진성의 무리를 상대하던 도중 그들을 놓친 줄로만 알고 있었다.

실제로 아가프도 그렇게 설명했었고, 용찬 또한 대충 그렇게 믿고 있었지만 분위기를 보아하니 그게 아닌 듯했다.

"왜 그러는가?"

"아무것도 아냐."

"허허허. 편하게 생각하게나."

도저히 속을 알 수 없는 서열 1위의 마왕. 좀처럼 놈의 의도를 파악하기 힘들었지만 우선 공략대와 아그니스에 집중해야 했다.

[도전권 경쟁!]

[설명: 불의 사원에 침입한 당신들은 불의 귀인에게 도전할 자격을 얻기 위해서 서로 경쟁을 해야 된다. 최상층까지 오르기 위해서 돌파해야 하는 방은 총 12개. 당신들은 서로 팀을 나눠서 여

섯 개의 방을 각각 맡게 될 예정이며 가장 먼저 마지막 방을 클리어 한 팀에게 도전권을 주어진다.]

[목표: 마지막 방 클리어 0/1]

예상대로 퀘스트 창이 눈앞에 떴다.

"도전권을 두고 경쟁을 한다고?"

"설마 마왕까지 합쳐서 팀을 짜는 건 아니겠지?"

"미친. 패널티 때문에 공격도 못 하고 이게 뭐야. 완전 우리를 갖고 놀고 있잖아!"

금방 곳곳에서 항의가 빗발쳤지만 씨알도 먹히지 않았다. 오히려 아그니스는 그런 반응을 즐기듯 활짝 미소를 짓고 있었고, 금방 플레이어들과 마왕들의 머리 위로 깃발이 떠올랐다.

[적색 진영.]

[청색 진영.]

붉은 깃발을 가진 팀과 푸른 깃발을 가진 팀.

"아니, 이게 뭐야. 저 새끼랑 내가 같은 팀이라고?!"

"팀의 밸런스를 맞추기 위해 이런 식으로 팀을 나누었습니다. 불만 있으십니까?"

"불만? 당연히 있지. 이 미친놈아!"

"아하하하. 여기 물도 있습니다."

"……."

아그니스가 물이 담긴 잔을 들어 올리자 백두산이 금세 입을 다물었다. 적색 진영에 속한 질풍 용병대원들과 달리 용찬과 함께 청색 진영에 속한 용병단장. 거기에 아가프와 크로우까지 합세하자 권좌들이 인상을 구겼다.

"설마 우리가 저 네 명보다 못하다는 거야?"

"던전 내 시스템이 정한 팀입니다."

"킬킬킬. 이거 진짜 어이가 없네. 그래서 패배한 팀은 어떻게 되는 건데?"

"걱정하지 마십시오. 패배한 팀은 승리한 팀의 도전이 끝날 때까지 1층에서 대기하게 되니 방 클리어 도중 사망하시는 분들을 제외하면 별다른 불상사는 없을 겁니다."

대충 설명이 끝나자 적색 진영과 청색 진영이 서로 갈라졌다.

청색 진영은 오직 네 명으로만 이루어진 상황. 나머지 플레이어 및 마왕들이 모조리 적색 진영으로 쏠린 가운데 방 안으로 묘한 기류가 퍼져 나갔다.

"아, 물론 같은 편끼리는 피해를 입히거나 기술을 사용하실 수 없습니다. 상대 팀을 이기게 하기 위해 방해하는 것 또한 마찬가지죠. 만약 그런 행동이 보일 시 제가 직접 그분을 처벌하겠습니다. 유의해 주시길."

"이거 공략하러 온 의미가 무색해지는 던전 구조로군."

"자, 그러면⋯⋯."

불만 가득해 보이는 마왕들과 플레이어들의 분위기 속에서 관리자 아그니스가 손을 번쩍 들어 올렸다.

"우선 팀 리더부터 정해주시죠!"

"뭐? 리더?"

"앙? 리더라고?"

"흐음."

백두산, 크로우, 용찬이 동시에 서로를 노려보는 순간이었다.

"팀 리더에겐 각 방마다 팀원들에게 지시를 내릴 수 있는 권한이 주어집니다. 그리고 가장 중요한 이것을 사용할 권한까지 얻게 되죠."

아그니스가 손에 쥔 다양한 색깔의 구슬들을 강조했다. 전생에서도 봤었던 익숙한 외형의 구슬. 색깔마다 다른 효과를 지니고 있는 저 구슬은 이번 경쟁에 있어 가장 중요한 아이템이라고 볼 수 있었다.

"뭐, 그걸로 구슬치기라도 하는 건가?"

"아닙니다. 이것은 상대 진영을 방해하거나 자신의 진영에게 이로운 효과를 가져다주는 사원의 구슬입니다. 구슬의 갯수는 총 5개. 어떤 방에서 어떤 순간에 사용할지는 리더의 몫이며 하나의 구슬이 경쟁의 승패를 가르는 중요한 역할이 될 수도 있습니다."

"오호라. 그건 좀 흥미 있는 얘기인데."

"상대 진영이 몇 번째 방에 진입했는지. 그리고 몇 번째 방을 클리어했는지 실시간으로 메시지가 전달되기 때문에 각 리더들은 사원의 구슬을 두고 자연스럽게 심리전을 펼칠 수도 있겠죠."

즉, 리더가 모든 것을 결정한다는 의미였다.

적색 진영 같은 경우 플레이어들이 대다수였기 때문에 벌써부터 권좌들에게로 시선을 던지는 분위기였지만 청색 진영은 네 명 중 세 명이 마왕임에도 불구하고 서로를 견제하고 있었다.

'아무리 백두산과 크로우가 포함되어 있다지만 너무 숫자가 불균형한데. 그렇다면 역시 이놈 때문인가?'

백두산을 노려보던 용찬이 아가프를 곁눈질했다.

수천 명의 랭커들과 두 명의 권좌. 그리고 두 명의 중, 상위권 마왕을 적색 진영으로 보내버린 서열 1위의 마왕.

리더에겐 그다지 관심이 없는 듯한 눈치였지만 점점 신경이 쓰였다.

"너 같은 인간 놈에게 리더를 맡길 것 같으냐?"

"헹. 적어도 네놈보단 낫겠지."

허공에서 충돌하는 두 명의 시선. 자존심이 드높던 백두산과 크로우는 한 치의 양보도 용납 못 한다는 듯 리더 자리를 놓고 팽팽한 신경전을 벌였다.

하지만 그것도 잠시.

"단장님. 정말 저희를 상대로 진지하게 임하시게요?"

부단장이던 레오의 물음에 이글거리던 눈 속 열기가 멎어 들었다.

아무리 사원의 구조라고 하더라도 플레이어들이 많은 적색 진영이 이겨야 정상적으로 의뢰를 수행할 수 있었다. 게다가 단장인 자신을 제외하곤 나머지 단원들은 전부 적색 진영으로 쏠려 있는 상황.

"끄으응. 진지하게 임할 리가……."

본래 목적을 떠올린 백두산이 복잡한 표정으로 마왕들과 단원들을 번갈아 쳐다봤다.

"아, 참고로 승리하신 진영에겐 따로 보상도 준비되어 있습니다!"

"뭣?! 보상?"

"무려 유니크 장비입니다!"

"……."

근심 가득하던 얼굴이 돌변한다. 질풍 용병단 쪽으로 휙 고개를 돌린 단장은 엄지를 척 들어 올리며 말했다.

"나중에 끝나고 보자. 자식들아."

"헐. 단장이 우리를 버렸어."

"우우우우!"

곳곳에서 터져 나오는 비난과 야유 속에도 백두산은 굴하지 않았다. 그저 유니크 장비를 얻기 위해 경쟁에 최선을 다할 뿐. 그렇게 결심을 내린 그는 같은 진영의 마왕들을 노려보며 자신의 의견을 꺼내놓았다.

"이번만큼만 네놈들과 손을 잡는다. 알겠나?"

"흐음."

"그러니 나한테 리더를 넘겨. 어차피 네놈들도 보상이 탐나는 거잖아! 내가 승리하게 만들어주마."

"너 같은 돌대가리한테 맡길 바엔 그냥 리더가 없는 게 낫겠어."

"뭐? 이 새끼야?!"

도저히 끝나지 않는 의견 충돌.

이미 적색 진영은 결정을 내린 듯 진성을 리더로 치켜세우고 있었지만 청색 진영은 달랐다. 그렇게 의미 없는 시간만 계속 흘러갔을까. 처음으로 아가프가 한숨을 푹 내쉬며 세 명 사이로 불쑥 끼어들었다.

"이거 끝도 없을 것 같구만. 그냥 내가 리더를 맡겠네."

"뭐?"

"뭐야?!"

"음?"

전혀 예상치 못한 발언에 세 명의 두 눈이 휘둥그레졌다.

그리고.

"아, 정해지셨나 보군요. 그러면 경쟁 퀘스트를 시작하도록 하겠습니다!"

"자, 잠깐. 아직이……"

"부디 즐거운 경쟁이 되시길."

마침내 도전권 경쟁이 시작됐다.

[첫 번째 방으로 이동됐습니다. 능력치가 최소로 감소됩니다. 원거리 스킬 일부가 봉인됩니다. 괴력의 거인 우로보로스가 소환됩니다.]

[우로보로스 0/1]

눈을 뜨자마자 보이는 것은 곳곳에 깔린 바위 더미들과 커다란 형체의 괴물이었다. 방 안은 새하얀 벽으로 이루어진 넓은 공간. 바닥의 오색 타일들이 반짝거리는 가운데 온몸을 짓누르는 중압감이 느껴졌다.

"쿠어어어어어-!"

녹색 형체의 괴물이 입을 쩍 벌린다.

"귀 먹는 줄 알았네. 뭐야. 저 괴물 새끼는?"

"우로보로스? 저 녀석을 처치하는 건가."

"허허허. 목청 하나 좋구만."

급격히 줄어든 능력치의 변화를 느낄 새도 없이 우로보로스가 땅을 내리찍었다.

[방의 타일이 변경됩니다.]

붉은색 바탕으로 반짝거리는 방의 타일. 그런 변화에 가장 먼저 백두산이 땅을 박차고 정면으로 달려들었다.

"녹색 괴물 새끼야. 이거나 처먹어라!"

"설치지 말고 가만히 있어. 저놈은 내가 직접 처리한…….크윽?!"

"아하하핫. 거기서 뭐 하는 거냐. 불패의 마왕이란 호칭이 아깝다. 병신아!"

뒤따라오던 크로우가 멈칫거리자 백두산이 비웃기 시작했다. 마치 타일에 발이 구속된 듯 움직이지 못하는 불패의 마왕. 오직 아가프와 용찬만이 뒤에서 상황을 지켜보는 가운데 우로보로스가 근처의 바위 더미를 집어 들었다.

그리고 달려드는 백두산에게로 바위를 던져 버린 뒤 다시 땅을 내려쳤다.

"이따위 바위 따윈……. 윽?!"

콰앙!

반격을 시도하는 도중 문제가 생긴 것일까. 자신만만해하던 백두산이 바위에 직격당해 뒤쪽 벽까지 날아갔다.

"크하하하하. 꼴좋다. 멍청한 인간 자식!"

"시부럴. 뭐여. 이건!"

"허어."

다시 몸이 자유로워진 크로우와 바닥에 쓰러진 채 그 자리를 벗어나지 못하는 백두산. 잠시 둘을 번갈아 쳐다보던 아가프가 흰색 수염을 쓸어 만지며 파란색으로 물든 타일을 내려다봤다.

"이거, 이거. 아주 곤란한 구조로군."

"음?"

"자넨 이미 파악하고 있는 것 같은데. 그렇지 않나?"

"……."

정곡을 찌르는 질문에 안색이 굳어졌다. 대현자란 칭호가 아무런 이유 없이 주어진 것은 아닌 것일까. 아가프는 따로 설명을 하기도 전에 첫 번째 방의 규칙을 파악한 듯했다.

할 수 없이 용찬은 인상을 구기며 그에게 물었다.

"아가프. 현재 발동할 수 있는 마법은?"

"흐음. 사정거리가 짧은 속성 마법 정도로군."

"그래도 근접 무투가들 보단 낫겠지. 아가프. 네가 후방에 포진한다."

"끌끌끌. 이거 리더가 아무런 의미도 없구만. 우선 알겠네."

방의 규칙을 파악하고 있다면 어째서 마법사가 최후방에 포진하는지 알고 있을 것이다. 때문에 추가 설명을 내리지 않고 즉시 나머지 둘에게로 고개를 돌렸다.

"바닥의 타일을 잘 봐라."

"타일?"

"빨간색 타일일 때 백두산이 움직였고 파란색 타일일 때 크로우. 네가 움직였다. 이게 무슨 의미인지는 더 설명 안 해도 되겠지?"

그제야 무언가 깨달았다는 듯 바닥을 내려다보는 둘이었다. 하지만 생각을 정리할 새도 없이 우로보로스가 추가로 바위를 던지기 시작했다.

"젠장. 그렇다면 저놈은 우리를 방해하기 위해서?!"

"대충 그런 셈이지."

"이런 복잡한 것은 별로 내키지 않는데. 뭐, 어찌됐든 지금은 나 혼자만 움직일 수 있단 거군. 그렇다면!"

크로우가 날아드는 바위를 격파하며 좌우로 종횡무진 했다. 이번 기회를 놓치지 않고 홀로 우로보로스를 처치할 속셈인 듯했다. 하지만 그것을 가만히 놔둘 방의 문지기가 아니었다.

쿠웅!

촤르륵 뒤집어지는 방 안의 타일들.

"빌어먹을. 얼마 달려가지도 않았…… 쿠엑!"

마계에서 명성을 떨치던 불패의 마왕이 볼썽사납게 나자빠진다. 아무리 괴력의 권능을 가진 마왕이라고 해도 무력화 상태에선 제대로 반격조차 하지 못했다.

"으하하하하. 저 머저리 자식!"

"크으윽. 머저리라고?!"

"꼴 좋다. 병신 같은 마족 새끼야. 엿이나 처먹어라!"

"네놈만큼은 반드시 죽여 버린다!"

녹색으로 물든 타일은 신경도 쓰지 않는 것인지 백두산과 크로우는 티격태격 거리기 바빴다.

한심한 광경에 절로 한숨이 나오는 것도 잠시.

뒤늦게 눈앞으로 적색 진영의 클리어 메시지가 떠올랐다.

[적색 진영이 첫 번째 방을 클리어했습니다.]

'이러다간 놈들이 먼저 여섯 번째 방에 도달하겠군.'

이렇게 서로 신경전을 벌일 때가 아니었다. 마침 티격태격 거리던 둘도 메시지를 확인한 것인지 조급해진 안색으로 우로보로스를 쳐다봤다.

이대로 가다간 계속 바위에 얻어맞아 거리가 벌어질 터. 그것을 뒤늦게 깨달은 것인지 둘이 동시에 고개를 돌렸다.

"어이, 헨드……."

"움직일 수 있는 제한 범위도 있는 것 같군. 자신이 움직일 수 있는 타일이라고 해서 무작정 달려들었다간 그렇게 될 거다."

"좋은 방법이라도 있는 거냐?"

"우선 팀원들의 타일부터 확인해야겠지."

가볍게 눈짓을 주자 아가프가 고개를 끄덕거리며 발걸음을 옮겼다.

'움직일 수 있군. 그렇다면 녹색 타일의 주인은 아가프란 소리군.'

나머지 색깔의 타일은 자신의 것이나 다름없었다. 그렇게 마저 타일의 주인을 확인한 용찬은 리더인 아가프를 대신해 팀원들에게 지시를 내렸다.

"아가프는 최후방. 우리 셋은 천천히 자신의 타일일 때마다 전진한다. 물론, 팀원들과의 거리를 유지하면서."

"팀원들과의 거리를 유지한다고?"

"그래. 범위에서 벗어나 바위가 날아와도 대신 격파해 줄 수 있는 정도의 거리."

"끄응. 그런 귀찮은 짓까지 해야 되는 거냐."

"그렇게라도 하지 않으면 놈에게 도달하지 못할 거다."

정해진 색깔의 타일마다 한 명씩 움직일 수 있다. 그리고 제한 범위에서 벗어나면 우로보로스가 바닥을 내려쳐 타일의 색깔을 강제로 변경시킨다.

만약 이런 규칙 속에서 바위를 대신 격파해 줄 팀원이 가까이 있다면 크로우와 백두산 때처럼 바위에 얻어맞아 날아가는 불상사는 벌어지지 않을 것이다.

"허허허. 이 방은 팀원 간의 호흡을 시험하는 듯한 공간이로구만."

"알아들었다면 시작하도록 하지."

"알겠네."

가장 먼저 제일 뒤에 있던 아가프가 용찬의 곁으로 따라 붙었다.

"쿠어어어어-!"

제한 범위에서 벗어난 것을 감지한 우로보로스. 예상한 대로 바닥의 타일을 변경시키며 아가프에게 바위를 집어 던졌지만 이번 결과는 달랐다.

콰지직!

푸른 뇌전에 바위가 가루로 아작 난다. 비록 바닥이 다시 빨간색 타일로 돌아가 움직일 순 없었지만 이렇게 팀원에게 날아오는 바위를 제자리에서 격파할 순 있었다. 그렇게 용찬이 가장 먼저 시범을 보이자 크로우와 백두산도 깨달았다는 듯 서로를 쳐다보기 시작했다.

"시부럴. 마왕과 호흡을 맞추게 될 줄은 꿈에도 몰랐는데."

"그건 나도 마찬가지다. 플레이어."

"가끔씩 한 명이 실수하게 되더라도 후방의 아가프가 커버를 할 수 있으니 이게 가장 최선의 방법일 거다."

"자신은 없다만. 최선을 다하겠네."

생전 합을 맞춰보지 않은 마왕과 플레이어. 겨우 네 명으로 이루어진 청색 진영이었지만 전력은 최상위였다. 그렇게 서로 결심 어린 눈빛으로 우로보로스를 노려보는 가운데 크로우가 다시금 발걸음을 내밀었다.

물론.

"쿠엑!"

"지미럴. 합을 맞추긴 개뿔."

그 시작은 무척이나 불안했다.

불의 사원의 경쟁 퀘스트는 전생에서도 겪었던 적이 있었다. 그때만 해도 리미트리스 진영의 대표로서 다른 진영들과 경쟁을 벌였었지만 지금은 되려 마왕으로서 참여한 상태였다. 또한 팀원들조차 전혀 합을 맞춰보지 않은 낯선 자들이었다.

하지만 인간이든 마족이든 겪으면 적응하게 마련.

"어이, 전기 쥐새끼. 네 차례다."

"실수하지 마라."

"내가 할 소리!"

그 증거로 엉성하던 팀원간의 호흡이 점점 맞춰져 가고 있었다.

콰직!

용찬에게로 날아온 바위를 대신 격파해내는 백두산의 날렵한 발차기. 비록 육체적인 능력치는 최저로 떨어진 상태였지만 우로보로스가 던진 바위쯤은 간단히 격파가 가능했다.

그리고 다시 타일이 바뀌자마자 세 명의 일행 뒤로 천천히 따라붙는 대현자.

"이, 이런. 깜빡하고 움직여 버렸……."

"허허허. 걱정 말게."

마침 본의 아니게 발을 헛딛은 크로우의 앞으로 아이스 랜스를 발산하며 대신 바위를 막아내었다. 이렇듯 아가프가 후방에서 팀원들의 실수를 커버하는 상황이었고, 덕분에 팀원들은 한층 더 편안히 호흡을 맞추며 나아가고 있었다.

"쿠어어어어!"

"타일 바뀐다. 개자식들아!"

"파란색이면 내 차례로군. 거기 가만히 있어라. 인간!"

불패의 마왕 크로우가 질풍 용병단장 백두산을.

"다시 앞으로 나아간다."

"크ㅎㅎㅎ. 어서 와라. 헨드릭!"

반전의 마왕이라 불리는 용찬이 다시 불패의 마왕인 크로우를. 그리고.

"거의 다 왔네. 힘내게. 젊은이들."

대현자 아가프가 전방의 세 명을 보조하며 절대 불가능할 것 같던 호흡을 맞춰나갔다. 이로써 우로보로스와의 간격도 전보다 크게 줄어든 상황.

어떻게든 청색 진영의 팀원들을 날려 버리기 위해 계속해서 바위를 집어던지고 있었지만 이미 놈의 패턴은 대부분 파악하고 있었다.

때문에 전방의 두 무투가는 망설이지 않고 힘껏 발을 내디뎠다.

"시부럴. 이 녹색 대가리 새끼야. 이제 고만해라!"

"끝을 보자! 우로보로스!"

바위를 들어 올리고 있던 우로보로스의 좌우로 주먹과 다리가 꽂힌다. 크로우의 괴력과 백두산의 날렵한 발기술이 만들어낸 최후의 일격.

그 위력은 능력치와 관련 없이 우로보로스에게 어마어마한 충격으로 전해져왔다.

[우로보로스를 처치했습니다.]

[첫 번째 방을 클리어하셨습니다.]

처음부터 생명력이 최하로 설정되어 있던 것일까. 거대한 덩치와 달리 단 한 방의 일격에 우로보로스가 소멸되어 버렸다.

거칠어진 호흡 속에서 마주치는 네 명의 시선. 마침 두 번째 방으로 이어지는 통로의 문이 열리며 클리어한 사실이 현실로 다가왔다.

"하아, 하아. 엿 같은 새끼들아. 다 내 덕인 줄 알아라."

"웃기지도 않는 소리군. 내가 거의 다 한 것 같은데."

"끌끌끌. 다 잘했네. 다 잘했어."

쓴소리부터 나오고 있었지만 입가에 핀 미소만큼은 숨길 수 없었다. 서로의 종족을 잠시 잊고 팀원으로서 기쁨을 나누는 유일한 순간.

'이제야 좀 할 만해지겠군.'

이제 남은 것은 적색 진영보다 먼저 마지막 방을 클리어하는 것뿐이었다. 그렇게 세 명의 마왕과 한 명의 인간은 승리를 따내기 위해 다시금 복도로 발길을 내밀었다.

[적색 진영이 두 번째 방을 클리어했습니다.]

[청색 진영이 두 번째 방을 클리어했습니다.]

[적색 진영이 세 번째 방을 클리어했습니다.]
[청색 진영이 세 번째 방을 클리어했습니다.]

시간이 흐르면 흐를수록 두 진영간의 격차는 빠르게 줄어들었다. 처음에만 하더라도 우위를 점하고 있던 적색 진영이었지만 우로보로스의 방을 분기점 삼아 청색 진영이 그들을 따라잡기 시작했고, 나중에 가선 클리어 속도가 비슷해지는 지경까지 도달하게 됐다.

"아니, 첫 번째 방에서만 몇 시간을 소모하던 녀석들이 갑자기 왜 이래?!"

"이거 큰일이로군. 어떻게든 청색 진영의 클리어 속도를 늦춰야만 하오."

"그 뭐시기. 구슬 받은 거 있잖아. 그거라도 좀 써봐!"

아그니스가 각 진영의 리더들에게 건네주었던 사원의 구슬. 유일하게 도전권 경쟁에서 변수를 만들 수 있는 아이템이었고, 도저히 줄어들지 않는 청색 진영의 기세에 조급해진 권좌들은 할 수 없이 구슬의 힘을 빌리기로 했다.

구슬의 종류는 총 다섯 가지. 상대 진영의 움직임을 제한하는 효과부터 시작해 시간 정지, 효과 무효화, 방 상황 체크, 난이도 상승효과까지. 다양한 효과의 구슬이 손에 쥐어져 있는 가운데 불현듯 고민이 밀려왔다.

'상대 진영의 구슬 효과를 무효화할 수 있는 기회는 단 한 번. 아직 저쪽은 구슬을 하나도 쓰지 않은 상태인데 이렇게 선불리 먼저 방해를 해도 되는 것일까.'

조금만 생각해 봐도 먼저 구슬을 사용한 쪽이 불리한 것은 간단히 알 수 있는 사실이었다. 때문에 진성은 리더로서 구슬을 사용하는 것을 망설였다.

"엉? 뭐하는 거야. 얼른 구슬을 사용하라니까?!"

"잠시만 기다리게."

"하아?"

"우리가 먼저 구슬을 사용하면 상대도 가만히 있지 않을걸세. 그렇게 되면 먼저 구슬이 동나는 것은 되려 이쪽이야."

서로 효과를 무효화할 수 있는 구슬이 있다. 게다가 상대 진영의 방 상황을 모르는 상태에서 선불리 방해 구슬을 쓸 수도 없는 노릇이었다.

그제야 사토무도 말뜻을 알아차린 것인지 꾹 입을 다물었고, 다시금 그 둘의 눈앞으로 메시지가 떠올랐다.

[청색 진영이 네 번째 방을 클리어했습니다.]

'벌써 네 번째 방을 클리어했다고?!'

이 무슨 어마무시한 클리어 속도란 말인가. 아까 전까지만 해도 서로 동등하던 방의 클리어 숫자가 지금은 달라져 있었다. 이로써 적색 진영은 방 하나 차이로 청색 진영에게 밀리게 된 상황.

'이젠 어쩔 수 없어. 백두산이 저쪽에 붙어 있긴 하지만 어떻게든 우리가 도전권을 따내야 해!'

본래의 목적을 떠올린 진성은 급히 손에 쥐고 있던 구슬을 터트렸다.

[난이도 상승 구슬을 사용했습니다. 청색 진영이 도전중인 다섯 번째 방의 난이도가 두 배로 상승합니다.]

가장 먼저 사용한 것은 난이도가 두 배로 상승하는 사원의 구슬이었다. 만약 여기서 상대 진영이 효과 무효화 구슬을 사용해 준다면 좀 더 편안히 심리전을 펼칠 수 있을 것이다.

하지만.

'사용하지 않는다고?!'

놈들은 끝까지 구슬을 사용할 기미조차 보이지 않았다.

"뭐야. 뭐가 어떻게 된 거야?!"

"난이도 상승 구슬을 사용했는데도 아무런 반응조차 해오지 않는구려."

"무려 두 배잖아. 난이도가 두 배나 상승했는데도 반응조차 하지 않는다고? 대체 어떻게 된 놈들이야. 젠장. 저쪽의 방 상황도 알지 못해 답답해 죽겠는데."

"그래도 난이도가 올랐다면 클리어할 때까지 시간이 꽤나 걸릴걸세. 이 틈을 타서 빠르게 놈들을 추월하세나."

비록 상대 진영보다 늦어지긴 했지만 곧 네 번째 방도 클리어였다. 아마 놈들은 난이도가 상승한 다섯 번째 방에서 상당한 시간을 소모하고 있을 터. 단 한 번도 사용하지 않은 적들의 구슬이 불안 요소이긴 했지만 최대한 이 틈에 간격을 벌려둬야 했다.

"전진하라!"

"움직여. 이 자식들아!"

권좌들의 외침에 증진하는 사기. 한 치의 양보도 없는 경쟁의 열기 속에서 오로지 두 명의 마왕만이 인상을 구기고 있었다.

"이걸 좋아해야 되나. 말아야 되나."

"쳇. 빌어먹을 인간 놈들을 도와줘야 되다니. 내가 생각해도 어이가 없군."

"그만 구시렁거리고 움직이지 그래?"

"시끄럽다."

실비아 세빌과 픽스 파이멀린이 서로를 노려보는 가운데 구석에 쭈그려 앉아 있던 또 한 명의 마왕이 고개를 떨구었다.

"돌아가고 싶다."

존투스 게르시안. 이미 적색 진영에서 잊혀진 인물 중 하나였다.

"아오. 적당히 해야지. 진짜!"

바닥을 내리찍던 백두산이 버럭 소리친다. 그 소리에 화들짝 놀란 것인지 주변을 뛰어다니던 벌레들은 황급히 구석으로 달아났고, 뒤따라 벌레들을 처리하던 나머지 세 명의 팀원도 인상을 구겼다.

"네놈이나 좀 적당히 굴어라. 어린애도 아니고 가만히 있지를 못하는구만."

"난이도가 이게 말이 되냐?! 수십 마리도 아니고 수백 마리로 증식했는데. 대체 어느 세월에 잡으란 거여!"

다섯 번째 방의 목표로 선정된 곱등이 형태의 벌레들. 처음만 해도 30여 마리에 불과하던 놈들이었지만 난이도가 상승하자마자 수백 마리로 증식한 상태였다.

"아이고. 허리야."

이젠 서열 1위인 아가프마저 자리에 주저앉고 말았다.

[대형 곱등이가 파란색으로 변합니다.]
[대형 곱등이가 빨간색으로 변합니다.]

겉 생김새와 달리 방 안의 곱등이들은 두 가지 색깔로 몸을 변화시킬 수 있었고, 각 색깔마다 요구하는 공격 방법도 달랐다. 빨간색일 땐 오로지 기력을 통한 기술. 그리고 파란색일 땐 오로지 마력을 통한 기술만 통해 여간 골치 아픈 게 아니었다. 그런 가운데 곱등이들의 숫자까지 늘어났으니 열불이 터질 수밖에 없을 터.

"어이, 영감탱이. 끝까지 그 구슬 안 쓸 거야?"

"허허. 좀 더 인내심을 길러보게."

"아나. 미쳐 버리겠네. 진짜!"

유일한 희망이던 효과 무효화에 기대를 걸어봤지만 끝내 아가프는 구슬을 사용하지 않았다.

파지직!

일렁거리는 뇌전 속에서 꿈틀거리는 곱등이. 마침 용찬이 마력을 이용해 또 한 마리의 곱등이를 처치해 내자 모두의 시선이 그에게로 쏠렸다.

"우리가 더 유리한 상황에서 구슬을 써줄 필요는 없지."

"뭐?"

"말한 대로다."

난이도가 상승한 탓에 청색 진영이 불리해졌다? 아니, 오히려 정반대였다.

'가장 공략에 방해되는 구슬은 총 두 개. 그중 난이도 상승 구슬을 빼두었으니 이제 남은 것은 시간 정지뿐이겠지. 여기서 추월당한다고 해도 마지막 방에서 서로 구슬을 사용하게 되면 결국은 우리가 더 이득이야.'

서로 동일하게 효과 무효화 구슬이 남아 있긴 했지만 적어도 청색 진영은 방해 효과를 하나 덜 받을 수 있었다. 그렇다는 것은 즉, 마지막 방을 앞두고 벌어지는 아이템 승부에서 적색 진영이 더욱 불리해진다는 것. 때문에 지금은 추월당하는 것에 연연하지 않고 무효화 구슬을 아낄 필요가 있었다.

"허허허. 나중에 가면 다 알게 될 테니 지금은 이것들부터 마저 처리하세."

"시부럴. 무슨 개소리인지는 모르겠지만 한 번 믿어본다. 나중에 아니기만 해봐라."

할 수 없다는 듯 다시 발을 놀리는 백두산이었지만 광역 기술이 금지된 상태에서 폴짝폴짝 뛰어다니는 곱등이를 처치하기란 좀처럼 쉽지 않았다.

[적색 진영이 네 번째 방을 클리어했습니다.]

난이도가 올라간 틈을 타서 다섯 번째 방에 진입한 것일까. 마침 적색 진영의 클리어 소식이 그들의 눈앞으로 둥둥 떠다녔다. 이로써 격차는 다시 줄어든 상황. 하지만 팀원들은 조급

해하지 않고 아가프와 용찬의 말대로 곱등이를 처치하는 데
전념했다.

그리고 간신히 다섯 번째 방을 클리어한 순간.

"젊은이들. 이제부터는 속도를 좀 올리겠네."

아가프가 손에 쥐고 있던 구슬들을 터트리기 시작했다.

[난이도 상승 구슬을 사용했습니다.]

가장 먼저 사용한 난이도 상승 구슬. 하지만 적색 진영은
자신들과 동일하게 버틸 심산인 것인지 효과 무효화 구슬을
사용하지 않았다.

**[움직임 제한 구슬을 사용했습니다. 상대 진영이 효과 무효화
구슬을 사용했습니다.]**

**[난이도 상승 효과가 사라집니다. 일부 적색 진영의 팀원들이
속박됩니다.]**

두 번째로 사용한 움직임 제한 구슬. 미끼삼아 던져둔 난이
도 상승효과가 더욱 버겁다고 느낀 것인지 속박 효과를 놔둔
채 난이도의 효과를 무효화시켜 버렸다. 그리고 역으로 반격
에 나서듯 줄지어 방해 구슬을 사용해 왔지만 이미 예상하고

있던 전개였다.

[시간 정지 효과가 무효화됩니다. 크로우와 백두산이 속박됩니다. 방 상황이 공개됩니다.]

비록 움직임 제한 구슬은 막을 수 없었지만 그래도 가장 방해 요소였던 시간 정지는 무효화시킬 수 있었다. 반대로 미리 효과 무효화를 사용했던 적색 진영은 꼼짝없이 시간 정지에 걸려든 상황.

서로 각 방의 상황이 공개된 가운데 아가프가 제자리에 굳어버린 플레이어들의 모습을 확인하며 눈짓을 보냈다.

"두 명의 발이 묶이긴 했지만 자네와 나 정도면 충분할 테지. 그렇지 않겠나?"

"이 정도면 훌륭한 편이군."

"어이, 이 개자슥들아. 어딜 가는 거여. 나도 데려가라고!"

"헨드릭. 아가프!"

멀리서 백두산과 크로우의 다급한 목소리가 메아리치듯 들려왔지만 가볍게 무시했다.

[모든 능력치가 복구됩니다. 모든 기술의 패널티가 사라집니다. 여섯 번째 방의 수문장 갈라로크가 소환됩니다.]

마지막 방의 목표는 악어 형태를 한 수문장 갈라로크를 처치하는 것. 놈의 등급만 해도 A급 히어로 수준에 속했지만 능력치와 기술의 봉인이 풀린 지금이라면 충분히 상대가 가능했다.

아니.

쿠구구궁!

상대하는 것은 물론 압도할 자신까지 있었다.

"네놈의 말대로 좀 빠르게 가보도록 하지."

"끌끌끌. 원하는 바일세."

서열 1위 마왕 대현자 아가프. 그리고 반전의 마왕이라 불리는 서열 3위의 헨드릭 프로이스. 현 서열전 내에서 거의 최강 전력이라 볼 수 있는 두 마왕의 기세에 온 사방이 진동하고 있었다.

[수문장 갈라로크]

[등급: A(히어로)]

[상태: 분노 포화, 근력 증가, 방어력 증가.]

여섯 번째 방의 보스답게 적용된 버프도 만만치 않다. 저 정도의 능력치 증가 버프라면 이전에 상대해 오던 A급 히어로 몬스터들과는 상당한 차이가 있을 터.

"크흐흐흐. 어리석은 마족놈들. 여기가 네놈들의 무덤이 될 거다."

양팔에 긴 시미터를 장착한 대형 악어가 포효성을 내뿜었다. 사자후와 피어에 버금가는 어마어마한 충격. 단숨에 방이 흔들거리며 놈의 기세가 물씬 느껴졌지만 그런 기세에 압도당할 두 명의 마왕이 아니었다.

"어떻게 하겠나?"

"원래 하던 식으로 하지."

"그게 서로에게 편하겠지. 알겠네."

다섯 개의 방을 클리어 하면서 적응된 포지션이 있었다.

때문에 마법사인 아가프가 후방, 무투가인 용찬이 선두를 맡으며 본격적인 전투를 시작했다.

'경쟁도 경쟁이지만 일단 저놈의 권능도 천천히 살펴볼까.'

아직까지 제대로 권능을 발현한 적이 없는 대현자였다. 그저 사용한 기술들이라면 본래 배우고 있던 수십 가지의 마법들뿐. 전생은 물론 현생에서도 베일에 가려진 그의 권능은 호기심을 자극하기 충분했다.

[수문장 갈라로크가 광기의 도륙을 시전했습니다.]

까앙!

덩치에 걸맞지 않게 민첩 능력치가 뛰어난 탓일까. 마치 전사와 도적이 혼합된 듯한 날렵한 베기에 눈동자가 이리저리 굴러갔다. 한 차례, 두 차례 공방을 거치며 팔로 전해져 오는 격통. 육체적인 능력치 상으론 놈이 압도적이었던 것인지 차츰 신형이 밀려가고 있었다.

"겨우 이 정도로 날 상대할 생각이었나?!"

"말이 많군."

"크르르르. 아직도 분수를 모르고 있군!"

"금방 입을 다물게 해주지."

기력이 실린 시미터가 땅에 박혀드는 순간 마그나카르타가 흑색 불꽃을 토해냈다. 방 안으로 작열하는 시커먼 불길들 속에서 치솟아 오르는 두 주먹.

콰직!

가장 먼저 놈의 턱으로 뇌신장을 선사하자 쩍 벌어져 있던 입이 금세 다물어졌다.

파지지직!

뒤따라 이어지는 감전 효과.

"이까짓 속성력 따위 나한테 통하지 않는다!"

하지만 단단한 가죽 때문인지 푸른 뇌전은 제대로 파고들지 못하고 이내 허공에서 사라졌다.

"허허허. 속성력에 대한 면역도 있나 보구만."

"대처법은?"

"걱정 말게. 금방 해결해 줄 테니까."

"뭐?"

아가프의 너털너털한 웃음 속에서 의문이 머리를 맴돈다. 아무리 대현자란 칭호를 가진 마법사라고 해도 상대방이 가진 면역력을 처리하는 것은 거의 불가능했다.

게다가 마그나카르타의 흑염조차 꿰뚫지 못한 갈라로크의 가죽 아니던가. 이럴 땐 차라리 무속성 마법 및 기력 기술을 이용해 놈을 물리적으로 제압하는 게 가장 편안한 방법이었다.

'그걸 모르고 있을 놈이 아닐 텐데 대체 어떻게……'

의혹 어린 눈빛으로 시미터를 막아내고 있던 차, 뒤 쪽에서부터 푸른색 빛무리가 뿜어져 나왔다.

[대현자 아가프가 영멸의 권능을 발동했습니다. 대상 인식! 수문장 갈라로크가 가진 속성 면역력이 제거됩니다.]

녹색의 질긴 가죽들이 너덜너덜해진다. 아까 전까지만 해도 살갗을 꿰뚫지 못하던 흑염들. 하지만 지금은 전에 본 광경이 거짓말이라는 듯 놈의 몸에 달라붙어 너덜너덜해진 가죽들을 활활 불태우고 있었다.

"크아아아아. 내, 내 가죽들이!"

"……이게 무슨?"

마치 액체처럼 흘러내리는 가죽들 속에서 고통스러워하는 수문장. 그런 광경을 눈앞에서 멍하니 지켜보고 있던 용찬의 고개가 천천히 돌아갔다.

"끌끌끌끌. 내가 가진 영멸의 권능일세."

인자하던 노인의 눈빛이 돌변한다. 흰자위가 검게 물들어 흉흉해져 있는 두 눈동자. 그 속에서 끝을 알 수 없는 살기가 느껴지자 온몸에 전율이 감돌았다.

'……이 자식.'

털썩!

속성 면역력이 사라진 수문장을 처리하는 것은 그리 어렵지 않았다. 아니, 오히려 난이도가 하락했다고 봐도 무방할 정도로 갈라로크는 쉽게 쓰러졌고 마침내 도전권 경쟁은 막을 내렸다.

[수문장 갈라로크를 처치했습니다.]
[도전권 경쟁 퀘스트가 종료됩니다.]
[승자는 청색 진영!]

[청색 진영 팀원들에게 도전권이 주어집니다.]

처음에 아그니스가 설명한 대로 승자에겐 도전권이 주어졌
다. 이로써 불의 귀인은 청색 진영이 상대하게 될 터. 마치 먼
지처럼 사라져 가는 방 안의 풍경들 속에서 두 마왕의 시선이
교차했다.

"영멸의 권능이라고?"

"그렇다네. 영멸. 말 그대로 상대가 가진 무언가를 하나 영
멸시킬 수 있는 권능일세."

"그렇다면……."

"아니, 아니지. 아무리 영멸의 권능이라고 해도 존재 자체를
지우는 것은 불가능하네. 그러니 너무 걱정하지 말게. 허허허."

사태후가 가지고 있던 탑의 특성에 이어 두 번째로 위협적인
효과를 마주하는 순간이었다. 만약 아가프가 독하게 마음을 먹
고 용찬이 가진 능력 중 하나를 지우게 된다면 꼼짝달싹 없이
놈에게 당할 것이다. 한데, 어찌 걱정이 안 될 수가 있겠는가.

'잠깐. 그렇다면 유태현은 어떻게 놈을 이겼던 거지?'

영멸의 권능뿐만 아니다. 아리샤 못지않게 마법에 대한 숙
련도가 높은 대현자였다. 속성 마법뿐만 아니라 다방면의 마
법을 자유자재로 발휘하며 뛰어난 위력을 선보이지 않았던가.

그런 서열 1위의 마왕을 동일한 등급의 암살자가 처리했다?

아무리 유태현의 실력이 뛰어나다고 해도 그것은 절대 불가능한 일이었다.

'나라도 불가능한 일이야. 싸우기도 전에 주요 능력 중 하나를 잃어버린다면 승패는 이미 정해진 것이나 다름없어.'

아마 S등급에 도달한 펠드릭도 그것은 마찬가지일 것이다. 그나마 다른 존재의 기술을 빼앗아 자신의 것으로 만드는 사태후 정도는 되어야 상대가 가능할 터.

그렇게 침묵이 흐르는 분위기 속에서 가장 먼저 입을 열 것은 아가프였다.

"얼굴이 무척 복잡해 보이는구만."

"……."

"끌끌끌. 그럴 수밖에 없겠지. 하지만 나도 만능은 아닐세. 이런 권능이 주어진 만큼 그에 따른 패널티도 무척 큰 법이니까. 자자, 사사로운 걱정은 나중에 하고 우선 불의 귀인에게 집중하세나."

마침 속박되어 있던 나머지 두 명의 팀원도 합류하는 모양새였다. 총 여섯 개의 방을 클리어하자마자 다시금 이동되는 신형. 사방으로 커다란 횃불들이 보이는 가운데 눈앞으로 아그니스가 박수를 치며 다가왔다.

"경쟁에서 승리하신 것을 축하드립니다."

"축하는 됐고 보상이나 내놔. 새끼야!"

"아하하하. 당연히 드려야겠죠. 하지만 그전에 앞서 저희 사원의 주인이신 불의 귀인님께서 여러분들을 뵙고 싶어 하십니다."

"아, 그 새끼는 관심 없고 그냥 보상이나……."

"가도록 하지."

요구에 승낙한 것은 용찬이었다. 무작정 보상을 요구하던 백두산은 인상을 팍 구기며 불만을 표했지만 이미 다른 두 명의 마왕도 고개를 끄덕이고 있는 상황이었다.

"시부럴. 나만 왕따야. 뭐야."

"허허허. 너무 그러지 말게."

"시끄러. 영감탱이."

삐죽 튀어나와 있던 입이 금세 다물어졌다. 사실상 불의 귀인에 대해 궁금하던 것은 백두산도 마찬가지였다.

때문에 보상을 뒤로 미룬 채 팀원들과 함께 사원 최상층으로 입장했고, 얼마 되지 않아 온갖 장식으로 치장된 커다란 철문이 일행을 맞이했다.

"그러면 지배자의 방문을 열겠습니다."

안내를 맡고 있던 아그니스의 손짓을 따라 드르륵 열리기 시작한 철문. 안으로 이글거리는 불길들이 보이는 가운데 정면으로 왕좌에 앉은 한 사내가 눈에 들어왔다.

"호오. 실제로 보니 감회가 새롭군."

"저놈이 불의 귀인?"

"그렇다. 내가 이 층의 지배자. 데온 렘트릿이다."

불의 귀인 데온 렘트릿. 재에서 태어나 불의 힘을 계승했다던 악몽의 탑 지배자 중 하나였다. 겉으로 볼 땐 평범한 중년 사내처럼 생겼지만 실체는 괴물이나 다름없었다.

"그래서 우리를 부른 이유가 뭔데?"

"나의 개인적인 호기심이 가장 큰 이유겠지. 네놈들의 도전을 받기 앞서 확인하고 싶은 게 있어서 말이다."

"확인이라고?"

"그렇다. 거기 중앙에 있는 마왕. 이름이 헨드릭 프로이스라고 했나?"

역시 흥미를 가지고 있던 것은 마그나카르타의 흑염이었던 것일까. 어느 정도 자신에게 질문이 올 것을 예상하고 있던 용찬은 망설이는 기색 하나 없이 가볍게 대답했다.

"그렇다면?"

"네놈에게서 그 존재의 흔적이 느껴지는구나."

"그 존재?"

"불의 왕."

익숙한 호칭에 두 눈이 휘둥그레진다. 사태후와의 교전을 통해 불의 왕으로 거듭난 홍염의 패자. 그런 펠드릭이 지배자에게서 언급되자 당혹스러움은 배가되었다. 하지만 용찬의 반응 따윈 신경도 쓰지 않고 데온이 다시 입을 열었다.

"지금 불의 왕은 어디에 있나?"

"무슨 소리를 하는 건지 잘 모르겠군."

"시치미 떼지 마라. 이미 네놈에게서 그 존재의 흔적을 발견했으니까. 처음엔 네놈의 흑염에 깊은 흥미를 느꼈지만 지금은 아니야. 만약 그 존재가 어디 있는지 내게 알려준다면 친히 네놈들은 살려서 돌려 보내주마."

"도전권은 우리한테 있을 텐데?"

"죽음을 자초하는 것만큼 어리석은 짓도 없지."

지배자로서의 오만함이 물씬 풍겨진다. 불의 왕에 대해서 모르던 백두산과 크로우였지만 놈의 조소에 서서히 안색이 싸늘해지고 있었다.

'우리에게 자비를 선사해 준다고 여기고 있는 건가.'

어이가 없어 절로 웃음이 나올 지경이다. 전생에서 겪었던 불의 귀인은 기껏 해봐야 유태현과 맞먹는 정도의 수준이었다.

헌데, 그런 놈이 S급에 도달한 펠드릭의 위치를 요구하는 것도 모자라 이젠 청색 진영의 팀원들까지 함께 무시한다?

절대 가볍게 넘길 만한 상황이 아니었다.

"어떤가. 내 제의를 받아들이겠나?"

"아니, 오히려 내가 제안하지."

"호오?"

서릿발처럼 싸늘해진 눈빛 속에서 광기가 번뜩거린다.

"날 이기면 네놈이 원하는 것을 알려주지."

"크하하하하하!"

자신이 어떤 처지에 놓여 있는지 깨닫지 못하고 폭소하는 불의 귀인이었다. 그런 놈의 비웃음에 눈썹이 꿈틀거리는 것도 잠시. 테온이 웃음기 머금은 얼굴로 아그니스에게 명했다.

"좋다. 받아들이지. 아그니스. 저놈들에게 보상을 내려주거라!"

"알겠습니다."

"자, 그러면 정확히 10분 뒤에 콜로세움에서 다시 보도록 하지. 기대하고 있겠다. 청색 진영!"

바닥으로 생성되는 네 개의 보물 상자와 함께 불의 귀인이 사라진다. 아마 도전이 시작되기 직전까지 콜로세움이란 장소에서 대기하고 있을 것이다.

이제 남은 것은 도전을 하기 앞서 보상을 확인하는 것뿐.

하지만 청색 진영의 세 팀원은 보물 상자 따위 거들떠보지도 않고 놈이 앉아 있던 왕좌를 노려보고 있었다.

"죽여 버린다. 불쏘시개 자식."

"헨드릭. 저놈은 나에게 맡겨라. 내가 직접 뭉개주마."

"끼어들지 마라. 저건 내 먹잇감이다."

어느새 분노에 휩싸여 있는 세 남자였다.

[최상급 보물 상자]

도전권 경쟁으로 얻은 보상은 무려 유니크 장비가 들어 있는 최상급 보물 상자였다. 비록 종류가 랜덤이긴 했지만 현재 하멜에서 최상품으로 꼽히고 있는 유니크 등급이었기 때문에 기대가 되는 것은 당연했다.

"크하. 그래도 개고생한 보람이 있었네! 저 쥐새끼한테 건틀렛을 뺏겨 대체 무기가 필요하던 참인데 새로운 건틀렛이라니!"

"칫. 나는 방어구인가. 어이, 인간. 혹시 이것과 교환할 생각이 있나?"

"당연히 없지. 너 같으면 교환하겠냐. 우라질 놈아."

아까 전에 그 분노는 어디로 간 것인지 금세 휘황찬란한 장비에 눈이 돌아간 백두산. 곁에서 크로우가 녹색 건틀렛을 보며 입맛을 다시는 가운데 세 번째로 아가프가 보물 상자를 개봉했다.

"오호라. 이것은 생전 못 보던 마법서로구만. 마침 잘 됐어. 껄껄껄."

"흐음."

"헨드릭, 이제 자네밖에 남지 않았네."

호기심 깃든 세 명의 시선이 집중된다. 네 개의 보물 상자 중 마지막으로 남은 용찬의 보물 상자였다. 그 때문일까. 마치 병사를 소환할 때처럼 걱정과 불안이 동시에 찾아왔다.

'이럴 때 레버튼이 있었어야 했는데.'

여태껏 사용했던 소환권의 확률로 볼 때 자신은 운이 매우 없었다. 전보다 행운 수치가 나름 상승했다고 여기고 있었지만 항상 결과는 똑같았지 않던가.

서서히 팽팽해지는 긴장감 속에서 보물 상자로 뻗어지는 손목이 떨려왔다.

그리고.

[최상급 보물 상자가 열립니다.]

[엄청난 확률! 불의 귀인이 소장하고 있던 액자를 획득했습니다.]

양손 위로 깜깜한 밤거리를 묘사한 배경의 액자가 올려졌다.

"……."

마치 시간이 정지된 것처럼 긴 침묵이 오간다.

"풉!"

"운이 안 좋았군, 헨드릭. 크크큭."

"마법서가 나올 때부터 알아봤지만 유니크 장비뿐만 아니라 유니크에 속하는 아이템도 나오는 것 같구만."

신기하다는 듯 액자를 들여다보는 대현자와 폭소를 감추지 못 하는 두 명의 무투가. 순식간에 웃음거리가 된 용찬은 손에 액자를 쥔 채로 인상을 굳혔다.

[로헬런의 밤 거리]

[등급: 유니크]

[옵션: ?]

[설명: 오래전, 불의 귀인이 악몽의 탑에서 습득한 액자다. 로헬런의 밤 거리가 담겨진 액자엔 숨겨진 비밀이 있다. 운이 좋다면 액자에 숨겨진 옵션을 찾아낼지도?]

아이템 설명마저 아리송한 말뿐이었다. 이 무슨 극악의 확률이란 말인가. 당장 활용성이 없는 듯한 액자의 숨겨진 효과에 서늘한 살기가 몰려왔다.

"곧 도전이 시작됩니다. 모두들 준비해 주시길."

마침 아그니스가 거의 다 끝나가는 대기 시간을 알려왔다. 분노를 삭이며 액자를 인벤토리에 집어넣은 용찬은 군말 없이 마그나카르타를 양 손에 장착했다.

"선물에 대한 보답은 해야겠지."

불의 귀인에 대한 분노가 더욱 깊어지는 순간이었다.

끼이이익!

왕좌가 있던 방을 지나 기나긴 복도를 넘어가자 콜로세움으로 향하는 철문이 보였다. 도전의 시작을 알리듯 불의 표식이 새겨진 철문은 천천히 열리기 시작했고, 입구에 서 있던 네 명의 도전자들은 비장한 표정으로 입장했다.

[사원의 투기장에 입장했습니다.]
[업적을 달성했습니다.]
[보상으로 룰렛이 회전합니다.]

아직까지 단 한 명도 입장한 적이 없다던 사원의 투기장.

불의 귀인이 도전자들을 위해 직접 개설한 콜로세움은 예상보다 면적이 넓었고, 구경하는 관중들까지 생각한 것인지 따로 관중석까지 놓여 있었다.

"아주 경기장을 만들어냈구만. 도전받는 게 뭐가 그리 자랑이라고. 어차피 나한테 죽도록 얻어터질 텐데."

"큭. 웃기고 있군. 네놈은 움직일 필요도 없을 거다. 그전에 내가 먼저 처리할 테니까."

"얼씨구. 또 지랄하네. 마왕 새끼야. 내기할래? 누가 더 많이 두들겨 패는지?!"

"좋다!"

근육미가 넘치는 마왕과 인간이 쓸데없는 주제로 내기를 거는 사이 적발의 사내가 콜로세움 안으로 천천히 걸어왔다. 놈이 이번에 상대하게 될 41층의 지배자.

바로 불의 귀인 데온 렘트릿이었다.

"딱 알맞게 찾아왔군. 좋아. 그러면 시작하기 전에 분위기부터 띄워볼까?"

"주둥이 나불나불거리지 마. 확 뜯어버리기 전에."

"자자, 일단 지켜나 보라고."

가볍게 손가락을 튕기자 수천 개의 좌석들이 단숨에 채워졌다. 불의 귀인의 도전을 구경하게 될 관중들은 다름 아닌 청색 진영이 상대했던 적색 진영. 1층으로 돌아가 현 상황을 구경하고 있던 그들은 뜬금없이 낯선 장소로 이동되자 당황해했다.

"여, 여긴?"

"엇. 저기 서 있는 거 우리 단장 아니야?"

"헨드릭 프로이스와 크로우. 그리고 정체불명의 노인네까지 있네. 킬킬킬. 경쟁에서 지긴 했지만 이것도 나름 괜찮은걸?"

"으음, 마왕들이 불안하긴 하지만 그래도 청색 진영이 이긴다면 41층은 정상적으로 클리어가 되겠군."

불안과 기대가 뒤섞인 오묘한 분위기가 주위로 퍼져간다. 두 명의 권좌, 세 명의 마왕, 질풍 용병대, 클라인 길드원들까지. 마치 구경거리가 된 것 같아 불쾌한 면도 있긴 했지만 그런 사사로운 것에 신경 쓸 데가 아니었다.

청색 진영의 목표는 오직 불의 귀인을 두들겨 패는 것.

화르르륵!

마침 모든 준비가 끝난 것인지 데온이 이글거리는 손을 들어올렸다.

"자, 그러면 시작……"

퍼억!

시작을 외치기도 전에 휘청거리는 신형. 무엇이 안면을 강타했는지조차 정확히 분간이 되지 않는 상황 속에서 다시금 발이 뻗어졌다.

"이 새끼야, 이때만을 기다렸다!"

"쿨럭, 쿨럭. 이놈이?!"

"오늘 뒤지게 맞는 거다. 알겠냐?!"

"웃기지 마라!"

안면을 강타한 상대가 백두산이란 것을 알아차린 데온이 송곳처럼 생긴 불길을 사방으로 뿜어내며 반격을 시도했다. 41층의 지배자답게 살갗을 단숨에 불태우는 강력한 불의 속성력. 하지만 이런 고통쯤은 내성이 있던 백두산은 화상을 가볍게 무시한 채 제이렛 3식을 시전했다.

파파파팍!

정확히 목 부근만을 노리는 집요한 발길질.

"크아아아아!"

뼛속까지 스며드는 강렬한 물리적인 타격에 안 되겠다 싶었던 것인지 데온이 자신의 몸을 불로 변형시켰다.

"어딜 도망치려고?"

"뀨우!"

"이번에는 또 뭐…… 내, 내 불이?!"

어깨 위로 올라온 귀여운 불다람쥐가 주변의 불들을 마구 흡입하기 시작했다. 마침내 진가를 발휘한 쥬시의 흡수 능력에 용찬은 입가를 말아 올렸고 데온은 본체로 돌아온 자신의 몸 상태에 인상을 와락 구겼다.

전혀 예상치 못한 청색 진영의 기세. 처음부터 이렇게 밀릴 줄은 상상도 못 했던 데온이었다.

쏴아아아아!

쿠구구구궁!

쏟아져 내리는 비 그리고 몰아치는 해일. 레비의 레인 드롭과 아가프의 아쿠아 임팩트란 마법이 만들어낸 최상의 조합이었다.

"허허허허. 자넨 상대를 잘못 골랐어."

"이, 이게 무…… 쿠루루룩!"

"아직 시작도 안 했다, 지배자!"

잠시 잊고 있던 또 한 명의 무투가가 주먹을 내지른다. 괴력의 권능과 기력을 통해 강화된 불패의 마왕. 거기에 아가프가 걸어준 버프 마법까지 더해지자 강렬한 회전력 속에서 주먹이 데온의 안면을 강타했다.

퍼억!

한 번.

퍼어억!

두 번.

콰직!

또다시 백두산의 제이렛 기술로 이어지는 구타 속에서 불의 귀인은 사경을 헤맸다.

'이, 이놈들! 어떻게 이런 힘을?!'

너무도 상대를 얕잡아 봤다. 세 명의 마왕과 한 명의 인간. 수천 명인 적색 진영과 비교될 정도로 적은 숫자에 밸런스에 의문을 품기도 했었지만 이 정도일 줄은 몰랐다. 게다가 청색 진영은 본 실력을 발휘하지 않은 채로 온갖 방을 거쳐가며 적색 진영을 이겼지 않은가.

'내가 너무도 오만했다!'

뒤늦게 그 사실을 깨달은 데온은 전과 다른 마음가짐으로 본래의 힘을 발휘했다.

[불의 귀인이 실체화를 시전합니다. 불의 정령 아그니스가 공명합니다. 불의 화신 데그닐이 현신합니다.]

작열하는 불길들을 품은 채 경기장을 내려다보는 커다란 해골 거인. 마침내 실체를 드러낸 불의 화신의 모습에 관중석에 앉아 있던 권좌 두 명이 자리에서 벌떡 일어났다.

[불의 화신 데그닐]
[등급: ?]
[상태: 발화]

"등급이 물음표? 서, 설마 저 녀석. 측정 불능의 보스 몬스터인거야?"

"크, 큰일이오."

등급이 측정 불능이란 것은 현 권좌들의 수준으로는 감히 대적할 수 없는 상대란 뜻이었다. 때문에 이렇게 A급의 사토무와 진성까지 호들갑을 떠는 것이었지만 청색 진영은 아니었다.

오히려 기다리고 있었다는 듯 입가를 말아 올리는 백두산과 크로우였고, 미리 쥬시를 소환해 두고 있던 용찬이 조소를 흘리며 놈을 올려다봤다.

"불의 화신 데그닐. 이게 네놈의 실체로군."

-이제부터 본격적으로 상대해 주마.

"겨우 덩치만 커진 수준이라니. 뭐, 기대한 내가 바보겠지."

-노오오옴!

십자 형태의 검날이 대지를 강타한다. 쏟아지는 비와 몰아치는 해일을 산화시키며 엄청난 온도로 발화하는 불길. 무턱대고 거리를 줄이던 두 명의 무투가를 단숨에 날려 버릴 정도로 강력한 위력이었지만 이런 패턴 또한 예상하고 있던 바였다.

"아, 뜨거! 미친. 겁나 세지긴 했네. 이 새끼!"

"비켜."

"뭐야. 이번에는 불나방 작전이냐?"

"뒤에서 지켜보고나 있어라."

창백한 하늘의 먹구름을 뚫고 세 마리의 불사조가 날아든다.

[불의 정령 쥬시가 불사조를 소환했습니다.]

[데그닐의 염화에 체력을 회복합니다.]

[데그닐의 염화에 능력치가 증가합니다.]

"구루루룩!"

A급 정령으로 거듭나면서 새로이 터득한 불사조 소환 스킬. 불을 먹고 산다는 전설의 영물인 불사조는 불을 흡수하면 흡수할수록 체력을 회복했고 동시에 능력치까지 증가됐다.

-비켜라. 하찮은 피조물들이!

"꾸루루룩!"

-크악. 이, 이놈들이!

불사조의 날카로운 부리가 파고들자 단단한 백골에 금이 가기 시작했다. 이리저리 커다란 팔을 휘두르며 내쫓아보려 해도 집요하게 달라붙는 불사조들의 공격. 그런 빈틈을 놓칠 리가 없던 용찬은 빠르게 마그나카르타에 쥬시를 인챈트하며 땅을 박찼다.

[버닝 히터가 시전 됩니다. 전투가 시작된 이후부터 누적된 피해량만큼 위력이 증가합니다.]

[전투가 시작된 이후부터 불사조가 입은 피해량만큼 위력이 증가합니다.]

[전투가 시작된 이후부터 파티원들이 입은 피해량만큼 위력이 증가합니다.]

갈수록 붉게 물들어가는 건틀렛. 총 세 번에 걸쳐 위력이 증가된 버닝 히터는 적색 마법진을 그려내며 허공으로 궤적을 그었다. 그리고 팔을 강하게 뒤로 젖히자 금방 불의 속성력이 모여들었다.

"재로 돌아가라. 지배자."

벡터가 충격파를 방출하자 신형이 튕기듯 앞으로 쏘아진다.

카앙!

마치 커다란 망치로 바위를 때리듯 경쾌한 타격음이 울려 퍼졌고, 콜로세움의 두 배는 될 법한 덩치의 데온이 마침내 균형을 잃고 뒤로 넘어가기 시작했다.

-크어어억. 이 자식들……

"아직 안 끝났어. 잿더미 새끼야."

악귀 같은 눈빛으로 이 때만을 기다려오던 백두산이 보폭을 넓힌다. 새로 얻은 건틀렛에서 뿜어져 나오는 대지의 기운. 이번에 얻은 건틀렛에 대지의 속성력이 부여되어 있던 것인지 붉게 물들어 있던 기력이 금방 녹색으로 변해갔다.

그리고.

[플레이어 백두산이 헥토파스칼 킥을 시전합니다.]

[기력의 절반을 소모해 강력한 일격을 선사합니다. 대지의 속성력이 부여되어 물리 피해력이 대폭 상승합니다.]

쩌저적 금이 가고 있던 백골을 완전히 깨부수며 데온의 신형을 관통했다.

덥석!

"홍! 이젠 내 차례로군."

오직 괴력의 권능 하나만으로 서열 3위까지 올라갔던 불패의 마왕이 놈의 다리를 붙잡았다. 터져 나갈 정도로 부풀어

오르는 온몸의 근육들. 순식간에 데온의 커다란 신형을 들어 올린 그는 놈을 좌우로 내팽개치며 반격할 틈조차 주지 않았다.

쿠구구구궁!

마지막은 대현자의 차례였던 것일까. 싸늘한 살기를 품은 검은 두 눈동자가 경기장을 꿰뚫자 강대한 마력이 심해의 괴물을 불러들였다.

"끌끌끌끌. 심해어에겐 아주 탐스러운 먹잇감이구나."

콜로세움 전체를 집어삼킨 해일 사이로 커다란 아귀가 눈을 번쩍인다. 쩍 벌어진 입안으로 드러나는 날카로운 송곳니.

콰직!

-끄아아아아!

경기장 전체를 집어삼킬 기세로 다리를 물어뜯자 단단한 백골이 단숨에 산산조각 났다.

쿵!

사지 하나가 완전히 파괴된 채로 쓰러지고만 불의 화신. 하지만 아직도 분노가 풀리지 않은 네 명의 팀원은 이글거리는 두 눈으로 다시금 달려들었다.

그리고.

"야, 밟아. 조져 버려!"

"오만방자한 놈! 아예 뼈들을 전부 산산조각 내주마."

"끌끌끌. 마치 해부학을 복습하는 느낌이로구만."

"액자는 잘 받았다, 데온 렘트릿."

-끄어어어억!

불의 화신이 생전 겪어보지 못한 구타가 이어졌다.

◀ 80장 ▶
로헬런

[불의 사원이 클리어됐습니다.]

[불의 귀인이 재로 돌아갑니다.]

[보상이 지급됩니다.]

　도전자를 받아들이던 콜로세움은 무너지고 오만하던 불의 귀인은 재가 되어 휘날린다. 직접 왕을 처치한 네 명의 도전자는 파괴되어 가는 불의 사원 속에서 데온의 마지막 유언을 들을 수 있었다.

　-이토록 허무하게 소멸하게 될 줄이야. 아아, 다시 한번 로헬런의 밤거리를 볼 수 있다면⋯⋯.

　액자에 그려진 그림을 말하는 것일까.

전혀 이해할 수 없는 유언이 귓가로 맴돌면서 불의 귀인의 영혼은 완전히 소멸당했다. 그리고 살아남은 자들이 동시에 필드로 이동되면서 상황은 다시금 급변했다.

"저, 저것 봐. 42층으로 통하는 게이트가 열렸어!"

"우리 손으로 해낸 것은 아니지만 그래도 목표는 달성했어. 이제 진영으도 돌아가기만 하면 돼!"

"하지만 아직 마왕들이……."

그랬다. 불의 사원 퀘스트를 진행하면서 잠시 동안 동료가 되었던 마왕들이었지만 결국 그들은 적이었다. 때문에 공략대는 활짝 열린 게이트를 보면서도 섣불리 움직이지 못했다.

'원래 우리들의 목표는 플레이어 토벌이었으니까. 이렇게 되는 게 당연하겠지.'

슬슬 청색 진영의 팀원이었던 백두산도 거리를 벌리기 시작했다.

"시부럴 놈들아. 퀘스트는 퀘스트고……."

"알고 있네. 끌끌끌. 본래 목적을 잊어선 안 되는 법이지. 그래도 퀘스트를 진행하는 동안 즐거웠다네."

"영감탱이 주제에 실없는 소리 하긴."

비록 짧은 시간이지만 여섯 개의 방을 클리어하며 합을 맞추었던 동료였다. 그런 기억에 쓴 웃음을 흘리던 백두산이 질풍 용병대의 단장으로서 단원들과 다시 합류했다.

마침 픽스, 실비아, 존투스도 제자리를 찾아 마왕들과 합류한 상황. 다시 원점으로 되돌아온 상황에 하나둘씩 다른 마왕들도 자신들의 병사를 소환하기 시작했고, 얼마 되지 않아 수천의 군단이 게이트를 막아섰다.

"게이트는 물론 놈들이 귀환하지 못하게 포위해라."

"좋아. 좋아. 이제야 제대로 된 전쟁을 즐길 수 있겠구만."

"크로우. 네가 백두산을 맡아라."

"안 그래도 저놈과 아직 못다 한 승부가 있었는데 잘됐군."

굳이 급하게 갈 필요는 없었다. 이미 놈들은 불의 귀인과의 전투를 관전하며 사기가 팍 줄어든 상태였고, 두 명의 권좌들도 승산이 없단 것을 깨닫고 유일한 희망인 질풍 용병대에게 의지하고 있었다.

'백두산을 크로우에게 맡겨두고 그 사이에 나머지 부단장들을 정리하면 되겠어.'

큰 골칫거리만 먼저 제거한다면 나머지는 손쉬울 것이다. 그렇게 판단한 용찬은 마그나카르타의 흑염을 이끌어내며 전투를 준비했다.

하지만 그것도 잠시.

[로헬런의 밤거리가 발동됩니다.]

[로헬런으로 이동합니다.]

인벤토리에 넣어두었던 액자가 바깥으로 튀어나오며 환한 빛이 뿜어져 나왔다.

"이건?!"

"어, 어이. 헨드릭?!"

"이 틈이다. 도주해!"

점멸하는 시야, 급히 도주하는 플레이어들, 당황해하는 주변 마왕들까지. 전혀 이해되지 않는 상황들 속에서 용찬의 신형이 액자로 빨려 들어갔다.

그리고.

[청색 진영 팀원 중 한 명이 여행객으로 선택됩니다.]

[플레이어 백두산.]

하늘 위로 떠오른 별 문양이 전생의 두 번째 라이벌을 가리켰다.

'우리들의 도시 로헬런을 놈에게 넘겨줄 수 없어!'

'어떻게든 막아. 로헬런을 우리들의 손으로…….'

'안 돼. 도저히 막을 수가 없어. 불의 군대가 벌써 외곽까지 쳐들어 왔다고!'

수많은 목소리가 스쳐 지나가듯 귓가를 맴돈다. 절망, 공포, 두려움. 유일한 희망마저 사라진 도시엔 불길만이 가득했다. 그리고 가늘게 떠진 두 눈 사이로 포효하는 지배자가 보였다.

'이제 이 땅은 나의 것이다. 너희들은 영원히 이곳에 갇혀 나를 위해 일해야만 할 것이다!'

불의 귀인. 그가 남긴 마지막 말을 끝으로 회상은 막을 내렸다.

뚝! 뚝!

현실로 돌아오자마자 들려오는 것은 으슥한 뒷골목으로 떨어지는 물방울 소리였다.

'……여긴?'

정신을 차린 용찬은 천천히 몸을 일으켰다. 분명 자신은 마왕들과 함께 남아 있던 공략대를 포위하고 있었다. 한데, 어찌 된 것인지 지금은 생전 기억에도 없던 도시의 뒷골목으로 이동된 상태였다.

'설마 그 액자가 날 여기로 이동시킨 건가?'

불현듯 인벤토리에서 튀어나와 신형을 집어삼킨 정체불명의 액자. 로헬런의 밤거리란 이름의 아이템이기도 했던 그 액자가 떠오르자 금방 상황이 이해되어 가기 시작했다.

[로헬런의 밤거리에 오신 것을 환영 합니다. 당신은 이제부터 로헬런의 여행객이 되어 이곳을 돌아다니게 될 것입니다.]

[모든 장비, 스킬, 능력, 능력치가 봉인됩니다.]

즉, 액자의 소유자였던 용찬이 액자의 그림 속으로 들어와 버렸단 것. 마침 그 생각이 맞아떨어진 것인지 불길한 소식이 전해 들려왔다. 장비, 아이템, 시스템 능력 등 빠진 것 하나 없이 모조리 봉인된 상황. 뒤늦게 느껴지는 무력감에 절로 인상이 구겨졌다.

'빌어먹을 하필 이런 타이밍에…… 하아, 어쩔 수 없지. 일단 움직여야 되나?'

눈앞에서 놓쳐 버린 공략대가 끝내 걸려왔지만 지금은 의문의 퀘스트가 먼저였다.

[현재 위치-로헬런의 야빈 거리 뒷골목.]

다행히 지도 기능은 활성화되어 있던 것인지 현재 위치가 미니맵 상으로 표시됐다. 아직 제대로 된 퀘스트의 목표가 주어지지 않은 상태였기에 용찬은 가장 먼저 뒷골목을 벗어나 야빈 거리 전체를 살펴보기 시작했다.

"아무도 없는 건가?"

끝없는 침묵 속에서 휘날리는 먼지들. 인기척 하나 없이 텅 텅 비어 있는 거리와 굳게 닫힌 상점 및 주택들은 한 눈으로만 봐도 수상했다.

쿠웅!

그렇게 주위를 두리번거리던 찰나 용찬이 빠져나왔던 뒷골 목으로 무언가가 떨어졌다. 혹여 도시의 주민이 아닐까 싶어 급히 제자리로 돌아간 용찬이었지만 기다리고 있던 것은 도시 의 주민이 아닌 익숙한 사내 한 명이었다.

"시부럴. 여긴 또 어디여."

"백두산?"

"전기 쥐새끼?!"

두 눈이 마주치자마자 팽팽한 신경전이 벌어졌다.

마그나카르타가 용찬의 손에 들어온 이후 수준 차이가 상 당히 벌어진 둘이었지만 모든 능력이 봉인된 지금은 달랐다.

'이놈이 어떻게 여기에 있는 거지?'

'설마 이 새끼. 나를 처리하려고 여기까지 끌고 온 건가?!'

교차하는 시선 속에서 점차 거리가 좁아진다. 묘한 침묵이 흐르는 가운데 움찔거리는 팔과 다리. 가장 먼저 백두산이 눈 을 빛내며 하단으로 파고들자 자연스레 몸이 반응했다.

그리고 이어지는 반격.

지지직!

하지만 안타깝게도 서로의 공격은 먹혀들지 않았다.

[동일한 여행객끼리 전투는 불가능합니다!]

'동일한 여행객이라고?'

아무래도 퀘스트에 휘말린 것은 자신뿐만이 아닌 듯했다.

그것을 알아차린 용찬은 인상을 구기며 뒤로 물러섰고, 마침 백두산도 메시지를 확인한 것인지 자세를 풀었다.

"어이, 전기 쥐새끼. 대체 이게 어떻게 된 거냐. 여행객은 또 뭐고?"

"나도 잘 모른다. 그저 알고 있는 것은 우리 둘 다 액자에 빨려들었다는 것뿐."

"액자라면 설마 그때 보상으로 받은……."

"아마 그럴 거다."

여행객이 무엇인지 정확히 밝혀진 것은 없었지만 서로가 지금 동료란 것은 깊게 생각하지 않아도 금방 알 수 있었다. 그 때문일까. 불의 사원에 이어 또다시 동료가 됐단 사실에 황당함이 아렸다.

"하아, 시부럴. 미치겠네. 네놈이랑 전생에 내가 무슨 악연을 지었는지. 거 참."

"……."

한숨을 푹 내쉬며 자리에 주저앉는 모습에 입이 꾹 다물어졌다.

'악연이긴 했지.'

아마 놈은 평생 그 사실을 모르고 살 것이다.

그렇게 둘은 어처구니없는 상황에 당황해하면서도 이곳을 빠져나가기 위해 다시금 손을 잡았다.

"이곳은 로헬런이란 도시인 것 같더군. 네놈이 오기 전에 간단히 거리를 살펴봤지만 인기척은커녕 쥐새끼 한 마리 지나가는 것도 느끼지 못했어."

"로헬런?"

"그래. 아무래도 불의 귀인이 예전에 침략했던 도시인 것 같더군. 이곳에 떨어질 때 놈이 도시를 침공하던 기억을 잠깐 회상했었다."

"우라질. 장작 새끼가 벌인 일의 뒤처리까지 우리한테 시키는 건가. 아, 몰라. 시부럴. 일단 더 움직이고 보자고."

"그러는 게 낫겠……. 음?"

해가 저물어 가던 도시의 뒷골목으로 또 하나의 그림자가 떠오른다. 갑자기 느껴지는 인기척에 용찬과 백두산은 다급히 자세를 잡았고, 정면으로 보이는 실루엣을 살벌하게 노려보며 좌우로 거리를 벌렸다.

"네놈은 누구지?"

"여, 여행객분들이신가요?"

가녀린 목소리와 동시에 드러나는 쫑긋한 두 귀. 보통 인간의 절반은 되어 보이는 체형의 어린애가 몸을 부들부들 떨며 물어오자 주변을 감싸고 있던 긴장감이 풀렸다.

[묘족 나레]

[등급: D]

[상태: 불안, 초조, 의심.]

'묘족?'

수인족의 일부로 포함되고 있는 묘족. 반은 인간, 반은 고양이로 알려진 그들은 마계에서도 흔하지 않은 수인 중 하나였고, 나레란 이름의 묘족은 금방 대답이 들려오지 않자 울먹거리기까지 하며 뒷걸음질 쳤다.

"아, 아닌가요?"

"일단 여행객은 맞는 것 같은데……."

"진짜요?"

"음. 뭐, 그럴 거다."

"여, 역시 여행객분들이 맞으셨군요!"

흑발을 찰랑거리며 쪼르르 달려온 나레가 백두산의 손을

맞잡은 채 눈을 반짝거렸다.

"뭐, 뭐여?!"

"기다리고 있었어요. 구원자분들이 오시기를!"

"……잠깐. 구원자란 것은 또 뭐고. 어떻게 우리의 정체를 알고 있는 거지?"

"전 묘족의 일원인 나레라고 해요. 오늘 묘신이신 파햐스 님께 계시를 받아 이렇게 야빈 거리까지 한달음에 달려온 거예요."

"계시?"

"네! 부디 저희 일족을 구해주세요!"

묘신 파햐스는 누구고 계시는 또 무엇이란 말인가. 도통 이 해되지 않는 나레의 설명에 용찬과 백두산은 동시에 서로를 쳐다봤다.

[목표가 갱신됩니다.]
[1. 안내자인 나레를 따라서 은신처로 향하십시오.]
[은신처 도착 0/1]

마침내 떠오른 목표창에 두 눈이 깜빡거린다.

'설마 데온 렘트렛에게 침공당한 묘족을 구하는 퀘스트인 건가?'

로헬런에 있던 묘족들을 자신의 노예로 만들고 도시의 입구를 액자에 봉인해 두었던 불의 귀인. 만약 아직까지 묘족들이 살아 있다면 나레의 부탁도 어느 정도 이해가 됐다.

"이거 보아하니 여행객인 우리가……."

"묘족을 구해내는 퀘스트인 것 같군."

"자자, 얼른 절 따라와요. 은신처로 안내해 드릴게요!"

제자리를 총총 뛰어다니며 재촉하는 나레의 모습에 백두산이 머리를 긁적거렸다. 그리고 어쩔 수 없다는 듯 나레를 따라서 먼저 뒷골목을 빠져나갔고, 홀로 남아 있던 용찬이 품속에 있던 무언가를 꺼내 들었다.

'이제 겨우 두 번째 지배자의 표식을 얻었는데 이런 식으로 또다시 시간이 끌릴 줄이야. 귀환이나 이동 마법은 불가능한 것 같고. 역시 정상적으로 퀘스트를 진행할 수밖에 없나.'

시스템마저 봉인된 상태에서 선택권 따위 존재하지 않았다. 인벤토리에 있는 고대신의 제단을 꺼내기 위해선 어떻게든 로헬런부터 빠져나가야 할 터.

"어, 어서 따라오세요. 여행객님!"

"어이, 전기 쥐새끼. 안 오고 뭐 하냐."

뒤늦게 두 명의 목소리가 정신을 깨우자 용찬도 둘을 따라서 천천히 뒷골목을 빠져나갔다.

"그나저나 두 분은 친구 관계이신가요?"

"친구는 무슨. 얼어 죽을!"

"저런 놈과 엮지 마라. 괜히 기분만 불쾌해지는군."

운명의 장난처럼 두 명의 악연이 다시금 이어지고 있었다.

"여, 여기가 제 은신처예요. 좀 비좁긴 하지만 그래도 아늑하고 좋아요!"

나레가 말한 은신처는 생각보다 가까웠다. 야빈 거리에서 좀 떨어진 빈집 중 하나를 골라서 묵고 있는 듯했는데, 다른 묘족은 없는 것인지 쥐 죽은 듯 조용했다.

'유일한 생존자…… 는 아닌 것 같고 홀로 빠져나와 숨어 사는 건가?'

깔끔히 정돈된 방 안을 보아하니 혼자서 오랫동안 은신처를 관리해 온 듯했다.

"아, 잠시만 기다려 주세요. 차를 타올 테니까 두 분 다 편안히 계세요."

"끄응. 편안히 있으라고 해도."

"이미 두 다리 쫙 펴고 있는 놈이 할 말은 아닌 것 같은데?"

벌써 자기 집마냥 반쯤 누워 있는 백두산이었다.

그런 태평스러운 자세에 고개를 절레절레 거리던 용찬이 반쯤 희망을 담아 수정 통신구를 가동 시켜 봤지만 안타깝게도 통신마저 먹통이었다. 그렇게 나레가 타온 차를 홀짝거리며 어색한 시간을 보냈을까.

"저, 저기 아까 전에 말씀드린 부탁에 대해서 말인데요."

마침내 첫 번째 목표가 클리어 되며 본론으로 들어서게 됐다.

"그래. 어디 들어나 보자. 갑자기 일족을 구해달라니?"

"네, 사실 저희 묘족들은 로헬런을 중심으로 터를 잡아 평화롭게 살고 있었어요. 그러던 중……."

"야, 야. 세 줄 요약해. 세 줄 요약!"

"히이이익! 자, 잘못했어요."

험상궂은 사내의 얼굴을 마주한 탓인지 나레가 잔뜩 겁을 먹은 채 몸을 웅크렸다.

양 손으로 얼굴을 가리며 몸을 부들부들 떠는 모습에 되려 난처해진 것은 백두산이었고, 할 수 없이 그를 대신해 용찬이 마저 설명을 듣기 시작했다.

묘족들의 도시이던 로헬런. 그리고 로헬런의 밤거리를 보물처럼 여기고 있던 지배자의 습격.

불의 귀인이던 데온이 묘족들을 노예로 만들고 도시 자체를 액자에 봉인시키면서 이런 상황이 도래한 듯했다.

[목표가 갱신 됩니다.]

[2. 불의 집행자 데룸이 관리하는 벤 거리로 향하십시오.]

[벤 거리 도착 0/1]

"훌쩍. 베, 벤 거리에 수십 명의 일족이 갇혀 있어요. 가장 먼저 그들을 구해주세요. 부탁드릴게요."

현재 로헬런을 관리하고 있는 지배자의 수하는 총 네 명이었다. 지금 나레가 언급한 벤 거리의 데룸이 그 수하 중 하나였고, 퀘스트에 표시된 벤 거리는 동쪽에 위치해 있었다.

"동서남북. 아주 골고루 위치해 있구만. 아무튼 그 녀석들을 때려 눕히고 일족을 구출하면 된다는 거지?"

"네, 네에!"

"아니, 그렇게 겁 안 먹어도 되는데……. 쩝. 아니다."

눈조차 못 마주치는 나레의 모습에 백두산이 머리를 긁적거렸다. 아무래도 벌써 그를 무섭게 여기고 있는 듯했다.

결국 나레는 용찬의 품에 안겨 몸을 오들오들 떠는 모양새가 됐고, 할 수 없이 둘은 그 상태 그대로 은신처를 빠져나와 벤 거리로 향하게 됐다.

"그나저나 능력이 봉인 상태로 어떻게 수하 놈과 싸우란 거여. 장비도 모조리 봉인되어서 이렇게 넝마 같은 기본 복장만 갖추고 있는데."

"그, 그건 걱정하지 마세요. 벤 거리에 저희 일족이 만들어둔 무기고가 있어요. 비록 집행자의 수하들이 감시하고 있는 곳이긴 하지만 제가 비밀 통로를 알고 있으니 거기로 안내해 드릴게요."

"무기도 무기지만 능력치나 스킬들이……."

드르륵!

긴 거리를 지나 골목을 돌자 쇠가 바닥에 갈리는 듯한 소음이 들려왔다. 마치 주변을 정찰하듯 곳곳을 돌아다니고 있는 적색 갑주의 기사들. 한 명도 빠짐없이 묵직한 철퇴를 손에 들고 있는 가운데 놈들의 온몸이 화르륵 타오르기 시작했다.

"데룸의 수하들이에요. 얼른 몸을 숨기세요!"

"그렇게 말해봤자 이미 늦은 것 같은데."

근처에 몸을 숨길 엄폐물 따위 존재하지 않았다.

"침. 입. 자."

"……시부럴. 엿 됐네."

"달려."

적색 안광과 눈이 마주치는 순간 할 일은 이미 정해져 있었다.

쿵! 쿵! 쿵!

갑주를 착용한 기사답지 않게 빠른 속도로 쫓아오는 수하들. 자연스럽게 등을 돌리며 도망가기 시작한 두 명의 여행객까지.

"침입자아아아아!"

"시부럴. 연놈 새끼들아. 네놈들 얼굴 죄다 기억해뒀다! 나중에 보자!"

"하나같이 똑같은 외형인데 잘도 기억하겠군. 잔말 말고 달리기나 해라."

"으어어엉. 어, 어지러워요."

그렇게 쫓고 쫓기는 추격전 속에서 본격적으로 퀘스트가 시작되고 있었다.

🜨

[벤 거리의 무기고를 발견했습니다!]
[3. 불의 수하들에게 대항할 무기를 선택하십시오.]
[무기 습득 0/1]

길고긴 추격전 끝에 도착한 곳은 나레가 언급한 무기고였다. 마치 공장처럼 지어진 건물은 몸을 숨기기 가장 적합한 장소였고, 품에 안겨 있던 나레가 비밀 통로를 알려주자 금방 병장기들이 가득한 내부로 들어서게 됐다.

"하아, 시벌. 연초를 끊어야지 원."

"여기가 무기고?"

숨을 헐떡이는 백두산과 바닥의 장병기들을 내려다보는 용찬. 무투가의 본능대로 자연스레 건틀렛과 너클을 찾는 둘이었지만 안타깝게도 당장 보이는 것은 검, 활, 창, 방패뿐이었다.

"어이, 전기 쥐새끼."

"헨드릭 프로이스다."

"아, 이름이야 됐고. 너 다른 무기 쓸 줄 아냐?"

"당연한 것을 묻는군."

전생까지 합치면 무려 13여 년간 무투가로 활동해 왔었다. 튜토리얼 미션 때를 제외하면 단 한 번도 다른 무기는 써본 적이 없는 용찬이었다. 그리고 그것은 백두산도 마찬가지였고, 둘은 동시에 깊은 고민에 빠져들었다.

"그래. 역시 네놈이 활을 드는 게."

"나한테 진 놈이 말이 많군. 네가 활을 들어라. 차라리 내가 검을 들고 전방을 맡도록 하마."

"웃기지도 않는 소리. 그땐……."

다소 격해지는 분위기에 순진무구한 나례의 두 눈동자가 이리저리 굴러간다. 두 남자의 자존심을 건 싸움 속에서 나례는 그저 숨죽이고 그 광경을 지켜만 봐야 했다.

그렇게 쓸데없이 시간만 낭비하고 있었을까.

쿠웅!

불현듯 정문이 아작 나며 안으로 여섯 마리의 수하들이 들이닥쳤다.

"데룸의 수하들이에요!"

"젠장. 고민할 시간조차 안 주는구만."

"어쩔 수 없지. 일단 되는 대로 아무거나 집어 들어."

금방 손에 잡히는 것은 묵직한 철검. 익숙지 않은 장병기에 서투르게나마 자세를 잡긴 했지만 능력치가 봉인된 탓인지 검을 휘두르는 것조차 쉽지 않았다.

'일반인들이 가장 쉽게 착각하는 게 있는데 그게 바로 장병기들 중 다루기 쉬운 게 검이라고 생각한다는 거야. 정말 말도 안 되는 소리지. 이렇게 초보자도 쉽고 간편히 다룰 수 있는 창이 있는데 말야.'

누군가의 목소리가 뇌리를 스쳐 지나간다.

'급하더라도 차라리 창을 찾아 들 걸 그랬나?'

물론 다른 장병기에 대해 거의 정보가 없어 무엇이 정답인지는 알지 못했다. 그저 손에 쥐여진 대로 급하게 검을 휘두를 뿐.

까앙!

"크윽."

하지만 역시나 검에 익숙지 않은 탓인지 겨우 한 차례 철퇴를 막아냈음에도 불구하고 신형이 뒤로 밀려났다.

"전기 쥐새끼. 저리 비켜!"

"방패?!"

"지미럴. 아무거나 집어 들었는데 이거더라."

교차하는 시선 속에서 충돌하는 타원형 방패. 검을 집어 든 용찬과 반대로 백두산은 자신과 전혀 맞지 않은 방패를 집어 든 모양이었다. 그렇게 백두산이 막무가내로 수하들의 공격을 막아내자 용찬도 따라서 합을 맞추기 시작했다.

일명 스위칭 전술.

"크르륵?!"

한 놈이 치고 들어오면 방패로 공격을 막아내고 그 빈틈을 이용해 나머지 한 명이 허를 찌르는 방식의 전술이었다.

"답답해 미치겠네. 야, 그냥 방패로 저 새끼들 후려치면 안 되냐?!"

"차라리 방패를 반으로 쪼개서 발에 달고 싸우지 그래?"

"어, 그거 좋은데?"

"……."

물론 실제로 방패가 반으로 쪼개지는 상황은 벌어지지 않았지만 그의 무식함에 절로 입이 다물어졌다.

[데룸의 수하 기사]

[등급: F]

[상태: ?]

'그나마 등급이 낮아서 다행이야. 이대로라면 여기에 들이닥

친 놈들은 어떻게든 처리할 수 있겠어.'

마침 또 한 마리의 수하가 바닥으로 고꾸라졌다. 비록 엉성한 검술과 방패술이긴 했지만 나름 합을 맞춰가자 다수와의 교전도 수월하게 대응해 나가고 있었다.

하지만 그런 희망도 잠시.

쩌저저적!

멀쩡하던 무기고의 지붕이 뜯겨져 나가며 불타오르는 짐승의 얼굴이 드러났다.

"크르르르. 여기 숨어 있었군. 침입자 놈들."

"······망했군."

불의 집행자 데룸. 예상치 못한 놈의 등장에 두 여행객의 안색이 굳어져 갔다.

그 시각, 두 명이 사라진 악몽의 탑 41층.

"끄으으윽. 마족 놈들. 죽어서도 잊지 않겠어. 영원히 네놈들을 저주······."

파각!

피눈물을 흘리며 저주를 퍼붓던 간부의 머리가 터져 나간다. 이로써 도주하던 공략대는 한 명도 빠짐없이 전멸한 상태였다. 가볍게 손에 묻은 피를 털어낸 크로우가 콧김을 거세게 불며 고개를 돌렸다.

"아가프. 네놈 정말 뭐 하는 놈이냐."

"허허허. 무엇을 말하는 겐가?"

"이놈들. 전부 네놈의 작품이지 않나. 권좌 두 명을 동시에 처리하는 실력하며. 전혀 지친 기색하나 없이 서 있는 여유로운 태도까지. 어떻게 그런 실력을 가지고도 여태껏 알려진 게 하나 없는 거지? 정말 내 눈을 의심하게 만드는군."

전대 서열전 이후로 한동안 종적을 감추고 있던 대현자였다. 게다가 매번 상위 서열권의 마왕이 선전포고를 할 때마다 마왕성의 병사들만 대신해서 서열전에 내보냈지 않던가. 그 때문인지 불의 귀인을 상대할 때도 느끼지 못했던 강대한 마력에 지금도 주먹이 떨려오고 있었다.

'여태껏 홍염의 패자가 마계의 최강이라고 생각했는데. 지금 보니까 그것도 아닌 것 같군. 저놈은…….'

A급을 뛰어넘는 괴물 중의 괴물. 그 정도로 서열 1위 아가프는 강했다. 아니, 강하다 못해 한계가 보이지 않을 정도였다.

"괜한 칭찬은 그만두게. 그래도 몇 놈은 놓치지 않았나."

"질풍 용병대? 그놈들은 어쩔 수 없었어. 애초에 공략대와 따로 움직이던 놈들이었으니까."

"뭐, 놈들도 공략대에게 의뢰를 받아 용병으로 참여한 듯 보이니 일단 마계 위원회의 임무는 성공했다고 봐도 되겠구먼. 오히려 문제는 사라진 헨드릭 프로이스겠지."

공략대를 전멸시키려던 찰나 액자에 빨려 들어가고 만 총책임자. 그 액자가 불의 귀인에게서 받은 보상이란 것을 알고 있던 크로우와 아가프가 동시에 주변을 둘러봤다.

"……그렇게 간단히 돌아올 것 같진 않은데 말이지."

"허어. 그러고 보면 그 백두산이란 젊은이도 함께 액자에 빨려 들어가지 않았던가."

"그랬었지."

"허허허. 이동된 곳에서도 어떻게 둘이 만나겠구만."

"그 무투가 자식. 인정하긴 싫지만 발 기술 하나만큼은 굉장했다고. 물론 헨드릭에겐 통하지 않겠지만."

불패의 마왕조차 인정하는 질풍 용병단장의 실력이었지만, 그동안 봐왔던 헨드릭의 무력이라면 서로 충돌한다고 해도 그리 호락호락하게 당하진 않을 것이다.

그렇게 판단한 둘은 일단 보고를 위해 마계 위원회로 돌아가기로 결정했다.

"어허허형. 드디어 돌아가는구나!"

"존투스였던가. 그래도 용케 살아남았네?"

"칫. 한 것도 없는 녀석이 저렇게 기뻐하다니. 어이가 없군."

살아남았단 사실에 안도하는 존투스와 그런 그를 한심하게 쳐다보는 실비아와 픽스까지. 한 명도 빠짐없이 전멸한 공략대와 달리 그들을 토벌하기 위해 모인 마왕들은 보다시피 전원 생존한 상태였고, 미리 용찬이 사라진 위치의 좌표를 파악한 뒤 서둘러 마계로 돌아가려 했다.

그 순간, 마왕들이 소지하고 있던 통신 수정구가 동시에 반짝거렸다.

"웅? 무슨 일이지. 갑자기 통신이 오고."

"마계 위원회인 것 같은데?"

"흐음. 우선 내가 대표로 받아보겠네."

무언가 짚이는 게 있던 것일까. 아가프가 의미심장한 표정으로 통신을 받아들였다.

그리고.

"허어. 그 천하의 로이스가 절명했다고?"

마계 전체를 놀래킬 정도로 충격적인 소식을 전해왔다.

툭!

운명을 속박하던 방울이 떨어진다. 손에 쥐어져 있는 것은 혈흔이 가득한 쇠사슬. 이것으로 수십 년간의 고통은 끝을 맺었다. 남은 것은 놈이 차지하고 있던 자리를 되찾아 모든 것을 되돌리는 것뿐.

그러기 위해선 먼저 프로이스 가문과의 관계를 회복할 필요가 있었다.

'그나저나 흑마법의 일종이라고 했던가. 녀석과 거래하길 잘 한 것 같군.'

구속의 방울을 처리해 주는 대가로 제시했던 가문의 협력. 비록 득보다 실이 많은 거래였지만 샤들리 가문의 미래를 위해선 헨드릭의 의견을 우선적으로 따라야 했다.

때문에 로저스는 생각했다. 그리고 결론을 내렸다.

"벨리스를 불러와라."

"아, 알겠습니다."

가주와 원로들을 살해하고 저택을 점거한 후로 가문의 일원들은 하나같이 로저스의 지시를 따르고 있었다. 물론 일방적인 학살 때문인지 하녀들 대부분이 두려움에 삼켜져 있었지만 그런 사사로운 감정 따윈 차차 회복해 가면 될 일이었다.

그렇게 피로 물든 옥좌에 앉아 잠시 동안 기다렸을까.

얼마 되지 않아 저택의 최상층으로 푸른 머릿결의 청년이 올라왔다.

"기어코 가주의 자리를 물려받으셨군요. 로저스 도련님. 그게 무슨 의미인지는 알고 계신 것입니까?"

"알고 있다. 마왕의 자리를 포기하고 가문을 책임진다는 뜻이지."

"……이미 각오를 다지고 계셨었군요. 그래서 지하 감옥에 수감되어 있던 절 이렇게 다시 부르신 이유가 무엇입니까?"

"가문의 집무 및 내실을 책임지고 있던 네가 다시 필요해서 불렀다."

"무슨?"

절망 가득하던 두 눈동자가 파르르 떨려온다. 당최 말의 뜻을 이해하지 못한 신하는 그저 멍하니 새로운 주인을 올려다볼 뿐이었다.

"그동안 흑단과 거래했던 내역들을 모조리 정리해서 내게 가져와라."

"그, 그것은!"

"그리고."

미처 말이 끝나기도 전에 로저스가 다시금 명했다. 살벌한 기세가 담긴 두 눈동자와 마주하자 온몸이 돌처럼 굳어갔고 뒤늦게 떨어진 지시에 바닥에 주저앉고 말았다.

"샤들리 가문이 오래전부터 숭배하고 있던 고대신에 대한 진실을 하나도 빠짐없이 내게 밝혀라."

베일에 가려져 있던 고대신이 언급되는 순간이었다.

[불의 집행자 데룸]

[등급: D]

[상태: 굶주림.]

'처음부터 보스가 등장할 줄이야. 이제 겨우 무기를 찾은 정도인데.'

동쪽의 보스 몬스터답게 등급도 두 배 이상 차이가 났다.

사자의 형상을 한 놈은 마치 먹잇감을 찾았다는 듯 큰 혀를 낼름거리며 입맛을 다시고 있었고, 두 명의 여행객은 집행자의 압도적인 기세에 온몸이 굳어 있었다.

"시간이 정지된 도시에 침입자가 들어올 줄은 몰랐는데. 흐음. 어디 보자. 마족과 인간인가. 으흐흐흐. 간만에 포식을 하겠어!"

"시간이 정지된 도시라고?"

"그런 것도 모르고 이 로헬런 도시에 들어온 것이었나? 이거 완전히 멍청한 놈들이로군."

플레이어들의 미션처럼 외부와 시간 흐름이 다른 것일까. 시간이 정지됐다는 데룸의 말에 불현듯 의문이 샘솟았지만 멍하니 넋 놓고 있을 때가 아니었다.

"전기 쥐새끼. 내가 정면으로…… 컥!"

"워워, 얌전히 있어야지."

발길질 한 번에 제압당하는 백두산. 완전히 데룸의 발밑에

깔리고 만 그의 모습에 눈동자가 이리저리 굴러갔다.

'당장 이 상태론 저놈을 못 이겨. 일단 백두산을 미끼로 삼아서……'

동료의 안위 따윈 신경도 쓰지 않는 이기적인 판단!

만약 악몽의 탑처럼 마왕성에서 부활하는 기능이 없다면 여기서 붙잡히는 것은 그저 개죽음에 불과했다. 때문에 용찬은 백두산을 버리고 도망치기로 결심했다.

"저놈을 제물로 바치지."

"뭐?! 야, 이 개새끼야! 누가 제물이란 거야. 이 피도 눈물도 없는 마왕 새끼야!"

"명복은 빌어주마."

"으아아아아. 너 이 새끼. 반드시 죽여 버릴 거야. 죽여 버릴 거라고!"

원통 어린 목소리가 들려왔지만 애써 무시했다. 그리고 중간에서 안절부절못하는 나레를 덥석 끌어안고 서둘러 무기고를 빠져나가려 했다. 그 순간, 두 여행객이 쥐고 있던 검과 방패가 빛을 발했다.

[여행객의 무기가 각성합니다.]
[직업이 변경됩니다.]
[스킬, 특성을 획득합니다.]

[능력치가 상승합니다.]

삐죽삐죽 튀어나오는 볼 수염. 묘족처럼 머리 위로 쫑긋 튀어나오는 앙증맞은 두 귀. 그리고 살랑살랑거리는 긴 꼬리까지. 마치 종족이 뒤바뀐 듯 외형이 달라지자 전에는 가지지 못했던 힘이 샘솟았다.

묘족 기사, 묘족 방패병.

'묘족 기사라고?'

직업은 물론 F급이던 등급까지 한 단계 상승했다.

"크르르르. 네놈들. 설마 차원 여행자였던 거냐?"

"차원 여행자는 개뿔. 지저분한 발이나 치워. 시부럴 새끼야!"

"크어엉?!"

큼지막하던 데룸의 덩치가 홀쩍 넘어간다. 묘족 방패병으로 각성해 능력치를 얻게 된 백두산은 콧김을 거세게 내뿜으며 자리에서 일어났다. 그리고 순간 자신을 배신하려 했던 용찬을 노려보며 이를 갈았다.

"너 이 전기 쥐새끼. 일로 와!"

"쥐가 아니라 고양이다."

"엉? 무슨 개 같은 소리여?!"

"그리고 네놈도 고양이가 됐고 말이지."

"웃기고 자빠……. 뭐, 뭐여. 이 엿 같은 모습은?!"

주변 철판에 비친 외형을 이제야 확인한 것일까. 머리 위로 자라난 우스꽝스러운 귀를 만지작거리며 백두산이 발을 동동 굴렸다.

"묘족의 구원자!"

"뭬?!"

"여행객이신 여러분들께서 묘족의 구원자로 선택되어 각성하신 거예요!"

나레가 두 눈을 반짝거리며 현 상황을 설명하자 어안이 벙벙해졌다.

하지만 그것도 잠시.

[4. 각성한 묘족의 힘을 이용해 데룸을 쓰러트리십시오.]
[불의 집행자 데룸 0/1]

새로운 목표가 갱신되자 그녀의 말이 현실로 다가왔다.

그제야 현 상황이 퀘스트의 일부란 것을 깨달은 두 명의 여행객이었고, 자리에서 일어나는 데룸을 보며 서둘러 스킬과 특성들을 확인했다.

"너 진짜 나중에 두고 보자."

"마음대로 해라."

서로 격양된 감정을 추스른 채 공동의 적인 집행자를 노려봤다. 가장 먼저 뛰쳐나간 것은 방패병으로 각성한 백두산이었다.

[묘족 방패병 백두산이 공간 충격타를 시전했습니다. 지정된 공간에 방패를 휘둘러 기절 효과가 담긴 충격타를 선사합니다.]

털이 수북한 옆구리로 방패가 파고 든다.

쾅!

마치 기가 뿜어지듯 방출되는 충격타. 일순 피할 새도 없이 지정된 범위로 충격 효과가 퍼져 나가자 데룸의 신형이 휘청거렸다. 그런 빈틈을 놓칠 리 없던 용찬은 급히 철검을 일직선으로 세워 보폭을 줄였다.

[묘족 찌르기가 시전됩니다. 순간적으로 거리를 줄이며 상대방에게 치명적인 찌르기를 선사합니다.]

예리한 칼날이 두꺼운 가죽을 꿰뚫자 시뻘건 피가 뿜어져 나왔다.

"크와아아아. 여행자 녀석들!"

"이런!"

검술의 조예가 없던 탓일까. 묘족 기사로 각성을 했음에도 불구하고 금방 자세가 흔들려 왔다.

화르르륵!

옷깃을 스치고 지나가는 불길에 어깨가 빨갛게 달아오른다. 그래도 나름 동쪽의 보스란 것일까. 드높은 온도의 화염을 입 밖으로 내뿜으며 두 명의 여행객을 위협해 왔다.

"아, 뜨거. 뜨거!"

"뭐하는 거냐. 똑바로 전방을……."

쿵!

백두산을 노려보던 용찬의 신형이 날아간다. 볼썽사납게 벽에 처박힌 용찬의 모습에 백두산은 옷깃에 달라붙은 불길조차 잊은 채 웃음포를 내뿜었고, 멀리 떨어져 있던 나레만이 초조한 눈길로 그 광경을 지켜봤다.

"푸하하핫. 꼴이 말이 아니구만. 전기 쥐새끼!"

"……도저히 안 되겠군."

"어쩌게. 어쩌게? 엿이나 먹어. 이 새끼야!"

"역시 네놈부터 죽여 버려야 속이 편하겠어."

공동의 적을 앞에 두고 내분이 일어났다. 살벌한 기세로 서로를 노려보는 둘의 모습에 데룸은 어이가 없어졌고, 자신의 존재감을 드러내기 위해 둘의 사이로 끼어들었다.

"감히 나를 앞에 두고 어디 한눈을……."

"입 다물고 있어. 멍멍이 새끼야."

"꺼져라."

이 무슨 말도 안 되는 위압감이란 말인가. 도저히 납득이 되지 않는 두 남자의 살벌한 기세에 데룸의 입은 금방 다물어졌다.

그리고.

'이, 이 녀석들. 진짜 뭐 하는 놈들이지?'

서로 죽일 듯이 달려드는 용찬과 백두산을 멍하니 지켜만 보고 있었다.

"헉. 허억. 넌 내가 건틀렛이 없는 것을 천만다행인 줄 알아!"

"하아, 하아. 그건 내가 할 말이다."

얼마나 격렬한 전투를 벌였을까. 서로 서투르기 그지없는 기술들을 발현하며 한참을 그렇게 싸우자 체력이 한계까지 내몰려 버렸다.

결국 지칠 대로 지친 용찬과 백두산은 서로 살기를 집어넣은 채 교전을 포기해 버렸다.

"크르르르. 이제 끝난 거냐?"

"아, 잠깐만. 기다려. 힘들어 뒤지겠으니까."

"알겠…… 아니, 이게 아니잖아!"

뒤늦게 자신의 목적을 깨달은 데룸이 입을 쩍 벌리며 포효

했다. 둘의 살벌한 분위기에 넘어가 지켜만 보고 있던 게 어지간히도 분했던 모양이다.

덥석!

"꺄아아악!"

그 대가로 철판 뒤에 숨어 있던 나레가 커다란 발에 붙잡히고 말았다.

[주의! 안내자가 사망하면 퀘스트가 실패 합니다. 퀘스트가 실패하면 자동적으로 여행객의 영혼이 소멸됩니다.]

'젠장. 무슨 퀘스트의 패널티가!'

보통 퀘스트보다 심각한 패널티에 절로 욕이 튀어나왔다. 마침 백두산 메시지를 확인한 것인지 표정이 다급해져 있었고, 둘은 동시에 데룸에게로 달려들었다.

가장 먼저 발동된 것은 묘족의 검술. 날렵한 몸놀림을 바탕으로 적의 하단을 집중적으로 공략하는 치밀한 검술이 펼쳐지자 집행인의 다리가 베어져 나갔다.

"쉬벌. 안 되겠네. 플랜 B로 간다!"

"플랜 B라고?"

"캐묻지 말고 그냥 뛰어!"

묘족 방패병의 주 기술인 것일까. 부메랑처럼 던져진 타원형 방패가 백두산의 의지대로 날아들기 시작했다.

그런 광경에 용찬은 고민할 새도 없이 제자리에서 높이 도약했고, 마치 사전에 약속이라도 한듯 방패 위로 정확히 안착했다.

[합공기가 발동됩니다! 스킬의 위력이 두 배로 증가합니다. 방패타기 스킬이 부여됩니다.]

두 여행객이 본격적으로 합을 맞추자 덩달아 시스템까지 반응해왔다. 그리고 이어지는 절묘한 방패 타기. 아슬아슬하게 균형을 잡으며 용찬이 방패 위에 서자 백두산이 재빨리 데룸의 머리 위로 방패를 던져 버렸다.

[불의 집행자 데룸이 처형을 발동합니다.]

쩍 벌어진 입안으로 드러나는 날카로운 송곳니.

"꺄아아악. 여행객님!"

"크하하하. 한입에 집어삼켜 주마!"

금방이라도 데룸에게 집어 삼켜질 것 같은 순간이었지만 묘족 기사의 민첩성은 예상보다 더욱 뛰어났다. 급하강하는 상황 속에서도 용찬은 침착히 데룸의 송곳니를 부여잡았고 이내 몸을 거꾸로 뒤집으며 털이 수북한 놈의 머리 위로 올라탔다.

[치명타 찬스!]

양손의 철검에 힘이 집중된다.

"우선 한 마리."

"자, 잠깐!"

그제야 목숨의 위협을 느낀 것인지 집행자가 안절부절 거렸지만 이미 늦은 후였다.

푸욱!

살갗을 꿰뚫고 머리 깊숙하게 박힌 칼날은 전보다 강력한 위력으로 놈의 뇌수를 터트렸고, 제자리에서 절명한 집행자는 양쪽 눈이 뒤집힌 채로 고꾸라졌다.

[불의 집행자 데룸을 처치했습니다. 동쪽 감옥에 수감되어 있던 묘족들이 풀려납니다.]

[데룸의 기억을 회상합니다.]

뒤바뀌는 풍경들 속에서 보이는 네 명의 수하들. 제각기 다른 형체를 지닌 그들은 마치 재앙이라도 내린 듯 심각히 무언가를 얘기하고 있었고, 뒤늦게 데룸이 도시를 둘러보며 입을 열었다.

'정녕 불의 귀인께선 이 도시를 버린 것인가.'

'이 도시를 액자에 봉인 시킨 이후론 방문조차 하지 않고 계시니…… 그분께선 여기의 시간이 멈춰져 있단 사실을 알고나 있는 것일까.'

'아니, 정확히는 수천 년 동안 같은 시간을 반복하고 있는 것이지. 그나마 감옥에 갇힌 묘족들과 우리들이 이런 시간의 영향을 받지 않는 게 다행이긴 하지만 이러다간 영영 이곳에 갇혀 지내게 될 거야.'

도시를 버린 불의 귀인? 수천 년 동안 반복되는 시간?

도통 이해되지 않는 대화들이었다. 하지만 그것도 잠시. 마지막으로 입을 연 수하의 말에 두 눈이 파르르 떨려왔다.

'저번에 잡아들인 차원 여행자들의 말로는 하멜이 수 십번 리셋되면서 계속 시간이 반복된다고 하던데. 대체 그게 무슨 뜻인 거야?'

유일하게 리셋의 흔적이 고스란히 남겨진 공간. 수십 번 시간이 반복되면서 하멜과 함께 리셋되어 왔던 도시. 그게 로헬런이란 사실을 깨닫게 되자 다시금 풍경이 변해갔다.

그리고.

털썩!

"흐앗. 꽤, 괜찮으세요. 여행객님?!"

"야, 야! 왜 갑자기 쓰러지냐!"

정신이 아득해졌다. 적막 가득한 어둠 속에서 누군가가 천천히 걸어온다. 핼쑥한 안색과 말라비틀어진 신형. 기억에 남아 있던 익숙한 청년이었다.

'그건 내 능력이 아니야. 네가 가지고 있던 능력이야. 그러니 착각하면 안 돼.'

무슨 뜻인지 이해는 되지 않았다. 다만, 그가 진심 어린 조언을 해준다는 것은 알 수 있었다. 때문에 다급히 손을 뻗었다. 그 말이 무슨 의미인지 알기 위해서. 하지만 이미 그는 등을 돌려 어딘가로 사라져 가고 있었다.

그리고.

"드르러어어엉!"

시끄러운 코골이에 감겨 있던 눈이 떠졌다.

"헉. 구원자분께서 깨어나셨다!"

"어, 어떡해. 나랑 눈이 마주쳤어!"

"꺄아아아!"

가장 먼저 보이는 것은 구경거리라도 난 듯 모여 있는 묘족들. 그리고 방구석에 대자로 누워 긴 잠을 청하고 있는 백두산이었다. 그 광경에 욱신거리는 머리를 부여잡고 있던 용찬이 빠르게 정신을 차리며 자리에서 일어났다.

　"여긴?"

　"제 은신처예요. 여기 분들은 그동안 감옥에 갇혀 있던 일족들이시구요."

　"……내가 몇 시간 동안 쓰러져 있던 거지?"

　"피, 피로가 많이 쌓이셨던 것 같아요. 거의 이틀 동안 잠들어 계셨어요!"

　아무래도 데룸을 쓰러트린 직후 정신을 잃은 듯했다. 무려 이틀간 쓰러져 있었던 사실에 용찬은 인상을 구겼고, 좌우로 모여 있던 묘족들 중 루언이란 늙은 묘족이 대표로 감사 인사를 전해왔다.

　"저희를 구해주셔서 진심으로 감사합니다. 상황은 대충 나레에게 들었습니다. 이 감사를 어떻게 표해야 할지……."

　"그건 됐고 한 가지만 묻도록 하지."

　"예, 예. 말씀하십시오. 구원자님!"

　"차원 여행자에 대해 알고 있나?"

　"으음. 차원 여행자가 무엇인지는 잘 모르겠지만 일족과 함께 갇힌 인간들은 알고 있습니다."

데룸의 기억이 거짓은 아니었던 것일까. 실제로 로헬런에 묘족과 함께 붙잡힌 인간들이 있었다.

'차원 여행자. 놈들의 일지를 한 번 읽은 적이 있긴 했지만 여기에 붙잡혀 있을 줄이야. 수십 번이나 리셋됐던 하멜. 만약 그게 사실이라면 반드시 만나봐야 해.'

더 이상 고민할 것도 없었다. 이미 이틀이란 시간을 지체한 상황. 베일에 가려진 진실을 파헤치기 위해선 지금 즉시 행동으로 옮겨야 했다.

픽!

"어이쿠!"

곤히 자고 있던 백두산이 벽에 처박힌다.

"뭐, 뭐야. 적의 기습이냐?"

"적을 치러 갈 시간이다. 일어나라."

"이 미친 새끼가 뒤질라고! 너 지금 나한테 시비 거냐? 내가 쓰러진 네놈을 여기까지 데려왔는데 감사 인사는 못 할망정!"

"그거 참 고맙군. 자, 이제 다음 퀘스트 목표를 달성하러 가도록 하지."

"……"

어이가 없던 것인지 큼지막한 두 눈이 깜박거렸다. 하지만 용찬은 그런 그를 신경도 쓰지 않고 묘족들과 함께 은신처를 빠져나갔다.

"하. 저 새끼. 진짜 전생에 나랑 원수라도 졌나?"

나날이 한숨만 늘어가는 백두산이었다.

"언제부터 로헬런의 시간이 반복되었던 거지?"

"불의 귀인이 도시를 액자에 봉인시켜 두었을 때부터였습니다. 어떻게 이런 상황이 가능한 것인지 무엇이 원인인지는 저희 묘족은 물론 불의 수하들도 알지 못하는 것 같더군요."

"나레가 언급했던 묘신은 또 무엇이지?"

"저희가 숭배하고 있는 묘족들의 신입니다. 오래전부터 파햐스 님께 신탁을 받고 있던 저희는 언제고 위기에 닥친 묘족들을 구원해 줄 여행객이 찾아온다는 것을 전해 들었었고, 이렇게 지금 여행객 분들이 찾아온 것입니다."

묘족들의 장로인 루언조차 로헬런에서 벌어지는 현상에 대해선 잘 알지 못했다. 그저 불의 귀인이 습격한 날에 맞춰 도시의 시간이 반복되었단 사실만 알고 있을 뿐.

때문에 용찬도 더는 이 현상에 대해 캐묻지 않았고, 본격적으로 수하들을 상대하기 위해 구출한 묘족들을 데리고 무기고로 향했다.

"너희들도 무기를 들어라. 이제부턴 너희도 우리와 함께 싸운다."

"하, 하지만 저희는……."

"동족을 구하고 싶지 않은 건가?"

식량은 도시의 빈 저택에 남겨진 식재료 및 음식들로 해결할 수 있었다. 이제 남은 것은 구출한 묘족들을 데리고 함께 불의 수하를 상대하는 것뿐. 처음엔 덜컥 두려움에 휩싸이는 그들이었지만 몇 차례 갇혀 있는 일족들을 강조하자 금방 무기를 치켜들게 됐다.

그리고 시작된 사냥.

"그으으. 비천한 노예 주제에!"

"히이이익!"

"겁 먹지마라. 이제 너희들은 노예가 아니다."

본능적으로 불의 병사들에게 두려움을 느끼는 묘족들이었지만 용찬의 지시 아래 사냥을 반복해가자 점점 자신감이란 세 글자가 그들의 마음속에 차오르기 시작했다.

그렇게 동쪽의 남은 잔당부터 시작해 서쪽의 페로스 거리 입구까지. 순차적으로 도시의 거리를 배회하며 사냥 페이스를 늘려가자 전투에 익숙해지기 시작한 묘족들이었고, 끝내 침공 직전에 가지고 있던 전투의 본능을 일깨우며 차츰 전사로서 적응해 갔다.

"불의 집행자 데룸과 통신이 되지 않는다 싶더니 네놈들의 소행이었나?!"

서쪽을 관리하던 수하 버빌서는 반인 반뱀인 이형족이었다. 데룸과 동일한 D급인 놈은 페로스 거리에 침입한 묘족들을 금방 발견해 냈고, 양손에 들린 화염의 카나타를 휘두르며 일행을 위협해 왔다.

하지만.

"뱀 새끼가 어디서 꼬리를 내밀어. 뒤질라고!"

"케에에엑!"

이미 한 차례 불의 수하를 처치한 적이 있었던 용찬과 백두산은 노련한 움직임을 선보이며 빠르게 버빌서를 제압해 갔다.

[불의 감시자 버빌서를 처치했습니다. 서쪽 감옥에 수감되어 있던 묘족들이 풀려납니다. 버빌서의 기억을 회상합니다.]

버빌서의 몸통이 철검에 의해 반토막 나는 순간 뒤바뀌는 광경. 예상했던 대로 불의 수하를 처치할 때마다 놈들의 기억을 회상하는 것인지 과거 시절의 장면들을 용찬에게 보여주었고, 금방 또 다른 사실을 알게 됐다.

'그러면 차원 여행자 놈들은 내가 관리하도록 하지.'

'북쪽의 관리자인 네가?'

'그래. 여긴 그래도 다른 거리보다 방비가 삼엄하니까. 다른 차원 여행자들이 들이닥쳐도 쉽게 뚫리진 않을 거야.'

북쪽을 관리하는 불의 거인 욤. 그에게서 갇혀 있는 차원 여행자들의 행방이 밝혀진 것이다.

"백두산. 보스를 잡았을 때 이상 현상은 없었나?"

"무슨 헛소리여. 아무것도 느껴지는 게 없구만."

"음. 그렇군."

보스의 기억을 회상하는 것은 오직 한 명의 여행객뿐인 듯했다. 그렇게 서쪽의 묘족들을 구출해 내며 페로스 거리의 잔당들까지 정리하자 전력은 추가로 보강이 됐고, 용찬은 최종 목표인 북쪽의 관리자를 처리하기 위해 곧장 도시의 저민 거리로 향했다.

[현재 진입이 불가능한 지역입니다.]

[퀘스트에 갱신된 목표부터 수행하시기 바랍니다.]

'남쪽의 관리자부터 처치하라고 오라는 건가. 쯧. 어쩔 수 없지.'

여행객에게 주어진 퀘스트는 동, 서, 남, 북의 관리자들을 순서대로 처리하길 원했다. 아마 북쪽의 저민 거리가 다른 지역보다 방비가 삼엄하기 때문에 그런 것일 터. 용찬의 입장에선 약간 돌아가는 형식이었지만 퀘스트의 진행을 거부할 순 없었다.

때문에 방향을 틀어 서쪽의 휴즈 거리부터 수하들을 소탕해 가기 시작했고, 얼마 되지 않아 세 번째 보스를 마주하게 됐다.

"불의 학살자인 이 몸 라우크를 쓰러트리겠다고? 어림도 없는 소리! 여기서 네놈들은 전부 활활 타오르게 될 것이다!"

반인반용의 형태를 갖춘 불의 학살자 라우크. 마치 리자드맨처럼 생긴 놈은 활활 타오르는 트라이던트의 마법을 발현해 주위를 불바다로 만들었다. 전에 쓰러트렸던 불의 수하와 달리 강인한 마력까지 발휘해 오는 서쪽의 관리자.

기력과 마력을 끌어내지 못하는 두 여행객의 입장에선 무척 까다로운 적이 분명했지만 그들에겐 수백 명의 묘인족들이 함께였다.

"아, 그러셔? 그래서 혼자 우리들을 전부 상대하겠다고?"

"……이, 일대일로 당당히 승부를 보자!"

"웃기고 있네."

그날, 용찬과 백두산은 세 개의 거리를 소탕하며 대부분의 묘족들을 구출해 냈다.

[7. 북쪽을 관리하는 불의 거인 욤을 쓰러트리십시오.]

[불의 거인 욤 0/1]

무려 4일간 쉴 틈 없이 불의 수하를 처리해 왔다. 이제 남은 것은 북쪽 거리를 장악한 불의 거인 욤뿐이었고, 여행객 퀘스트도 거의 막바지에 다다라 있었다.

벌컥벌컥!

곁에 앉아 있던 백두산이 시큰둥한 얼굴로 묘족들이 건넨 과일주를 들이켰다.

"쩝. 맥주가 있었으면 훨씬 나았을 텐데. 아쉽네. 시부럴."

"……."

"그나저나 전기 쥐새끼. 네놈은 아까 전부터 무엇을 그리 고민하는 거여. 똥이라도 마렵냐?"

"쓸데없는 말 하지 말고. 내일 아침 동이 트면 곧장 북쪽 거리로 향할 거니까 지금 충분히 자둬."

"싹퉁 바가지 없는 새끼. 여기 오고부터 명령조여. 아오. 머리를 콱 쥐어박아 버릴라. 진짜."

좀처럼 대화가 통하지 않자 금방 자리를 뜨는 백두산이었다. 그렇게 홀로 남겨진 용찬은 어두운 밤을 밝히는 모닥불을 내려다보며 라우크의 기억을 떠올렸다.

'어떻게 로헬런에 들어온 거지? 당장 내게 설명해라, 차원 여행자!'

'크윽. 저, 정말 모르는 거냐. 여긴 하멜과 일부만 연결된 공간이다. 그러니 차원을 넘나드는 우리가 들어오는 것도…… 커억!'

'하멜과 일부만 연결된 공간이라고? 전혀 이해가 되지 않는데 이걸 어쩌지?'

'폐쇄된 차원인 하멜과 다르게 여긴 일부만 연결되어 계속 리셋의 영향으로 시간이 반복된다는 거다. 그리고 그 리셋의 중심엔 어떤 존재가 있고 말이지!'

'그러니까 그게 무슨 뜻이냐 말이다!'

'커어어어억!'

불의 수하들은 어떻게든 정보를 캐내기 위해 한동안 차원 여행자들을 심하게 고문한 듯했다. 물론 그들에게서 건져낸 정보들은 하나같이 이해 못 할 말들뿐이었기에 금방 다시 격리 조치가 됐지만 말이다.

'차원을 넘나들 수 있는 차원 여행자, 폐쇄된 차원인 하멜. 그리고 수십 번 리셋을 반복해 온 하멜까지.'

그 중심에 로헬런이 있었다.

헨드릭의 몸으로 첫 리셋을 겪었다고 생각했건만. 여기서 밝혀지기 시작한 진실은 오히려 또 다른 진실을 제시해 왔다. 용찬으로선 머리가 복잡할 수밖에 없었고, 모르는 진실을 알기 위해선 갇혀 있는 차원 여행자들이 필요했다.

"구원자님!"

"구원자님. 저희랑 놀아주세요!"

"와아아아. 구원자님. 여기서 뭐 하세요?"

한참 상념에 젖어 있었을까. 작고 어린 묘족들이 떼로 몰려왔다. 자신들과 비슷하게 변한 외형 탓인지 그들은 아무런 경계심 없이 품속에 안겨들었고, 묵묵히 자리에 앉아 있는 용찬의 꼬리와 귀를 이리저리 만지고 들었다.

"아, 앗! 죄, 죄송해요. 저희 애들이 여행객님을 귀찮게 만들었네요. 자자, 얼른 이리로 와!"

"원래 로헬런은 어디에 위치해 있었지?"

"네, 네? 아, 저희 로헬런은……."

갑작스러운 질문에 묘족 아이들을 데리고 가던 나레가 멈춰섰다.

전생과 더불어 생전 들어본 적이 없던 묘족들의 도시 로헬런. 이번 생에선 불의 귀인이 소지하고 있던 액자를 통해 도시를 발견해 냈지만 전생에선 단 한 번도 들어본 적이 없던 곳이었다.

"저희 로헬런은 원래 절망의 대지 최서단에 위치해 있었어요. 다행히 묘신 파햐스 님이 내려주신 가호 덕분에 마족들에게 밝혀진 적은 없었지만 그래도 마계에 속해 있긴 했어요."

"가호?"

"네. 외부와의 접촉을 차단하는 결계예요. 그 가호 아래서 저희는 평화롭게 도시에서 살 수 있었고, 일부 묘족들을 수인족으로서 마계에 보내 몰래몰래 교류를 해왔어요. 물론 뒤늦게 불의 귀인에게 도시를 들켜서 이렇게 액자에 봉인됐지만……."

어느 날 도시에 들이닥친 불의 수하들. 묘신의 가호만을 철석같이 믿고 있던 묘족들은 순식간에 놈들에게 사로잡히고 말았고, 거부권도 없이 불의 귀인의 노예로서 감옥에 수감됐다. 아마 그때 로헬런도 함께 액자에 봉인된 것일 터.

대충 자초지종을 알게 된 용찬은 불의 귀인이 벌인 행각에 놀라움을 감추지 못했다.

'자신의 수하들을 마계로 내려보내 감시하고 있던 건가. 이런 능력을 가지고 있을 줄은 몰랐군.'

만약 보상으로 액자를 얻지 못했다면 로헬런의 정체도 알지 못했을 것이다.

"아, 그러고 보니 헨드릭 님께선 마왕이라고 하셨었죠?"

"그건 왜 묻는 거지?"

"저희 일족 중에서 반은 마족인 묘족이 한 명 있어서요. 지금은 마계 위원회의 일원으로 활동하고 있다던데. 혹시 메리란 이름을 알고 계신가요?"

"음?"

익숙한 이름에 두 눈이 휘둥그레지는 순간이었다.

[묘족들의 무기고를 발견했습니다!]
[총 49명의 묘족이 무기를 무장했습니다.]
[빈 오두막에서 묘족들의 방어구를 발견했습니다!]
[총 10명의 묘족이 방어구를 무장했습니다.]

텅텅 빈 로헬런의 거리엔 묘족들의 흔적이 곳곳에 남겨져 있었다. 그중 하나가 예전에 묘족들이 제작했던 무기와 방어구들이었다.

그리고 북쪽의 저민 거리로 진입한 지 얼마 되지 않아 불의 병사들과 교전을 벌이게 되었다.

"구원자분들을 따르라!"

"이 고양이 새끼들아. 나대지 말고 내 뒤에 착 달라붙어 있어!"

"예, 알겠습니다!"

항상 선두는 백두산이 맡았다.

묘족 방패병인 그는 전투 경험이 거의 없는 묘족들보다 방어력이 뛰어났고, 무투가 때의 경험을 살려 불의 병사들에게 어 그로를 끌어 깔끔히 처리해 가고 있었다. 덕분에 전사와 기사 들을 이끌던 용찬이 편하게 빈틈을 노릴 수 있었고, 이번 전투 도 그다지 큰 피해 없이 마무리되어 가고 있었다.

"저기, 저기 살라만더가 있어요!"

"어이, 백두산."

"알고 있다고. 멍청한 전기 쥐새끼야!"

적색 암석 덩어리처럼 생긴 불의 정령 살라만더. 일정 범위 내로 침입자를 감지해 불덩이를 쏘아 보내는 놈이 저민 거리 곳곳에 설치된 채 일행들을 위협해 왔다.

하지만 미리 살라만더의 존재를 알아차린 백두산이 날아오 는 불덩이를 방패로 막아내며 묘족들을 지켜냈다.

그리고 이어지는 용찬의 날렵한 검술.

서걱!

일찌감치 좌측으로 빠져 철검을 횡으로 베어내자 살라만더 의 몸통이 반토막 났다.

'슬슬 묘족 검술도 익숙해지는 것 같긴 한데. 역시 나와는 안 맞단 말이지.'

그 증거로 아직도 검보다 손이 먼저 나갈 때가 있었다.

그것은 백두산도 마찬가지였던 것인지 끝내 아쉬움을 못 버 리고 살라만더의 잔해를 힘껏 발로 걷어찼다.

"쉬벌. 대체 언제까지 튀어 나오는 거여? 벌써 절반은 진입한 것 같은데."

"다른 거리보다 경계가 삼엄해서 그럴 거다. 불의 병사들도 다른 곳보다 더 많이 돌아다니는 것 같고."

"에휴. 막바지에 개고생한다더니만."

이제 북쪽 거리에 수감된 묘족들만 구출해내면 퀘스트는 완료였다.

때문에 거리 초입부터 깔끔히 불의 병사들을 처리해 가며 진입을 시도하고 있었지만 놈들의 숫자가 숫자인 터라 여간 힘든 게 아니었다.

"응? 이 시커먼 항아리는 또 뭐여."

"앗, 그건 저희 일족이 모아온……."

나레가 급히 외쳤지만 이미 백두산은 이미 항아리 뚜껑을 잡고 있었다.

"콜록, 콜록. 이건 또 무슨 냄새여!"

"하, 향신료를 담아둔 항아리에요."

"콜록! 향신료?"

"네, 맵기로 소문이 난 스파시를 갈아서 만든 가루에요."

마계에서 재배하는 농작물 중 하나인 스파시. 시뻘겋게 무르익은 스파시의 생김새만큼이나 매운 맛이 아주 강렬했다.

항아리에 담긴 스파시 가루들은 공중으로 풀풀 휘날리며

백두산의 눈, 코, 입을 얼얼하게 만들었다.

"미친. 나 죽네. 아이고. 나 죽어!"

"꺄아아아. 괘, 괜찮으세요?"

"물! 물을 갖다 줘!"

얼마나 고통스러운지 바닥을 데굴데굴 구르며 비명을 내지른다.

묘족들이 급히 거리에 방치된 우물로 달려가 물을 퍼 왔지만 겨우 그 정도로는 모자랐다.

결국 백두산이 치명적인 피해(?)를 입으며 진입은 잠시 중단되었고, 어이가 없어 한숨을 내쉬던 용찬이 쉬는 틈을 타 전날 밤 대화를 다시 떠올렸다.

'마계 위원회의 일원인 메리라고?'

'네, 메리가 저희 로헬런의 물자들을 전부 책임지고 있었어요. 물론 지금은 통신이 끊긴 지 오래지만 액자의 봉인만 풀린다면 다시 메리를 만날 수 있을 거예요.'

'잠깐. 마계 위원회의 일원이 혼자서 물자를 책임지긴 무리일 텐데.'

'저도 자세히 아는 것은 아니지만 수인 연합 코르덴과 긴밀한 관계를 맺고 있는 걸로 알아요. 항상 저희를 위해 마계에서 열심히 일해 온 메리니까 여기서 나간다면 헨드릭 님께도 큰 도움을

줄 수 있을지도 몰라요.'

　수인의 피가 섞어 있던 마족, 아니, 정확히는 마족의 피가 섞인 묘족 메리였다. 마계 위원회 내에서도 그런 출생 때문에 남들에게 인정받지 못하던 메리였는데, 사실 그녀의 정체가 로헬런에서 파견시킨 일족 중 한 명이었을 줄이야.

　진실을 알게 된 용찬은 약간 생각을 달리하게 됐다.

　'로헬런의 일원이자 코르덴과 긴밀한 관계를 맺고 있는 마계 위원회의 일원. 이건 잘하면 이용해 먹을 수 있겠어.'

　물론 메리에 대한 것도 퀘스트가 전부 끝난 후의 문제였다.

　"그어어어이!"

　"침입자!"

　"침입자를 처치해라."

　마침 수십 마리의 불의 병사들이 다시금 몰려들기 시작했다. 용찬은 나자빠진 백두산을 놔둔 채 자리에서 일어났다.

　'일단 차원 여행자부터.'

　어느새 흉흉한 두 눈동자가 거리를 직시하고 있었다.

[불의 거인 욤]

[등급: C]

[상태: 분노, 스킬 위력 증가.]

거리의 절반을 홀로 채우는 커다란 덩치, 주변 건물은 가볍게 뛰어넘은 긴 신장, 외눈박이인 흉측한 얼굴까지. 로헬런의 마지막 남은 보스답게 불의 거인 욤은 첫 인상부터 강렬했다.

"기어코 여기까지 찾아왔구나. 침입자!"

"워메. 덩치 보소. 저거 잡을 수 있긴 한 거여?"

"감히 나를 앞에 두고 한눈을 팔아?!"

백두산의 혼잣말을 도발로 받아들인 것일까. 욤이 손에 쥐고 있던 가시 박힌 몽둥이를 정면으로 내려쳤다.

콰아아앙!

거리 한가운데로 깊은 크레이터가 생겨난다.

강한 살상력은 물론 파괴력까지 충만한 위력이었다.

"깨어나라. 나의 병사들이여!"

저민 거리로 진입하며 소탕했던 불의 병사들이 다시금 모습을 드러낸다. 그 광경에 할 말을 잃은 것인지 백두산이 방패를 잠시 내려놓고 주변에 몰린 놈들을 쭉 둘러봤다.

"와. 다른 새끼들은 혼자서 고군분투 하더니만. 이 새끼는 쫄따구까지 소환하네."

"백두산, 집중해라."

"넌 내가 집중 같은 걸 할 놈으로 보이냐?"

"하긴 그렇겠지."

생전 진지함이란 찾아볼 수 없었던 무투가였기에 간단히 납득했다.

그리고 시작된 마지막 전투. 진형을 갖춘 채 자리를 잡고 있던 묘족들은 백두산과 용찬을 따라서 인원을 나누기 시작했고, 불의 병사들이 총공세를 갖추자 뒤따라 묘족들도 반격에 나서고 있었다.

[불의 거인 욤이 쿵쿵타를 시전했습니다. 화염의 속성력이 담긴 몽둥이로 대지를 세 번 내려칩니다. 세 번째 타격 시 위력이 두 배로 상승합니다.]

'이건 못 피해.'

몽둥이에 맺힌 불길이 위협적이기 그지없었다. 이대로 몽둥이가 대지를 강타한다면 후방의 묘족들까지 크게 피해를 입을 것이다.

"백두산!"

"쉬벌. 될지는 모르겠지만 한번 해본다!"

묘족 방패병에겐 적의 기술을 끊을 수 있는 반격기가 존재했다. 다만 효과가 효과인지라 반격을 시도하는 타이밍이 매우 중요했고, 용찬의 부름에 백두산이 급히 방패를 위로 치켜들었다.

까앙!

하지만 처음부터 성공할 순 없었던 것일까. 위로 솟구치던 타원형 방패가 욤의 몽둥이에 와드득 구부러졌다.

"미, 미친!"

"이런, 젠장. 저리 비켜!"

금방이라도 압사할 것 같은 상황에 용찬이 백두산을 밀치며 철검을 수평으로 들어 올렸다.

쩌저적!

단숨에 금이 가기 시작한 검날. 몸 전체를 짓누르는 강력한 몽둥이의 위력에 인상이 와락 구겨졌고, 얼마 되지 않아 철검이 완전히 박살 나게 됐다.

콰아아아앙!

이글거리는 불길이 대지를 뒤덮는다.

겨우 단 한 번 내려쩍었을 뿐임에도 저민 거리의 일부가 처참히 박살이 나 있었다.

그리고 뿌연 연기 사이로 드러나는 묘족들의 사체들. 한순간에 벌어진 매우 처참한 광경에 살아남은 묘족들은 온몸을 벌벌 떨었다.

"크하하하하. 아직 멀었어. 나에게 반항한 죗값은 전부 치러야지. 안 그래?!"

"무, 무리야. 도저히 못 이겨."

"지금이라도 도망쳐야 해. 불의 거인에게서 멀리 도망쳐야 된다고!"

희망에 부풀어 있던 마음속으로 절망이 잠식한다. 이미 두려움을 집어삼킨 묘족들은 황급히 거리를 벗어나려 했다.

하지만 그것도 잠시. 멀리 벽 끝까지 날아갔던 두 명의 여행객이 잔해들 속에서 천천히 걸어 나왔다.

"그러니까 처음부터 주먹다짐하자고 했잖아. 빌어먹을 전기 쥐새끼야."

"입 다물어라. 네놈 때문에 이렇게 됐으니까."

"하이고. 그래. 잘났수다."

끝까지 전의를 상실하지 않고 전장으로 복귀하는 두 명의 모습에 욤의 눈썹이 꿈틀거렸다.

"네 녀석들……."

"쉬벌. 능력치도 일부 복구됐으니까. 그냥 방패 없이 싸우련다."

"쯧. 기껏 챙겨온 검과 방패가 파괴됐으니 어쩔 수 없지."

검과 방패를 잃었음에도 불구하고 둘은 여유가 넘쳤다. 아니, 마치 이제야 몸이 자유로워진 듯 가볍게 어깨를 풀고 있었고 뒤늦게 백두산이 로우킥을 꽂아 넣자 인상이 와락 구겨졌다.

"크으으윽. 무기도 잃은 놈들이 이제 와서 무엇을 하겠다고!"

"아냐. 아냐. 우린 몸이 무기라고."

"뭣?!"

"그러니까 강냉이 조심해라, 아가야."

"웃기지……."

휙 돌아가는 커다란 턱. 백두산의 어깨를 이용해 공중으로 높이 도약한 용찬의 주먹이 거인의 안면을 연달아 강타했다.

턱!

완전히 거인의 어깨에 올라탄 마왕이 스리슬쩍 미소를 보인다.

"끝없는 고통이 무엇인지 온몸에 새겨주마."

"자, 잠깐만!"

"쉬벌. 말이 많아. 덩치도 큰 새끼가!"

"쿠에에에엑!"

불의 귀인에 이어 두 번째로 구타를 당하게 된 불의 거인이었다.

쿠웅!

질기고 질긴 거인의 생명력이 한계에 달한다.

비록 전보다 위력은 떨어졌지만 무기를 잃은 두 여행객은 오히려 전보다 더욱 편하게 기술들을 구사하며 욤을 쓰러트린 찰나였다.

"해, 해냈다. 구원자분들께서 욤을 쓰러트리셨어!"

"만세에에에!"

"드디어 자유다!"

그동안 불의 수하들에게 핍박받던 묘족들이 환호했다.

다수의 희생이 있긴 했지만 노예에서 해방된 기쁨은 억누를 수 없었고, 모두 한마음 한뜻으로 팔을 들어 올리며 기나긴 전투의 끝을 알려왔다.

"하아, 하아. 고생했다. 전기 쥐새끼."

"후우. 이제야 네놈의 지긋지긋한 면상을 안 봐도 되겠군."

"쉬벌롬이 끝까지 지랄이여. 끝까지."

두 여행객은 끝까지 티격태격하는 분위기였지만 전보다는 덜했다. 그래도 불의 사원에서부터 함께 싸워온 동료이기 때문일까. 인상을 구기면서도 한편으로는 피식 웃고 있는 백두산이었다.

그렇게 거리에 남아 있던 불의 병사들의 잔해가 먼지처럼 휘날리자 덩달아 욤의 사체도 가루가 되어 사라져 가기 시작했다.

[불의 거인 욤을 처치했습니다. 북쪽 감옥에 수감되어 있던 묘족들이 풀려납니다. 욤의 기억을 회상합니다.]

기다리고 있던 보스의 기억이 뇌리로 파고든다.

가장 먼저 보이는 것은 이글거리는 감옥 속에 갇힌 네 명의 인간. 하나같이 로브로 인상착의를 가리고 있는 가운데 바깥에 서 있던 욤이 그들에게 물었다.

"네놈들의 수장은 누구지?"

"……."

"오호라. 말하지 않겠다는 건가? 좋아. 기왕 이렇게 된 김에 한 명씩 아작을 내주마."

"자, 잠깐. 말할게. 내가 대표로 말하겠어!"

"그래. 그래야지. 자, 이제 다시 묻도록 하지. 네놈들의 수장은 누구지?"

서서히 떨리는 적발 청년의 입술. 끝까지 망설이는 듯한 태도였지만 주위 동료 때문인지 결국 입을 열고야 말았다.

"현성휘, 현성휘란 차원 여행자다!"

차원을 넘나드는 차원 여행자들의 수장 현성휘. 마침내 밝혀진 그들의 리더였지만 성휘에 대한 정보가 하나도 없던 욤은 시큰둥한 표정을 지었다. 그것은 기억을 회상하는 용찬도 마찬가지였고, 적발 청년이 다시 입을 열기를 기다리고만 있었다.

그때 감히 귀를 의심케 하는 말이 들려왔다.

"지금은 유태현이란 가명으로……."

유태현? 설마 그 유태현을 말하는 것일까.

파르르 떨려오던 두 눈동자가 적발 청년에게로 집중되어 있었지만 끝내 뒷말은 들려오지 않았다.

그리고 다시 눈을 떴을 땐 이미 현실로 되돌아와 있었다.

"와아아아아. 해방됐다!"

"엉? 야, 야. 저기 봐 봐. 묘족들 사이에 사람 새끼들이 섞여 있는 것 같은데?"

"……"

마침 감옥에서 구출된 나머지 묘족들과 네 명의 인간이 와르르 몰려왔다. 백두산이 가리킨 인간들 중에선 회상 속에서 봤던 적발 청년도 함께였다. 그리고 그들이 차원 여행자란 것을 파악한 순간 능력들이 모조리 돌아왔다.

덥석!

어둠으로 물든 거친 손길에 로브 자락이 붙잡힌다. 미처 저항하지 못하고 바닥에 나자빠지는 적발 청년. 용찬이 그런 놈의 위로 올라타 살기가 가득 담긴 눈빛으로 물었다.

"말해."

"네, 네놈은 또 누구……."

"현성휘. 네놈들의 수장에 대해 하나도 빠짐없이 전부 불어."

감히 거역할 수 없는 마왕의 지시였다.

◀81장▶
퍼즐 조각

　유래나 역사는 자세히 알지 못한다. 그저 세계가 수천, 수만 개의 차원으로 이루어졌단 것만 알 뿐. 하멜이란 차원도 그중 하나에 속해 있었고, 차원들을 관장하던 신들은 하멜에 발생한 이상을 발견하고 차원 여행자들을 파견시켰다.

　항상 신들에게 의뢰를 받아 차원을 돌아다니던 여행자들이었기 때문에 하멜 같이 폐쇄된 차원들을 지겹도록 겪었었고, 이번에도 다름없이 의뢰를 깔끔히 완수할 수 있을 것 같았다.

　하지만 그것은 단순히 착각에 불과했다.

　'하멜이 우리를 반기지 않는 것 같은데. 대체 어떻게 된 거야. 하멜에 적용된 시스템이 침입자를 인식하고 우리를 퀘스트의 일

부로 만들려고 하다니?'

마치 자아를 가진 인공지능처럼 하멜의 시스템은 영리했다. 아니, 정확히는 영악하다고 볼 수 있었다. 하멜에 소환된 플레이어들을 위해 차원 여행자들까지 그들을 위한 성장 요소로 만들려고 할 줄이야.

할 수 없이 하멜에 파견된 다섯 명의 차원 여행자들은 어떻게든 시스템의 빈틈을 찾아내기 위해 반복적으로 차원을 넘나들었고, 끝에 가선 단 한 가지 결론이 내려졌다.

'유일하게 시스템의 간섭을 받지 않는 것은 플레이어들과 NPC들인 것 같군요. 차라리 제가 플레이어로 위장해 하멜의 정보를 수집하고 나머지 네 명이 계속해서 차원의 빈틈을 찾으면서 해결책을 마련하는 게 어떻습니까?'

'어이, 진심이야? 자칫 잘못하면 영혼이 소멸될지도 모른다고.'

'아, 괜찮습니다. 미리 더미를 가져왔으니까 만약 불상사가 벌어진다고 해도 영혼이 소멸되는 일까진 가지 않을 겁니다.'

'살성. 왜 가명을 쓰고 왔나 했더니 몸 자체도 더미였어?'

이번 의뢰의 리더를 맡게 된 살성 현성휘. 예전에 다른 차원에서 남다른 활약을 보이며 차원 여행자로 스카우트 된 그는 미리 준비해 온 가명과 가짜 육신을 이용해 플레이어로 위장을 시도했고, 따로 임무를 수행하는 팀원들과 통신을 하면서 차차 정보를 수집해 갔다. 그리고 얼마 지나지 않아 하멜이란 차원 자체를 구원해 낼 방법을 한 가지 찾게 됐다.

'뭐? 플레이어의 목표를 완수할 예정이라고?'

'그렇습니다. 외부적으로 자극을 줘서 해결하는 게 불가능하다면 내부에서 빈틈을 만들어 내야겠죠. 저는 일단 플레이어들과 연합해 마왕들을 처리하고 귀환 게이트를 열겠습니다. 그때 틈을 봐서 하멜의 시스템에 간섭해 주시기 바랍니다.'

'자, 잠깐만. 그러면 이 차원에 소환된 플레이어들은 모조리……'

'애초에 저희가 그런 것에 연연하던 존재들은 아니었잖습니까.'

'……'

소멸된 플레이어들을 내버려 두고 하멜이란 차원을 정상으로 복구한다. 이런 방법이 영 내키는 것은 아니었지만 리더의 지시였기에 팀원들은 따를 수밖에 없었고, 결국 성휘는 플레이어의 목표를 클리어하며 시스템의 빈틈을 만들어냈다.

하지만 그것도 잠시.

'자, 잠깐만. 어디로 이동되는 거야?!'

예상 못 한 변수가 발생하며 팀원들은 어디론가 이동됐고 그 이후로 성희와의 통신도 끊기고 말았다. 그렇게 차원 여행자들이 이동된 곳은 다름 아닌 로헬런. 하멜의 영향을 일부밖에 받지 않던 이 도시는 매번 시간이 리셋되는 특이 현상을 보이고 있었고, 뒤늦게 그들은 리셋 현상이 이번이 처음이 아니란 것을 깨닫게 됐다.

그리고.

'차원을 넘어왔다고? 네놈들은 불의 귀인께서 돌아오시는 날 처우가 결정될 거다!'

불현듯 불의 수하들이 들이닥치며 수백, 수천 년 동안 묘족들과 함께 감옥에 수감된 채로 지내게 됐다. 그게 여태까지의 지난 행적들.

그리고 차원 여행자 한규태의 과거 기억들이었다.

"이, 이게 전부야. 더 이상 우리도 아는 게 없다고!"

"……."

처음 과거 행적들을 들었을 땐 믿기지 않았다. 때문에 다시 행적들을 묻게 됐지만 그들의 대답은 항상 똑같았다.

유태현이란 가명을 쓰고 플레이어로 잠입한 차원 여행자 현성휘. 플레이어로서의 목표를 클리어해 하멜을 정상으로 되돌리려 했던 다섯 명의 차원 여행자들. 그리고 수십, 수백 번씩 리셋되어 온 하멜의 진실까지.

털썩!

머릿속이 혼란스러워진다. 다리에 힘이 풀린 것인지 바닥에 주저앉게 됐다.

'내가, 내가 그동안 복수를 갈고 닦으며 쫓아온 놈이 가짜였다고?'

아니, 정확히 가짜는 아니다. 그저 가명과 가짜 육신을 사용해 온 정체 모를 차원 여행자일 뿐. 하지만 그동안 봐왔던 성격과 대화들이 전부 거짓일 수도 모른다는 생각이 들자 허무함이 배로 늘어났다.

"시부럴. 아까 전부터 대체 무슨 소리를 지껄이고 있는 건지 원. 야, 거기서 주저앉아 있지 말고 얼른 돌아가자고. 저기 돌아가는 포탈도 열린 것 같은데."

백두산이 가리킨 곳엔 출구로 보이는 푸른 포탈이 생성되어 있었다. 아마 로헬런의 여행객 퀘스트가 정상적으로 완료됐단 뜻일 것이다.

[여행객의 맹약을 습득했습니다.]

[효과 불능!]

[현 지역에선 발동이 불가능한 특성입니다.]

"이건 또 뭐여. 맹약은 무슨 얼어죽을."

히든 퀘스트에 속해 있던 것 때문일까. 모든 불의 수하를 처치하면서 정상적으로 둘에게 보상도 지급됐다. 그중 하나가 여행객의 맹약이란 특성이었고, 나머지는 각자 앞으로 생성된 보물상자에 들어 있는 듯했다.

백두산은 그런 보물 상자를 품에 끌어안고선 바닥에서 일어나지 않는 용찬을 내려다봤다.

"에휴. 나 먼저 간다. 병신 새끼야."

"……."

"무슨 일인지는 모르겠지만 함께 퀘스트를 진행한 정도 있으니까 그냥 가주마. 밖에서 내 눈에 띄지 말고. 알겠냐. 전기 쥐새끼?"

물론 대답은 하지 않았다. 그런 태도가 불만인지 백두산도 금세 포탈로 사라졌고, 경계 어린 차원 여행자들의 눈빛 속에서 정적이 일었다.

"이, 이봐. 이제 우린 가봐도 되는 거지?"

하멜에 침입한 탓인지 차원 여행자들은 시스템의 영향을 받아 본 힘을 발휘하지 못했다.

때문에 무려 A급에 도달해 있는 용찬을 두려워할 수밖에 없었고, 안절부절못하는 묘족들과 함께 눈치를 살피며 한동안 자리를 고수했다.

"지금 현성휘란 놈은 어디에 있지?"

"뭐, 뭐?"

"네놈들의 리더가 어디에 있는지 물었다."

"우리도 몰라. 그때 통신이 끊긴 이후로 우리는 여기에만 갇혀 있었다고!"

"……좋아. 그렇다면 놈은 둘째 치고 하멜이 이렇게 된 이유를 내게 설명해. 도대체 왜 현대인들을 소환해 플레이어로서 살아가게 했는지. 하멜의 시스템이 어떤 목적을 가지고 있는지. 그리고 차원 여행자가 정확히 어떤 놈들인지 하나도 빠짐없이 내게 말해."

오직 복수만을 위해 달려오던 전과는 달랐다. 휴먼 메트로, 나비 계곡, 사신 아카데미, 하멜의 마녀들, 작센 가공소까지. 수차례 다른 차원과 차원 여행자들에 대해 언급이 되어왔고, 차원이 폐쇄되며 플레이어들을 소환한 시스템의 비밀까지 알게 됐다.

때문에 더 이상은 외면하지 않기로 했다. 이 지옥 같은 하멜의 진실을 파헤치기 위해. 그리고 좀 더 수월한 귀환을 위해서 용찬은 모든 정보를 미리 파악해 두기로 했다.

화르르륵!

"하멜이 리셋되어 온 이유는 덤이다. 내게서 도망갈 생각은 안 하는 게 좋을 거야."

"으으으으!"

그날, 네 명의 차원 여행자들은 꼼짝없이 용찬에게 모든 정보를 풀어놔야만 했다.

특정 차원에서 큰 활약을 보이거나 영웅이었던 자들을 차원 여행자로 만들어 의뢰를 수행하게 만들었던 신계 파오니르. 그중 특이한 케이스로 악인들도 다수 차원 여행자가 되었지만 오직 신들의 지시를 따른다는 것은 변함이 없었고, 하멜에 의뢰를 받아 찾아온 차원 여행자들도 그것은 동일했다.

'하멜이 원래 신들의 관리하에 있던 정상적인 차원이었다는 건가?'

소설이나 영화에나 등장할 법한 판타지 세계. 그런 차원에 게임 시스템이 도입되고 하멜이 자체적으로 차원을 폐쇄하면서 플레이어 소환이 시작된 것으로 알려진 상태였다.

차원 여행자들은 시스템이 자아를 가지거나 혹은 누군가가 시스템을 조종하는 것으로 추측을 하고 있었고, 오직 특정 상황 때만 간섭이 가능한 시스템의 허점을 간파해 하멜의 시스템 자체를 붕괴시키려 했다. 하지만 그 시도는 리셋이란 변수로 인해 실패하게 됐고, 결국 이렇게 감옥에 수감된 신세가 되어버린 것이었다.

　'현대인들을 소환했던 이유는 아마 수단이 필요해서였을 거야. 플레이어를 이용해 무언가를 이뤄내기 위해서 말이지.'

　'시스템의 목적? 이것도 내 추측에 불과하지만 아무래도 불안정한 시스템을 완전히 복구하기 위해 플레이어란 수단을 선택한 것 같아. 지금의 하멜은 게임처럼 정해진 틀 속에서 계속 경쟁이 벌어지고 있으니까. 그런 경쟁을 꿰뚫고 어떤 문제를 해결해주길 바랐던 것이었겠지. 내 생각에 그 문제는 리셋이란 변수가 아닐까 싶어.'

　'로헬런에 갇히고 나서 알게 된 것이지만 리셋은 겨우 한 번으로 끝난 게 아닌 것 같아. 수천, 아니, 어쩌면 수만 년 동안 하멜은 리셋을 반복해 왔을 테지. 아직 우리도 리셋이 반복된 이유를 찾진 못했어. 그저 단 한 가지 가능성 높은 추측이 있다면 하멜의 시스템은 이미 리셋의 원인을 알고 있고 지금도 그 원인을 해결하려 애를 쓴다는 거야. 어쩌면 플레이어들을 이용해 그 문제를 해결하려 했을 수도 있겠지.'

즉, 규태의 말에 따르면 불안정한 시스템을 완전한 시스템으로 복구하기 위해 플레이어들을 소환했고, 불안정한 시스템의 원인일 수도 있는 리셋을 해결하기 위해 플레이어를 이용하고 있단 뜻이었다. 물론 그것도 추측에 불과했지만 차원의 균열 및 다른 차원의 존재가 이동된 것들을 생각해 보면 그리 가능성이 없는 추측도 아니었다.

게다가 당장 리셋이 반복됐단 증거가 눈앞에 있지 않은가.

'불안정한 시스템과 리셋의 증거인 도시 로헬런. 그렇다면 나는 대체 뭐지?'

서서히 맞춰져 가는 진실이란 퍼즐 속에서 헨드릭이란 퍼즐 조각 하나가 떨어져 나간다.

'크흐흐흐. 빌어 먹을 시스템이 제약을 걸어두었어. 어떤 진실도 자세히 말하지 못해. 지금이 아니라면 본래 내 몸을 찾을 수도없겠지.'

직접 봉인된 헨드릭의 영혼에게 물어보려 했지만 전에 했던 대화가 떠올라 그만두었다. 시스템이 제약이 걸어두었다면 진실을 알고 있다고 해도 본인의 입으로 발설하지 못할 게 뻔했다.

"여행객님. 로헬런이 마계로 되돌아 왔어요!"

"음. 액자의 봉인이 풀린 건가."

"네! 묘신 파햐스 님께서 내려주신 결계도 그대로예요. 이 모든 게 헨드릭 님 덕분이에요. 나중에 루언 님께서 찾아오시면 무엇이든 말씀하세요. 저희가 해드릴 수 있는 거라면 무엇이든 해드릴 테니까요!"

나레의 표정은 전보다 환해져 있었다.

잠시 묘족들의 빈집 중 하나에 머물고 있던 용찬은 묵묵히 고개를 끄덕였고, 마치 죄인처럼 주변에 앉아 있던 차원 여행자들은 몸을 벌벌 떨면서 용찬의 눈치를 봤다.

그렇게 침묵 어린 분위기가 흐르고 있었을까.

스윽.

탁자 위로 토템처럼 생긴 고대신의 제단이 올려졌다.

"……그건 뭐야?"

"내 궁금증을 해결시켜 줄 물건이다."

"구, 궁금증?"

"가만히 지켜나 보고 있어라."

두 개의 홈 중 하나가 지배자의 표식으로 채워져 있었다. 용찬은 나머지 하나의 빈 홈에 두 번째 지배자의 표식을 끼워 넣었다.

'푸른 마녀 베로니카. 영혼 이식 구슬, 헨드릭 프로이스. 그리고 이번 리셋의 원인이 되었던 나란 존재까지. 이제 그 비밀들을 밝힐 시간이야.'

차원 여행자들로 인해 끼워 맞춰진 퍼즐 조각과 아직 비밀이 밝혀지지 않은 나머지 퍼즐 조각들. 과연 그것들이 어떤 관계로 얽혀 있는 지 고대신을 통해 밝혀내야 했다.

[고대신의 제단이 발동됩니다.]
[일정 시간동안 고대신이 현 위치에 현신합니다.]
[신성한 어둠에 온몸이 전율합니다.]
[모든 능력치가 최하로 감소합니다.]

마침내 영혼 이식 구슬을 만들어냈던 장본인이 눈앞에 현신한다. 흑진주처럼 고운 빛깔의 긴 생머리, 영롱한 보석처럼 빛을 밝히는 두 눈동자, 기품과 고위가 느껴지는 화려한 적색 드레스까지. 한눈에 봐도 미인이라고 생각할 법한 여인이 천천히 감긴 눈을 떴다.

그리고.

"누가 밤의 지배자인 이 몸, 르네를 불러낸 것이냐?"

"······뭐?"

고상한 미소 속에서 보란 듯이 자신의 정체를 알려왔다.

르네. 최초로 마계를 통합한 실질적인 초대 마황이다. 오래전, 마계 위원회를 설립해 혼란스러운 마계에 질서를 가져다 주기도 했으며 누구도 감히 대적하지 못할 권능을 각성하며 절대자의 자리를 유지했던 그녀다.

하지만 그것은 벌써 수천, 수만 년 전의 일이었다. 지금도 르네를 기리기 위해 르네의 밤이란 모임을 개최하고는 있었지만 대부분은 그녀의 얼굴조차 제대로 알지 못했다.

'헌데, 초대 마황이 왜 여기서?'

푸른 마녀 베로니카가 섬기고 있다던 고대신. 설마 그 정체가 초대 마황이었던 르네였던 것일까. 용찬은 혼란스러운 머리를 부여잡은 채 팔짱을 끼고 있는 그녀를 올려다봤다.

"어머, 누가 날 불러냈나 했더니 사랑스러운 후배였구나?"

"……."

"그런데 속 알맹이는 좀 다르네. 대체 넌 누구니?"

마치 속내를 다 꿰뚫어 보는 듯한 강렬한 눈빛이다. 방 안을 가득 메우는 신성한 어둠에 몸은 꼼짝도 하지 않았고, 상상을 초월하는 위압감 속에서 힘겹게 입을 열었다.

"그게 무슨 소……."

"속일 생각은 하지 마렴. 네 영혼이 두 개인 것은 가볍게 훑어만 봐도 알 수 있는 거니까. 마왕이자 플레이어라. 정말 흥미로운 생명체구나. 그래서 날 부른 이유가 무엇이더냐?"

"……당신이 정말 고대신인 건가. 초대 마황 르네?"

"분명 내가 먼저 질문한 것으로 아는데. 뭐, 상관없겠지. 그래. 이 몸이 하멜에서 최초로 신위에 올랐던 마왕 르네이니라. 지금 시대의 놈들에겐 고대신 취급을 받고 있겠지만…… 아니, 생각해 보니까 날 무슨 퇴물 취급하는 거야. 뭐야?!"

잠시 초창기 시절을 회상하던 르네가 버럭 성을 냈다. 비록 고대신 취급을 받긴 했지만 그녀는 실질적으로 신위를 인정받아 지금까지 활동하고 있는 신들 중 한 명이었다. 그 증거로 방 안에 앉아 있던 차원 여행자들이 땀을 삐질삐질 흘리기 시작했다.

"뭐야. 너희들은 왜 여기에 있는 거야?"

"그, 그게."

"하아, 대체 뭐가 어떻게 돌아가는 거래."

"소식을 못 들으셨나 보군요. 사실……."

차원 여행자들은 밤의 지배자와 안면이 있던 것인지 복종적인 태도로 그동안의 일들을 설명했다. 그리고 로헬런이란 도시에서 용찬을 만난 것까지 대충 자초지종을 전달하자 르네가 처음으로 심각한 표정을 지으며 고민했다.

"내가 관리하고 있던 하멜에 문제가 생겼다 이 말이로구나. 역시 시스템이 문제인 건가. 내 권능으로 마계를 만들 당시만 해도 이런 일은 없었는데."

"잠깐. 그게 무슨 뜻이지. 권능으로 마계를 만들었다니?"

"아, 후배는 모를 수도 있겠구나. 지금 니희들이 하멜이라 부르는 차원. 마계뿐만 아니라 모든 구조와 시스템들을 전부 내 손으로 만들었거든. 바로 내 권능인 시스템의 권한으로 말이지."

머릿속이 새하얗게 물든다. 그 누구도 알지 못했던 하멜의 창시자. 그게 밤의 지배자인 르네란 것이 밝혀지자 충격이 소용돌이처럼 격하게 몰아쳐 왔다.

그리고.

"……예?"

"어머, 설마 너도 모르고 있었니?"

차원 여행자 한규태마저 입을 떡 벌리고 있었다.

이 모든 일의 원흉이라고 해야 할까.

하멜에 처음으로 시스템을 적용시킨 장본인. 신위에 오른 이후로 한동안 차원에 관여하지 않았던 르네는 하멜에 이상이 생겼다는 것을 처음으로 알게 되었고, 뒤늦게 용찬이 베로니카와 고대신의 제단을 얻게 된 과정들을 설명하자 깊은 의문을 표했다.

"네 명의 마녀들. 그래. 분명 들은 적이 있어. 신위에 오른 나를 대신해 하멜을 조율하던 녀석들이었지. 아마? 근데 그 녀석들 중 나를 숭배하는 마녀가 있었다니. 난 처음 듣는 소리인걸?"

"그렇다면 고대신의 제단과 영혼 이식 구슬은?"

"아, 예전에 내가 만든 아이템이긴 했지. 혹시 모를 문제가 생기면 언제든 날 부르라고 조율자들에게 건넸었거든. 참고로 영혼 이식 구슬은 짧은 현신 시간을 걱정해 만들어둔 비상품이었어."

실질적으로 신들은 차원에 직접적으로 간섭이 불가능했다.

때문에 잠시 동안 영혼을 빈 육체에 이식해 문제를 해결하려 했던 것이었지만 오히려 영혼 이식 구슬은 용찬이 회귀하는데 사용된 상태였다.

"그렇다는 것은 즉······."

"네가 말한 베로니카가 다른 의도를 품고 그 두 개를 사용했단 뜻이겠지."

"설마 너와 만나는 것까지 의도했단 건가?"

"그건 잘 모르겠구나. 대체 무슨 의도를 가지고 이런 일을 벌이는 건지. 아무튼 하멜이 계속 리셋 된다고 했었는데 일단 차원 여행자, 너희들은 이 아이가 말한 푸른 마녀 베로니카를 추적해 보거라. 아무래도 그 조율자가 뒤에서 공작을 부리고 있는 것 같구나."

원래 하멜에 설정해 둔 시스템은 오직 그 세계의 존재들을 위해 작동되고 있었다. 르네가 사라진 이후 멋대로 플레이어들을 소환하고 리셋을 반복하고 있단 것은 다른 누군가가 시스템의 권한에 개입하고 있단 것일 터. 그 유력한 용의자로 베로니카가 언급되는 것은 어찌 보면 당연한 일이었다.

"하, 하지만 그러면 저희의 리더인 현성휘는!"

"그건 걱정 말 거라. 원래 신들은 작은 개입조차 불가능하지만 이번 일에 대해선 나로서도 책임감을 느끼고 있으니 약간의 도움을 주도록 하마."

"도움이라 함은?"

"최근에 흥미가 가는 아이가 있어서 말이다. 이름은 모두 들어봤을 게다. 최상위 실력자 중 한 명인 사신 사바스탄이라고. 내 직접 그 아이에게 부탁을 해보마."

"헉! 아니, 아닙니다. 저희는 괜찮습니다! 그러니 제발 그놈만큼은!"

"이미 연락을 넣어둔 지 오래다. 그러니 우선 너희들은 이것을 가지고 대륙으로 넘어가 대기하고 있거라. 최대한 빠른 시일 내에 연락을 주도록 하마."

새파랗게 질린 안색으로 규태가 수정구를 건네받는다. 마치 정신병에 걸린 사람처럼 극심한 불안 증세를 느끼는 차원 여행자들이었지만 그들에게 거부권은 없었고, 르네의 손짓 한 번에 집 안에서 쫓겨나고야 말았다.

"자, 일단 차원 여행자들은 차원 여행자들끼리 일을 해결하게 하도록 하고. 남은 것은 너뿐이로구나."

"대체 사바스탄이 누구길래 저런 반응을 보이는 거지?"

"차원 여행자들 중 극소수만이 도달할 수 있는 최상위 실력자 중 한 명이지. 흉폭한 성격 탓에 저런 반응들을 보이긴 하지만 의뢰 처리는 아주 깔끔하기로 소문이 난 아이란다. 뭐, 그건 차원 여행자들의 일이니 일단 넘어가도록 하고……."

매혹적인 미소 속에서 가녀린 손이 턱에 도달한다. 마치 용찬을 유혹하는 것처럼 정면에 마주 앉아 있던 르네가 얼굴을 가까이 들이밀었다.

"너 시스템을 하나 부여받았구나."

"플레이어 시스템을 말하는 건가?"

"아냐. 정확히는 그보다 더 상위의 독립적인 시스템 체계야. 마치 완벽한 마왕을 육성시키기 위해 만들어진 것처럼 정교하면서도 아주 복잡해. 그래, 그랬던 거였어. 왜 그 베로니카란 마녀가 너에게 고대신의 제단을 건네주었는지 이제야 알 것 같구나."

"그게 무슨 뜻……?!"

포개지는 두 입술, 코를 자극하는 매혹적인 향기. 미처 피할 새도 없이 입술을 뺏긴 용찬은 와락 인상을 구기며 르네를 밀어냈다.

"지금 뭐 하자는 거냐."

"아, 그래. 역시나 내 권능의 일부야. 어쩐지 익숙한 냄새가 난다고 했더니. 지금 너에겐 내가 가지고 있던 시스템의 일부가 부여된 듯하구나."

불현듯 미궁에서 만났던 고룡 메사이어드가 떠올랐다.

'어떻게 네놈에게서 르네의 냄새가 나는 거지?'

'르네의 냄새?'

'본인은 모르는 건가. 크르르르. 어쩔 수 없지. 일단 나중에 다시 얘기하도록 하지.'

그때 당시만 해도 말의 뜻을 이해하지 못했지만 르네의 시스템 일부가 부여된 것이라면 어느정도 납득이 되는 기억이었다.

"고룡이 말한 대로군."

"어머. 그 녀석을 만난 모양이로구나."

"지금은 플레이어에게 죽었지만 말이지."

"흐응. 안타깝구나. 그래도 초창기 시절 유일하게 대화를 주고받던 생명체였는데. 뭐, 그것도 운명이라면 어쩔 수 없는 거겠지."

"그래서 대체 베로니카의 의도가 무엇이란 거지?"

불만 가득한 표정으로 입술을 닦아낸 용찬이 다시 본론으로 접어들었다. 그런 태도가 다소 흥미로운 것인지 르네가 묘한 미소를 띠었지만 얼마 남지 않은 현신 시간을 생각한 것인지 금방 입을 열었다.

"너를 이용해 현 하멜의 문제를 해결하려 한다는 뜻이겠지. 그리고 나와 접촉하게 만들어 시스템의 빈 공백을 채우게 만들고 말이지. 이거 참 교묘한 여우같구나."

"시스템의 빈 공백?"

"차원 여행자들에게 들어서 알겠지만 지금의 시스템은 불안 정해. 아무래도 베로니카란 조율자는 시스템의 창시자인 나를 불러들여 권한의 일부를 도로 복원시키려 했던 것이겠지. 일 명 덫이라고 할까나. 아무래도 너에게 영혼 이식 구슬을 건네 준 것도 계획의 일부인 것 같구나."

즉, 르네의 시스템 일부가 부여된 용찬을 그녀와 접촉시켜 사라져 있던 시스템 권한을 되찾았단 뜻이었다.

"설마 나를 회귀시킨 것도……."

"그래. 리셋되는 문제를 해결하기 위해 너를 이용한 것이지. 아마 리셋의 원인은 네가 차지한 헨드릭 프로이스란 육체일 가 능성이 클 거다. 하멜 시스템의 유일한 변수라고나 할까. 시스 템 권한이 없어 도저히 건들지는 못 하겠고 직접 간섭하는 것 은 불가능하니 플레이어 중 한 명이었던 너를 골라서 헨드릭 프로이스로 회귀시킨 거지."

"잠깐. 무언가 앞뒤가 안 맞는데? 그런 변수였다면 나를 회 귀시키고 나서 다른 존재들을 이용해 제거하는 게 가장 최적 의 방법이었을 텐데?"

"리셋의 이유가 헨드릭 프로이스의 죽음이었다면 앞뒤가 딱 딱 맞아떨어지지 않을까 싶은데."

"……설마."

"오히려 변수인 헨드릭 프로이스를 성장시켜 목표를 달성하게 만든다. 그러면 시스템의 권한도 되찾고 하멜의 고질적인 문제였던 리셋도 해결되고. 아주 깔끔하잖아. 분명 리셋의 문제가 해결되는 즉시 너에게서 봉인되어 있던 시스템의 권한들을 되찾아갈 거다. 즉, 너는 여태껏 그 여자의 꼭두각시로 이용당해 왔단 것이지."

"……."

하멜의 톱니바퀴를 거꾸로 돌아가게 만들었던 헨드릭 프로이스란 존재. 그런 존재를 역으로 이용해 하멜의 시스템을 차지하려 했던 조율자 베로니카까지.

마침내 비어 있던 퍼즐의 조각들이 맞춰져 가는 듯했다.

짝!

가벼운 박수 소리가 혼란스러워진 정신을 일깨운다.

"자, 그러면 내게서 시스템의 권한을 되찾았고. 이제 남은 것은 네가 목표를 달성해 리셋의 문제를 해결하는 것뿐이겠지? 아마 자신의 계획을 들켰으니 이제부턴 강수를 둘 게 분명해."

"나를 대신해 마왕의 목표를 달성한다."

"그거야. 보아하니 마왕의 목표도 플레이어처럼 두 개인 것 같은데……. 지금쯤 베로니카는 그 두 개 중 하나를 클리어하기 위해서 또 어딘가에서 공작을 부리고 있지 않을까 싶은데?"

전생과 달리 현생에선 플레이어들보다 마족들의 전력이 강화되어 있었다. 특히 용찬이 직접 권좌들 중 몇 명을 처치하며 일부 진영은 세력이 약화되어 있었고, 미리 골칫덩이이던 샤들리 가문을 처리하며 마계의 문제까지 해결해 둔 상태였다.

이런 상황에서 두 가지 목표 중 하나를 고른다면 아마 첫 번째 목표일 터.

'모든 진영을 함락시킨다.'

이제 와서 생각해 보면 굳이 자신이 직접 진영을 함락시킬 필요는 없었다. 그런 내용이 적혀져 있던 것도 아니었고 이미 플레이어들에게 큰 영향을 준 상태였기 때문에 타 존재의 개입도 충분히 가능한 상황이었다.

'진영에 속하지 않은 존재들. 그렇다면 NPC들 혹은 머더러란 소리인데.'

성국, 머더러, 타 국가 등등 후보는 많았다. 하지만 그것도 잠시. 문득 은둔자의 숲에서 놓쳤던 사태후가 떠오르자 두 눈동자가 파르르 떨려왔다.

"설마?!"

"무언가 떠오른 모양이로구나. 일단은……."

자리에서 벌떡 일어난 용찬의 손에 무언가가 쥐어진다.

거의 현신을 지속할 시간이 끝나가는 것인지 르네의 신형은 점점 흐릿해져 갔고, 그녀는 도저히 거부할 수 없는 매혹적인

344

미소를 보이며 용찬의 손 위로 자신의 손을 포개어왔다.

"마계 위원회의 최상위 집단인 흑단을 찾아가거라. 만약 네가 봤던 리스엘 가주의 기억이 사실이라면 이미 베로니카가 흑단에게도 술수를 부려놨을 거다. 우선 그것부터 해결하는 게 먼저야."

"······날 이렇게 도와주는 이유가 뭐지?"

"뭐, 아까 말했듯이 책임감을 느낀 것도 있고. 내가 만들어둔 시스템을 멋대로 이용하려 드는 그 여우가 약간은 괘씸해져서 말이다. 뭐, 그리고 이건 개인적인 것이지만 너에게 흥미가 생기기도 했고 말이지."

"내가 널 어떻게 믿지. 난 아무리 신이라고 해도 섣불리 남을 믿지 않는 성격이야."

"선택은 자유란다. 그것을 가지고 흑단에게 찾아가든 그냥 네가 하고 싶은 대로 움직이든 마음대로 하거라. 만약 네가 전자를 고르지 않는다고 해도 그 누구도 탓하지 않을 거다. 넌 엄연히 피해자니까 말이지."

현 문제의 열쇠이자 약점이기도 한 자신에게 도리어 선택권을 준다. 그 때문일까. 복잡해진 머릿속이 더욱 복잡해져 가기 시작했다.

"어차피 문제를 해결하기 위해 차원 여행자들도 이리저리 움직이고 있고 일이 커지면 결국 신들인 우리까지 나서서 문제를 해결하려 들 거다. 그리 어렵게 생각할 것 없어."

"⋯⋯."

"물론 네가 도움을 준다면 특별한 보상이 따르긴 하겠지만."

다른 존재도 아닌 신들의 보상. 하지만 그런 것에 혹할 용찬이 아니었다.

'지금은 그 누구도 믿지 못하겠군.'

좀 더 고민해 볼 문제였다. 때문에 용찬은 서서히 사라져가는 르네를 외면한 채 집 안을 빠져나갔다. 그리고 홀로 남겨진 밤의 지배자는 용찬이 빠져나간 문 쪽을 바라보며 입가를 말아 올렸다.

"후훗."

무척이나 아름다운 미소였다.

To Be Continued

막장
악역이
되다

크레도 퓨전 판타지 장편소설
WISHBOOKS FUSION FANTASY STORY

자고 일어나니 소설속. 그런데……

[이진우]

재벌 3세, 안하무인, 호색남, 이상 성욕자, 변태.
가장 찌질했던 악역. 양판소에나 등장할 법한 전형적인 악인.

"잠깐, 설마…… 아니겠지."

소설대로 가면 끔찍하게 죽는다.
주인공을 방해하면 세계는 멸망한다.

막장 악역이 되다

흙수저 이진우의 티타늄수저 악역 생활!